天に挑む

大谷刑部伝

佐々木 功

角川春樹事務所

◆目次

天に挑む

大谷刑部伝

装幀／五十嵐徹（芦澤泰偉事務所）
装画／山本祥子

序章　紀州九度山《きしゅうくどやま》

紀州、九度山——

高野山麓《こうやさんろく》の小高い丘陵《きゅうりょう》に、点々と小さな萱葺《かやぶ》きの屋敷が立つ。

ひなびた集落の外れに立てば、高台から緩やかに流れる紀ノ川《きのかわ》と、その向うにのどかに広がる山野が見えた。

風光明媚《めいび》、まるで、屏風絵《びょうぶえ》のような景色が望める寒村。人の往来もほとんどない。

そこに彼らの寓居《ぐうきょ》はあった。


「わしなら徳川《とくがわ》に勝てる」

老人は趣味の囲碁の卓に向かい、そういった。

「大坂城がある」

と、卓の向かいで碁石を撫《な》でる息子を見て、

「わしと天下一のあの城、太閤《たいこう》殿下の忘れ形見。それがあれば家康《いえやす》が百万の軍勢で攻め寄せようと打

ち破ることができる」

カラカラと笑った。そして、

「勝てるぞ、源次郎《げんじろう》」

源次郎と呼んだ息子に向け鼻をならした。そのたび、息子は小さく笑って頷《うなず》いた。

知っている。城塞《じょうさい》を使った戦術で父にまさるものはいない。かつて大坂などと比べるべくもない小城に拠《よ》って、何倍もの、時には十倍以上の敵を打ち破った。

合戦だけでない。いくさ前から後までにいたる調略の数々。兵の統率、実戦での神出鬼没な動き。緻密《ちみつ》な戦略は幾層にもわたって組み上げられ、予期せぬ事象にも即応する。そして、機を見たときの一気呵成《いっきかせい》の攻め。

間違いない。大坂城に入れば、父は勝つ。息子もそう思った。

かつて天下に歯向かった老人と息子。

二人は、そんなやりとりを繰り返して、日々暮らした。

やがて、老父は死病で臥《ふ》せた。

「かの秘策をなさずにただ死ぬこととなるとは」

老人は、床で深い吐息をもらした。息子は問うた。「いかがすれば」と。

老人はやつれた顔をしかめ、かすかに振った。その返事は、古記「武将感状記《ぶしょうかんじょうき》」にこう残る。

「汝《なんじ》が及《およ》ぶ所に非《あら》ず」

おまえではできない――

静寂が父子二人を包んだ。

息子は黙然と歯嚙《はが》みしていた。

息子は父を崇拝している。父はただの親父《おやじ》でない。師であり、神であった。

信州《しんしゅう》の小さな国人《こくじん》領主の家に生まれ、全盛期の武田《たけだ》に仕え、信玄《しんげん》の愛弟子《まなでし》として育った。長じて家を継ぐや、武田、織田《おだ》と渡り歩き、本能寺《ほんのうじ》の変からの群雄割拠では大国に立ち向かい、したたかに生き残った。さらに、天下分け目の関ヶ原《せきはら》では、徳川の大軍相手に一歩も引けを取らなかった。武略だけではない。父の生き様は息子の誇りだった。

そして、息子とて並みの男ではない。父を見て学び育ち、兵を率いてともに戦った。父の才を受け継ぐのは己、その誇りと意地で生きてきた。

できる、やってみたい。そう思うのは当然のこと。それをいきなり否定された。

父は見ていた。寂しそうな、とても悲しい目だった。

「恨むなよ」

枯れた笑みを放った。

「わしはおまえの力が足りぬ、というておるのではない。わしが見てきた中でも、おまえはずいぶんと立派なもののふ。その武、知略、決してわしに劣るものではない。だが」

父はそういって目をそらした。

「わしならできてもおまえでは無理なのだ」

「なぜです」

面《おもて》をあげた息子に、老父は言う。

「わしはかつて功があり、人に信じられる。信じられれば、わが謀《はかりごと》は用いられる。おまえの才がたとえ我に勝れりといえども軍陣の数を積まぬため名が知られていない。名が知られなければ金言も聞かれず、良策も用いられない」

憐《あわ》れむように吐息をもらし、宙をにらんだ。

父の呪文《じゅもん》のごとき洞察《どうさつ》に、息子は半口を開け、肩を落とした。

悔しい。秘策が聞けぬ悔しさではない。

父が自分を慰めるように言ったことに、さらに愕然《がくぜん》としていた。

確かに、父は戦国を戦い抜いて生きて来た。その戦功すべてはまがいなく父のものだ。対して自分は父に従う将の一人でしかない。父なくば、我など無名の徒。

信じられねば、策も使われない。

才ではない。己の生き様がものをいう。我は今や、落魄《らくはく》の身。いかな武略をもち、全身全霊を尽くそうとも、それを縦横無尽に揮《ふる》う日はない。

(我ではなせぬ、のか)

父の言葉を反芻《はんすう》して、失望の沼底に沈んだ。

打ちひしがれた息子をみて、老父は心が痛んだのか、ボソリと口を開いた。

「源次郎」

死が、その顔を覆っていた。

「策を秘めたままというのも嘆かわしい。語ろう」

ゆるゆると語り始めた。


慶長《けいちょう》十六年（一六一一）六月四日、真田安房守昌幸《さなだあわのかみまさゆき》逝去、享年《きょうねん》六十五。

息子は簡素な父の弔いが済むと、供で来ていた従者の大半を信州へと返した。もとより、上田《うえだ》城主であった父の世話をするために来ていた者たちである。父なき今、残すこともない。寓居に残るは、息子とその妻子、あとはほんの数名の下人だけとなった。

息子――真田左衛門佐《さえもんのすけ》、名は源次郎信繁《のぶしげ》は、一人、屋敷の濡《ぬ》れ縁《えん》に座り、外を眺めている。

関ヶ原で父と共に大坂方に与《くみ》して敗れ、流罪。領国を追われ、ここ九度山に蟄居《ちっきょ》閉門となり、はや十年。

妙にがらんとした屋敷の庭ともいえぬ軒先を見渡して、信繁は深々とため息をつく。

（そうだろうか）

父の死の間際の予言を想《おも》い返している。

我死してのち、三年のうちに、関東大坂合戦に及ぶべし――父があの後語った秘策。

徳川の大軍をひきつけ、翻弄《ほんろう》し、調略《ちょうりゃく》して突き崩す。それは、信繁自身も思い描いていたものとほぼ同じだった。

嬉《うれ》しかった。わが策が崇拝する父と同様であったことが。

だが、やはり最後に父は言った。

「おまえがわしを継いで大坂に入り、この策をもって人に説いても、いくさに慣れぬ大坂の者たちがそれを聴き、用いることはない」

（父上――）

なぜ、なぜ、やれ、と言ってくれぬ。おおやれ、ぜひやれ、やってみせよ、と言ってくださらぬ。

信繁の命を気遣うなら、余計なことだ。関ヶ原で父に従い、徳川を叩《たた》くと誓ったときから信繁の心は決まっている。

信繁は家を背負わねばならない長男ではない。真田の家は兄の信之《のぶゆき》が立派に所領を保っている。捨てるものがない。

戦場で思うさま己の軍略を描き、華々しく散る。それこそ望むところ。この閑居で何もなさずに朽ちるなど、死以上の苦しみだ。

（やれぬか。できぬか）

もし、東西手切れとなり大坂に入っても己はなにもなせず、無名の人生を終わるのか。

夏草が青々と生い茂った庭を黙然とにらみ、考えている。

「殿」

声に振り向けば、黒髪たおやかな女がひざまずいている。

妻である。名は、徳《とく》、という。

徳は楚々《そそ》と、信繁の横に座った。

(殿、か)

信繁が「もう殿ではないぞ」と何度いっても、この妻は頑なにそう呼ぶ。

芯《しん》の強い、そして、少々、変わったおなごだ。

妻は信繁たちの配流が決まると、共にゆくと頑なだった。城主の妻君暮らしになれた母、父昌幸の妻は、九度山ゆきをこばみ、次の領主である兄のもとへ残ったのに、である。

信繁はさんざん諭《さと》した。「落ち武者同然の暮らしになる」と。だが、妻は、「私は大谷刑部《おおたにぎょうぶ》の娘。父は関ヶ原で死にました。今更なにを頼りに生きましょう。お連れくださいませ」と言い切ってついて来た。

「徳」

その容色衰えぬ白い横顔をみて、信繁は思わず問いかける。

「おまえは何を生きがいにしている」

そんなことを問うていた。それは己への問いかけでもある。

(わしはなにを生きがいにすればいい)

父はいい。父は武田信玄の薫陶《くんとう》を受け、信長《のぶなが》、秀吉《ひでよし》と時代を駆け抜けた。

家康の天下取りの大仕掛けを見て、その中で一旗揚げようと最後の夢をかけた。夢破れたが、父なりにやりきっただろう。

(では、わしはなにを)

なすこともなく、ただこの九度山で朽ち果ててゆくのか。

「生きがい、ですか」

潤んだ声に、ハッと、信繁は我に返った。

不覚ながら問うたまま物思いにふけり、妻のことを忘れていた。

「ああ、すまん」

軽く詫《わ》びた信繁、そこでやっと、妻の常ならぬ様子に気づいた。

徳は、きらきらと輝く目を見開き、まっすぐ信繁を見つめていた。

「なぜ、そのようなことを聞くのです」

鋭く問うてくる。迷いの淵《ふち》にある信繁は、その気にやや圧《お》される。

「わしは今、己がどう生きていいかわからなくなっている」

徳の目の輝きが増した。白い顔が鋭利に研ぎ澄まされてゆく。

「殿」

愛妻はゆっくり口を開いた。静かに燃える瞳《ひとみ》、しっとりと湿りながら強い声音だった。

「お会いいただきたい方がいます」

その目が炯々《けいけい》と光っていた。


数日後――

その男は、夜、来た。

色あせた小袖《こそで》に括《くく》り袴《ばかま》の旅姿で現れた男は、信繁の居室の板敷きに端座して、深々と首《こうべ》を垂れた。

「まこと、大学《だいがく》殿か」

信繁は問いかけた。

「左衛門佐殿、お久しゅうございます」

「よくぞ、無事で」

大谷大学助《だいがくのすけ》吉治《よしはる》。信繁にとって義理の兄、正しくは伯父にあたる男である。

信繁の妻の父は、かの大谷刑部少輔《しょうゆう》吉継《よしつぐ》。刑部吉継といえば、いまや伝説となりつつある武人。

秀吉の天下取りを支え、豊臣《とよとみ》家では奉行として政《まつりごと》に腕を揮った。秀吉死後の大乱では、石田《いしだ》三成《みつなり》らとともに大坂方の首謀者となり、家康と対決。関ヶ原では、三成、宇喜多《うきた》秀家《ひでいえ》といった将は逃亡したというのに一人戦場に踏みとどまり、壮絶な討ち死にをした。敗者の側にありながら、その名を轟《とどろ》かせた勇将である。

大学助吉治はその大谷吉継の実弟であり、男子のない吉継の養子となり、いっとき大谷家を継いだ男である。年のころは信繁と変わらない。

「諸国を渡り歩いておりました」

「徳には、いつ」

妻から、大谷大学が生きているときいたときの驚き。

この大学とて、関ヶ原では病身の兄に代って采配《さいはい》を振り、徳川勢、そして寝返った小早川《こばやかわ》勢を相手に激闘した将である。敗れて戦場を脱し、その後、行方知れずとなった。まさか生きていたとは。

「あいや、左衛門佐殿、徳がわが消息を知りましたのは、ごく最近のこと。それがしが固く口留めを願いました。なにとぞ、お許しを」

大学は日焼けした面を軽くくずした。渋い笑みが人生の年輪を感じさせた。

「母の伝手《つて》が多少ありまして」

信繁はなるほどとうなずく。母の伝手――そう、大学および大谷刑部の母、すなわち妻徳の祖母は、長らく秀吉の妻北政所《きたのまんどころ》につかえ、侍女頭までつとめた女性。

北政所は関ヶ原前に大坂を去って京に隠棲《いんせい》している。隠れて不遇の縁者を援《たす》けることもあったのだろう。

「もっと早くに我をお訪ねくだされば」

妻もいる。なせることもあるだろう。が、大学は笑みを残した顔を左右に振った。

「左衛門佐殿は蟄居のお暮し。拙者は関ヶ原残党、我のような者が近づけば、御身《おんみ》によからぬと」

「ご苦労されましたな」

信繁は声をかけつつ、薄汚れた大学の頭頂から足腰までを見て、大きく吐息を漏らす。

(さぞ、過酷な日々だったのだろう)

信繁、父昌幸は幽閉の身とはいえ、雨露をしのぐ屋敷もあり、少ないながらに従者と下人にかしずかれていた。食い扶持《ぶち》とて、国元の兄から仕送りもあった。

ところが、この義兄は関ヶ原牢人《ろうにん》どころか、敵方の将。追われ、身を伏せ生きねばならない。その労苦は想像を絶する。

「左衛門佐殿」

積もる話がありすぎる。何から、というところで、大学の方から切り出してくる。

「安房守様のこと、お悔やみ申し上げます」

そのまま伏し目がちに、身を乗り出してくる。

「ご逝去の噂《うわさ》を聞き、左衛門佐殿にお会いしたいと思ったのです」

「左様にござるか」

と応じながら、信繁は考え始めている。この男、なぜ、我が前に現れたのか。これまで隠れて生き、人と接するのを避けてきた男が危険を冒すように、なぜ、と。

「左衛門佐殿のご心中、察するにあまりあり」

大学はその心を読むように言う。妻が、父を失い心迷わす信繁のことを告げたのだろうか。

「父は偉大でした」

信繁は旧友に弱みをさらした。

「我など到底、及ぶところではない」

そうか。この男、慰めにきたのか。ならば、今さら久方ぶりに現れた知己に情けなど受けても意味がない。むしろ、惨めだ。

(わしも落ちたな)

信繁は吐息をもらし、うなだれる。

「いや、違う」

む？　強い語気に思わず見返せば、大学はさらに前のめりになっている。

「心から敬われたお父君を失い、寂しく思われるのは仕方なし。しかし、それはそれ。それにて己が誇りを失われては、あなた様のご武名が霞《かす》みましょう」

「――」

信繁は大学の異様な気迫に、言葉を呑《の》み、眉《まゆ》をひそめる。

(こんな男だったか)

信繁が知る若き頃《ころ》の大学は、持病のある兄を立て、陰から支えんとする謙虚な青年だった。

そんな大学が、今、爛々《らんらん》と目を輝かせている。

「されど、武名と言えど、わしなど……」

「なにをいわれるか」

武名は父のもの、わしにはない――と言いかけ、さえぎられた信繁。この自分と同年配の義兄に完全に気圧《けお》されていた。

「しからば」

大学は大事そうに持ってきた白布の包みを前に押し出してくる。

「左衛門佐殿に、お読みいただきたいものが」

信繁は眉根を寄せたままである。その前で、大学は包みをほどいてゆく。

一冊の綴《と》じ文《ぶみ》が現れる。大学は強く前に押し出してくる。

その熱気に導かれるように、信繁は手を伸ばした。

黄ばんだ冊子を持ち上げて、ウッと目を見開く。

表紙の真ん中にこの記の題目であろう「関ヶ原を見渡す山中《やまなか》の陣にて」とある。

紙をめくる信繁の指が震えている。

――本日、我が大谷勢は、敦賀《つるが》を経て、ここ関ヶ原をみおろす山中村へと陣を敷いた。

ここからなら、眼下に東山道《とうさんどう》を押さえ、東ははるか大垣《おおがき》の方まで見渡せる。

もとより、ここには手を加え、山を切り拓《ひら》き、空堀を掘って、砦《とりで》を築いておいた。

やはり、ここ山中がいくさの要所となる。この陣城をさらに堅固にせねばならない。

我が勢は、およそ、二千。逃げたい者、少しでもこの世に未練のある者はすべて敦賀に残してきた。

今、ここにあるは、我とともに死ぬと誓ってくれた者たち。わしの心を知り、下知《げじ》なくとも動いてくれる、そんな奴《やつ》ばかり。皆、早々と作事に取り掛かってくれている。

さて、わしはといえば、この病で蝕《むしば》まれた体では、何の力仕事もできぬ。

今日は九月三日。家康が来るまでまだ日があろう。

そこで、わしは、ここまでわしがなしてきたこと、そして、我が何を思い、いかに、これからのいくさに臨むかを、記しておこうと思っている。

といって、わしはもはや目がみえぬ。ここまでわしの目となり、手足となり、勤めてくれた五助《ごすけ》、湯浅《ゆあさ》五助の力を借りてそれをなす。

わしが当時を思い出し、物語をする。それを五助に記してもらうとする。

己のことを語るなど慣れぬが、思い出せることから始めよう。足らぬところは、五助が、そして、この手記をみた者が、足してくれればよい。

つれづれに始めてみよう――

そこまで読んで、信繁は面を上げた。

眼前の大谷大学は、鋭い顔つきで首肯している。

信繁は冊子に目を戻し、それを裏返し、最後の一葉《いちよう》を見る。


——慶長五年九月　大谷刑部少輔吉継　記す——


と書いてある。

信繁は瞳を張り裂けんばかりに見開いて、大学を見る。

「左衛門佐殿に今こそ、お読みいただくべきと思い、持参いたした」

目の前の大学は、全身でうなずく。

「わかりづらいところは、お尋ねください。私がお話ししましょう」

その燃えるような瞳に、信繁も深々と頷き返す。

生唾《なまつば》を呑んで、紙片をめくりだす。

一章　生まれる

長浜《ながはま》へ

瞼《まぶた》を閉じれば、鮮やかによみがえる。

殿下——

殿下、殿下よ、秀吉《ひでよし》様よ。

なつかしい、きらびやかな立ち姿。お顔は、眉《まゆ》上がり、瞳《ひとみ》円《まる》く、皺《しわ》多く、頰《ほお》は痩《や》せ、ひょうげたように口の端が上がっている。

猿といわれたそのお顔。いや、猿とはいえ、日《ひ》の本《もと》一の猿面。

殿下は明るい目をこぼれんばかりにむいて、白い歯を見せている。

隣には、ねね様がいる。ねね様は朗らかな顔で、小さく頷《うなず》く。

殿下、ねね様。思えばお二人は、我が育ての親。

そのお二人が今、わが前でにこやかにほほ笑んでいる。

心に浮かぶ殿下は若々しく輝いている。

そんなお姿に重ねるように、思い返す。わが身、わがことを。

森羅万象、すべての物事には根源があり、起きた事は幾重にも絡まって、今へと至っている。大谷《おおたに》吉継《よしつぐ》、殿下の家来として世に忽然《こつぜん》と現れた男。幼名は桂松《よしまつ》、仮名紀之介《かりなきのすけ》、いっときは平馬《へいま》とも名乗った。わしという一人の男が生まれ育ち、ここにいることの始まりなど、どこにあるのだろうか。

「いずこの出じゃ？」

殿下に仕えてから、何度か聞かれたことがある。

「近江《おうみ》にござる。あとは、よく知りませぬでな」

そんな風に受け流した。決してぞんざいにするつもりはない。あっさりと、そよぐ風のようにサラリとした言いざまにした。

尋ねた者も「まあ、いいか」とその件を忘れ、次の話柄に移ってゆく。のち、「はて、あ奴《やつ》はなんと答えたか……」と思ってくれればいい。

当初はそんなことを繰り返した。なので、家中でも大谷といえば、近江六角《ろっかく》旧臣の家筋とか、はては、浪々した豊後《ぶんご》大友《おおとも》家臣の遺児だのと言われたりもしたものだ。

だが、やがて、大谷一党の出自を探る者などいなくなった。

それは、母のおかげだ。

母の名は、ひがし。母は殿下の奥方 北政所《きたのまんどころ》様――ねね様の従妹《いとこ》であった。従妹。いや、実はもっと遠い縁戚《えんせき》でしかない。だが、ねね様は「従妹でいいわ」と言い切り、自らそれを城中で吹聴した。

当時の城の者など、皆、ねね様の家来のようなもの。わしのことを訝《いぶか》しんだ者も「なんじゃそうか」と、それを明かさぬことに拍子抜けしたりしたものだ。

奥方様の縁者。それで家臣としての縁《えにし》は十分だ。しかし、それは、わしではなく、むしろ、弟妹を守るための方便に過ぎない。わしが口をとざしたのは、それだけではない。

どうでもいい。真《まこと》の出自など語る必要もない。そう思った。

殿下も「いわずともいい」と言い、「わしもそんなもんじゃ」と笑ってくれた。

我が出自など知るのは、多くもない一族と、殿下とねね様だけ、それでいい。そう思い、そうと決めていた。

父の顔は思い出せない。

父はわしが七つのとき、死んだ。

死にざまは定かではない。父の死は、何千という死の中の一つでしかない。

確かなのは、父はあの比叡山《ひえいざん》を焼く業火の中で死んだ、ということだ。

比叡山焼き討ち。かの織田信長《おだのぶなが》公がなした、凄《すさ》まじき大殺戮《だいさつりく》。

我が父は、天台宗青蓮院門跡《てんだいしゅうしょうれんいんもんぜき》、大谷氏の出で、比叡山延暦寺《えんりゃくじ》に仕え寺家執当を務めた坊官《ぼうかん》だった。肉食妻帯を許された高官であり、僧侶《そうりょ》ながら寺務をつかさどる父は、延暦寺と織田家の諍《いさか》いに察するところがあったのだろう。

比叡山が織田勢に囲まれると、母とわし、幼き弟と妹を里の知人に託した。ほどなく、あの焼き討ちがあった。父は業火の中に消え、帰ることはなかった。

わしらは、母とともに、世から隠れた。まだ信長公の天下は定まらず、近江の山間《やまあい》には織田に抗する勢力が散在していた。我らも琵琶湖畔を転々として、なんとか生き延びた。

父が残した銭などすぐに尽きた。わしは生きるための糧《かて》を懸命に拾い集めた。

山野を駆け、獣を追って魚を取り、薪を拾い野草を刈った。弟妹は幼子、なんとかせねばとあがいた。

とはいえ、まだ十に満たぬ童《わらべ》、頼りはやはり母だった。我らにいえぬような苦労もしただろう。母は体を張って、我らを守ってくれた。

母は、己の身の上を語ることはなかった。当たり前だ。生けるものすべてを撫《な》で斬《ぎ》りにした織田勢の大虐殺。語るのもおぞましい。比叡山所縁《ゆかり》の者と知られようものなら、捕縛され、斬られる。そんな慄《おのの》きがあったのだ。

思い起こしても、瞼《まぶた》の裏に蘇《よみがえ》るその頃《ころ》の記憶はすべて色あせている。この世と隔離され、ただその日を生き伸びるという、殺伐とした暮らしだった。

隠遁《いんとん》生活も二年になろうとする頃、大きな変化が訪れた。

天正《てんしょう》元年（一五七三）、小谷《おだに》浅井《あざい》が滅ぼされ、琵琶湖《びわこ》北東の地の領主が変わった。

それが、織田家臣、木下藤吉郎《きのしたとうきちろう》秀吉、すなわち殿下であった。木下秀吉は北近江三郡をえて、琵琶湖東岸の町を長浜と改め、新城を築き入る、とのことだった。

「長浜にゆきましょう」

母はある日、わしを呼び、そう諭《さと》した。そのとき、わしは、九つ。もはや、十分に分別がつく年ごろだった。

母は、それまで、ねね様との血縁を頼ることはなかった。

やむをえないことだ。ねね様の夫、木下秀吉といえば、織田信長公の寵臣《ちょうしん》、比叡山焼き討ちでは一手の将を務めたのだ。縁者とはいえ、頼れるはずはなかった。

しかし、母は、成長する弟と妹、そして大人にならんとするわしのため、暮らしを変えねばと決心したのだろう。

ようやく焼き討ちのほとぼりも冷めていた。そして、そのころこんな噂《うわさ》も立っていた。

「焼き討ちのとき、木下勢のみが女子供を逃がし、匿《かくま》っていたらしい」

どこからでたのか知れない、反織田の輩《やから》が流した離間のための流言かもしれない。母は、そんな得体のしれない噂話と、自身のか細い血縁に賭《か》けたのだ。

母とともに長浜城へと入り、ねね様のもとへと伺候した。

隠遁になれた身にはまばゆいほど、新城の甍《いらか》は輝き、ゆきかう者は活気に満ちていた。城内の床板は光り、木の香りが芳《かんば》しく漂っていた。

かたや我らは薄汚れた物乞《ものごい》同然の形《なり》。ひたすら緊張に身を固めていた。わしは、ねね様に会うのは初めて。はたしてどんなお方か、どのように遇されるのか。

「御方《おかた》様がおいでです」

という呼びかけに、母と二人必死に面《おもて》を伏せた。御方様と呼ばれると、「ねね、でいいのよ」と応じるのが、ねね様の合言葉とは、後で知った。

「よくぞ、きてくれましたね」

気配とともに響いた声に、母の全身が瘧《おこり》のごとく震えるのを見た。

ねね様は舞い降りた天女のようににじり寄って母の手を取り、

「万事まかせなさい。ひがしどのは侍女として私のそばにいてもらいます」

と、言った。母に何も尋ねることはなかった。

泣き崩れ、嗚咽《おえつ》する母の背をひとしきりさすると、次にわしの手をとった。

「紀之介どのね」

おなごの手とはこんなにも柔らかいのか、と心が躍ったのを憶《おぼ》えている。

ねね様は、「さあ、こちらへ」と、近所の童をつれてゆくような身軽さで、奥の間へと進んだ。そこに、あのお方がいた。

「おお、おお、おかかの縁者かや」

木下秀吉様──わしが殿下と呼ぶことになるお方は、大口を開けて叫び、

「かしこそうな、男《お》の子じゃ。こっちゃ、こい、こい」

両の手を振って、わしを招き入れた。

「遠慮はいらん。本日、今から、この城がおのれの故郷ぞ」

殿下はそういって、勢いよくわしの肩を摑《つか》んだ。小さな体からは思いもよらぬ、痛いくらいの大力だった。

そのころ、にわかに大身《たいしん》となった殿下は、人をかき集めていた。ならば、ひょっとして、奉公せんと訪ねてくる縁者には皆そういっていたのかもしれない。

が、そんなことはどうでもよかった。

容貌《ようぼう》とて、猿だの、はげネズミだのと、いわれていた。いや、真実そうだった。

しかし、そのときのわしに、目の前のお方は琵琶湖を囲む山稜《さんりょう》からのぼる日輪に見えていた。

「また、頼もしきわが息子が生まれてくれた。うれしいのお!」

そんな大仰な、生まれて初めて受ける歓迎の渦中で、少年のわしは呆然《ぼうぜん》と立ち尽くしていた。

生まれた──その言葉を反芻《はんすう》していた。

そう、生まれた。まぎれもない。過去などどうでもいい。大谷紀之介は、このとき、この世に生ま

れ出《い》でたのだ。

石田佐吉《いしださきち》

わしは、織田信長公旗下で急伸する木下藤吉郎秀吉様の家中に加わった。

長浜にきてしばらくは台所で小者《こもの》働き。城に慣れると小姓《こしょう》として殿下の傍《そば》に勤めることとなった。

織田家の出世頭である殿下のもとには様々な輩が集っていた。

皆、よく言えば生き生きと明るく、悪く見ればギラギラと生臭い光で瞳を輝かせていた。すべての者が、殿下の立身出世を信じ、それに乗って己が身を立てようとしていた。

わしも城の小姓部屋に出入りするだけで、様々な者たちと知り合うことができた。出会いは、世を避け潜《ひそ》んでいたわしにとって、すべて新鮮で、かけがえなきものだった。

そんな中でも一番に挙げねばならぬ者――まちがいない。それは佐吉であろう。


佐吉と初めて会ったのは、わしが、その頃ちょうど羽柴《はしば》秀吉と名乗る様になった殿下付きの小姓となった日だった。

「石田佐吉じゃ」

殿下が機嫌よく笑っていたのを憶えている。

横で佐吉はにこりともせず、目を細めて、わしを見つめていた。

そのとき、わしは十分すぎるほど、佐吉の名を知っていた。それほど石田佐吉の名は家中に響き渡っていた。

羽柴家小姓一の俊才、殿の覚えめでたき智恵者《ちえ》。生まれは、近江石田村。地侍の次男坊。寺で修行中に殿下に見初められ、小姓として引き取られた……などなど。年はわしの五つ上と聞いていた。

「紀之介には向後《こうご》、小姓として勤めてもらう。まだ若いゆえ、佐吉が面倒を見る」

殿下は佐吉の横顔をみて、笑みを増していた。

対して佐吉はといえば、若者とは思えぬ、鋭い刃《やいば》の切っ先のごとき顔つき。

わしは、この男がなにを考えているのかわからず不安だった。そんな心の淀《よど》みを察したのか、殿下はひときわ明るく言い放った。

「佐吉はわが家の柱となる男。紀之介、よく学べよ。で、佐吉、紀之介ともにわしのために尽くしてくれい」

わしに向けながら、チラと佐吉を見た殿下の声に迫真が宿った。

「二人、ともに、じゃぞ」
ハ、と応じたが、よくわかっていなかった。
織田家中でも、人たらし、と呼ばれはじめていたこのお方は、新参者皆にそういうのだろうか。そんなことを思いながら面を伏せていた。

殿下が去れば、二人、部屋に残された。

「石田殿、よろしくお頼み申し……」

「わしのことは佐吉と呼べ」

呼びかければ、佐吉はつっけんどんに言って目をそらした。今思えば佐吉らしいが、そのときのわしはこの男がなにかに怒っているとしか思えなかった。

「ですが……」

さすがに年長の、しかも世話役となってくれる者に、それは無礼だ。

「いいから、呼べ。おのれは、わしにはなるべく横柄に振舞え、かまわぬ」

自棄《やけ》だ、とでもいわんばかり。その様、やや悔し気にすら見えた。

「すべてわしから話すように殿から言われている。だから、言う」

佐吉は堰《せき》を切ったようにしゃべりだした。


わしを引き合わせる前に、殿下は佐吉を呼び、こう諭した。

「佐吉、おみゃあは小姓の中で一番頭がええ。それをねたむ奴も多い。なのに、おみゃあはまったくしおらしく振舞わん。おかげで、小姓部屋じゃ諍《いさか》いが絶えんわ」

「殿」

佐吉は即座に応じたという。

「御家《おいえ》のためにございます。武張った者どもは、戦場で猪《いのしし》のごとく先駆け、軍令違反も厭《いと》いませぬ。平時も武功を鼻にかけ傍若無人《ぼうじゃくぶじん》の振舞いも多々。これではご家中の規律というものが成り立ちませぬ。殿はもはや織田家でも大身にございます。羽柴という御家が軽んじられぬよう……」

「それそれ、それがいかんわ」

殿下はいなした。

「そりゃわかっとるわ。じゃがな、佐吉。人には情っちゅうもんがあるわ。おのれのごとき若僧が面と向かって居丈高にそれをいやあ、相手はどう思うか」

「されど、殿がじかに言っては角が立ちまするゆえ、それがしが……」

「ああ、わかった、わかった」

殿下は抑え込むように手を振った。

「虎之介《とらのすけ》、市松《いちまつ》にも言って聞かせたがな、あ奴らも表では頷くが、腹ではそうもいかんわ」

「かの者どもの性分はわかっております。べつだん争いとなるようなことはなきようにしております」

殿下は軽く嘆息して、「もういい」というように首を振り、

「もうおみゃあらもええ年じゃ。人はこうなるとむきになるわ。こりゃあ、親代わりのわしの育て方がいかんかった。ええか、佐吉、まだまだいくさは続く。武辺ものが重宝するんじゃ。おみゃあ、こ

のままだと家中で敵だらけとなるぞ。そこでなあ」

ニカリと笑みをこぼした。

「こんど小姓とする大谷紀之介な。あやつとおみゃあ、兄弟になれや。いや、兄弟なんぞという上下はにゃあ。友、友だにゃあ」

「友……で、ございますか」

「そう友、友じゃ。そうじゃ、二人、佐吉、紀之介と呼び捨てあえ。それがええ」

佐吉はきつく眉根を寄せていた。五つも下の新参者に、呼び捨てられるのか——佐吉の誇りが心中で燃えたのだ。殿下はそんな佐吉の肩を摑んで、

「ええか、佐吉、おみゃあ、いつまでもわしの小姓っちゅうわけにはいかんぞ。人の上に立つっちゅうことがどういうことか、よく考ええ。紀之介はな、おのれらのようなしがらみも、織田家の所縁もない。しかも若いわい。いわば真っ白じゃ。紀之介が立派な侍となるかはおみゃあにかかっとるぞ。よおく守り立てたれや」

そういって、ぐいぐいと大きくゆすった。


「わかったか、そういうことだ」

佐吉は眉根を寄せ、口をすぼめていた。

わしは、ともかく頷いた。

新参の己が知る由もない、複雑な御家の内情を知った。

その頃の殿下は近江長浜城主となったばかり。織田家に入ったときは一小者でしかなかった男が、家老として引き上げられ、城持ち領主となったのだ。

そして、殿下は、羽柴と姓を変えられた。名乗りを変えるだけではない。殿下は、羽柴家という武門を一から、急ぎ作らねばならなかった。

槍《やり》自慢の者、計数に長《た》けた者……いくさ働きから政《まつりごと》の才、すべてを必要としていた。多少の悪癖も味と言い切り、かき集めるように人を集めていた。

にわか侍となった彼らは、小姓近習《きんじゅ》として、身辺の世話から警固、平時からいくさ場と、殿下に随行した。その中心にいたのは、縁戚の加藤《かとう》虎之介、福島《ふくしま》市松ら。他、織田家臣で与力として従う者では、堀尾茂助《ほりおもすけ》、山内伊右衛門《やまうちいえもん》など、近江で従った者では佐吉を筆頭に、片桐助作《かたぎりすけさく》、脇坂甚内《わきざかじんない》、増田仁右衛門《ましたにえもん》などなど。これら多士済々が集えば、徒党も生まれるというもの。

それにしても、蜂須賀《はちすか》、浅野《あさの》といった家老格の者たちの出世争いならまだしも、殿下が小姓連中にまで目を配っているのには驚いた。

卑賤《ひせん》の身から伸《の》し上がった殿下は一族郎党が少なく、代々家に仕えた家来は皆無。若者を育て、御家を支える譜代家臣を作らねばならない。むしろ、殿下は、戦国往来の古強者《ふるつわもの》より次の若い世代こそ必要としていたのだろう。

一代で家を作らんとするご苦心。この悩みは末期まで続くこととなるのだ。

「だから、いい。呼び捨てよ」

「良いのでしょうか」

「いい。殿も言われた。おぬしのような新参が呼び捨てるぐらいがいいとな。見ればわかる。加藤虎之介も福島市松も、殿の身うちじゃと、鼻息が荒い。わしのことも茶坊主などと呼ぶ。わしはあ奴らに負けぬようにしておるだけだが、それで横柄者《へいくわい》などといわれる」

頷くのが精いっぱいのわしに向け、佐吉は続ける。

「だがな、おぬし、それ以外は御方様の縁者などと鼻にかけるな。才なき者の空いばりほど見苦しいものはないからな」

啞然《あぜん》としつつ、気づいていた。この俊才石田佐吉を呼び捨てる、すなわち、わしもそれほどの男にならねばならぬ。身が引き締まる思いだった。

そして、殿下のいう「友」とはなんだろうか。世を知らぬわしにはわからなかった。佐吉に尋ねてみんと、おずおずと口を開いた。

「佐吉殿……」

「佐吉でいい、といっている」

「では――佐吉」

思い切って呼んでみれば、佐吉は口をへの字にまげて、顔をしかめた。

返事もできず、もごっと、一度口ごもった。呼ばれたら呼ばれたで、やはり腹立たしく、どう応じれば良いかわからない、そう顔に書いてあった。

クフッ
わしは、この怜悧《れいり》なしたり顔の俊才のそんな様がどうもおかしく、噴き出してしまった。

ハハッ　ハハハ
一度こぼしてしまった笑みはとまらず、腹を抱え前のめりに笑ってしまった。

佐吉はといえば、薬湯でも呑《の》み下したような渋面で、

「笑うな、紀之介！」

そっぽを向いて、叫んでいた。


そして、佐吉は城の隅々を案内してくれた。

すぐに気づいた。この男は、城内を微細にわたって知り尽くしている、と。

その知識の広さ、細かさ。小姓一の俊才というのは偽りではない。佐吉は長浜城、どころか、近江国内について諳《そら》んじるほど頭に叩《たた》き込んでいる。

(佐吉がわが世話役で良かった)

心底そう思った。わしはすべてを佐吉に聞くだけで知ることが出来る。それはわが身に沁《し》み込み、骨、血肉となる。驚きと共に、嬉《うれ》しかった。殿下のご差配に感謝していた。

佐吉は城内を歩き、各部屋の役どころを指さし教えてくれた。

わしも食い入るように聞いた。城の構えの強きところ、そして、補わねばならぬ箇所など。いくさの備えだけではない。蓄えられる兵糧《ひょうろう》の量、各持ち場にいる奉公人の数などなど。それで良いのか、少なくないか。疑問はとめどなく溢《あふ》れ、口をついて出た。佐吉はそのすべてにスラスラと答えた。

「驚いたな」

やがて、佐吉はわしの顔をしげしげと見てつぶやいた。

「そんなことまで聞いてくる奴は初めてだ」

いや、佐吉だからこそ聞いた。知り、誰《だれ》より詳しく教えてくれる。そう信じて聞いた。

「佐吉なら知っておるだろうと」

そういえば、佐吉はフンと鼻を鳴らして、かすかに口元を上げた。

後で知った。それは、佐吉らしい笑顔だった。

こうして、わしは、石田佐吉と知り合った。

佐吉は小姓部屋では、浮いてしまっていた。そうだろう。同じ年ごろ、いや、年上の者と比べても、佐吉の才は群を抜いていた。対して、佐吉は佐吉で小姓部屋などいっときの仮住まい、とばかりに振舞う。皆、苦々しく、時に疎《うと》ましく佐吉を見ていた。

それを佐吉に言うと「奴等にあわせている暇はない」と返してくる。この融和は到底無理だった。

「あ奴が世話役でよくやっておれるな」

そんなことを気の毒そうに言ってくる者もいた。聞けば、わしの前にもいく人か佐吉に付いた者はいたらしい。いたが、そのすべては佐吉についてゆけず、小姓組から逃げ出してしまった、という。

だが、わしはなんでも佐吉に言い、聞いた。

佐吉はすべてによどみなく答え、時に「おぬしはいかが思うか」と聞いてきた。

わしの答えを聞いては、「そういう見方もあるか」といつもの冷めた顔に小さな笑みを浮かべた。

そして、大概、わしの言った通りにしていた。

わしらは、妙に符合《ふごう》した。佐吉とは夜通し語り明かしても飽きなかった。そうして元服し、佐吉が三成《みつなり》と名乗るようになっても、変わらず、佐吉、紀之介と呼び合った。

ある日、佐吉は眉根を寄せた顔を寄せてきた。

「妙な噂を耳にした」

「なんだ」

「わしと、おぬしが衆道《しゆどう》の仲だとよ」

「わしと佐吉が？」

目を丸くした。

「まことにくだらぬ……」

佐吉の切れ長の目が細くなってゆく。だから、馬鹿どもは……とでも、いわんばかりだった。

その顔を見て、わしは、クッと、噴き出してしまった。

そうだ。佐吉の冷めたしたり顔は、見る者によっては腸《はらわた》が煮えくり返るほど生意気だ。だが、わしにとっては愛嬌《あいきょう》でしかない。そして、その顔が苦々しくゆがむとき、少年のように愛らしくなる。わしは知っている。

噴き出すわしをみて、プッと、珍しく佐吉の頬が膨らんでいた。

ハアッハッハッ

二人して高笑いしていた。

「そういうことにしておくか！」

「よせ！」

肩を叩き合った。

わしらは切磋《せっさ》琢磨《たくま》して、殿下のもと、励んだ。

殿下が父ならば、佐吉はわしにとって兄だろうか。五つも上の年嵩《としかさ》からすればそうだが、いつしか、わしらの間に年の差などなくなっていた。

殿下は、わしと佐吉を組ませるのがいい、と思ったのだろう。我らはいくさでも政でも同じ役へと据えられた。

賤ヶ岳《しずがたけ》で槍を振って柴田《しばた》勢に突き入ったとき。堺《さかい》奉行として初めて政に携わったとき。九州、小田原《おだわら》征伐で大軍勢を取り仕切ったとき。

佐吉は、いつも、わしの隣にいた。

そして、いつも通り、怜悧な顔で鼻をならしていた。

宿病

わが半生を語るのに避けられないことがある。

病――物心ついたときより、わが身につきまとう忌まわしい宿命だ。

人は陰で「業病《ごうびょう》」などとささやいた。前世の宿縁が生んだ不治の病だ、と。

業、といえば、この病を背負ったことが、わしの業なのか。

病はわしが成長するにつれ、次第に大きくこの身に現れた。時にひどく、時にゆるやかに、わしを悩ませた。

発すれば、肌に激しい痒《かゆ》みを生む。掻《か》いてしまえば、肌の色が赤黒く変わり、痒みは広がる。はじめは小さい患部は徐々に広がり、腕、胸、足といたるところ痺《しび》れのごとき鈍い痛みが襲う。やがて、患部は裂け、膿《う》み、爛《ただ》れてやけどのようになる。

はじめは「らい、ではないか」と訝しんでいた医者は、やがて、その症状が肌のみにとどまり、日々の営みに差し支えないことを見て、しきりと首をひねった。

業病。なんのことはない、わからぬゆえに、こう言うしかなかったのだ。

厄介な病は治らず、薬湯を呑み、膏薬《こうやく》を塗って緩和させるにとどまった。

そのうち、肌を乾かさず、水気を保つことによって、症状はうすれ、ほとんど消えることもあるのがわかってきた。しかし、季節が変わり、疲れが溜《た》まるとまた病は現れ、体を侵食した。

どうやら、根からは治らない。いつかこの病が重くなり、わが命を奪うかもしれぬ。

怯《おび》えつつも、体力を保ち、症状の軽減につとめて、じょじょに平癒《へいゆ》する。そんなことを繰り返し、わしは成人した。


一度、病を重くしてしまったことがある。

あれは二十を過ぎたばかりのころだ。

そのころの殿下のもとでの奉公は多忙を極めた。

織田家一の大将として中国攻略《ちゆうごく》、かの本能寺《ほんのうじ》の変にて備中《びっちゆう》から取って返しての明智《あけち》討ち。信長公の跡目をめぐって賤ヶ岳での大いくさ、織田徳川を敵に回しての小牧《こまき》の陣。

殿下がなした天下取りの戦いは、家臣にとっても天変地異のごとき激動だった。

酷暑厳寒の中、泥濘《でいねい》と塵芥《ちりあくた》にまみれ、東へ西へと転戦した。忙しさに肌を癒《いや》すこともなく駈《か》けずりまわった。病など顧みることもなかった。

その場しのぎに薬師《くすし》に処方してもらった膏薬が合わなかったのだろうか。

皮膚の爛れは上半身すべてを覆い、首まで至った。膿み、瘡《かさ》となってはまた剝《む》ける。ひどい有様だった。

まだ病との付き合い方もわからぬころだ。そこまで進んだ病が治るのかわからず、わしは苦しんだ。毎夜のごとく、このまま、全身が爛れて死ぬ夢を見た。

悪いことは重なった。

我が病が人にも知れるようになったころ、大坂で辻斬《つじぎ》り騒動があった。辻斬りは宵闇《よいやみ》に出没しては、人が斬られた。その下手人がわしだと疑われたのだ。

「悪瘡《あくそう》を病んだ大谷紀之介が千人の生き血を吸えば病が直ると、夜な夜な人斬りにでている」と陰でささやかれた。この噂は、京大坂、そして、公家衆《くげ》から民草の間にまで広まった。

「くだらぬ、ほうっておけ」

顔を合わせるたび、佐吉は言い切った。

「堂々としていればいい」

佐吉らしい毅然《きぜん》としたさまだった。

しかし――わしは悩んだ。

それまでは病を抱えながら、囚《とら》われることもなく生きてきた。わしだけではない。殿下に従う者すべて立ち止まっている暇などなかったのだ。

そんな激動もようやく落ち着きを見せていた。

殿下は畿内《きない》をほぼ従え、天下人として君臨し、大坂に築城、城下の整備を始めていた。

しかし、卑賤の出の殿下に対する都の者の当りはきつかった。とくに気位の高い公家衆などは陰で白眼視していた。

といって、飛ぶ鳥を落とす勢いの殿下を悪し様《あざま》にはいえない。だから、家中の粗《あら》を探す。この噂とて、そんなところから出たのかもしれなかった。

我が身のことで殿下が貶《おとし》められ、足元をすくわれてはならない。思い至って、殿下の前にでた。侍をやめて出家するつもりだった。

「紀之介よう」

殿下はニコニコと笑んでいた。殿下らしい、したたかさを秘めた笑顔だった。

「おみゃあが、やったんじゃねえことぐらい、わかっとるわ」

ありがたい。だが、辻斬りの件だけではない。我が醜く病んだ体はどうしようもない。

「おみゃあ、病で寝込んだりせないけんわけじゃなかろう」

殿下に病の事は報じている。だけではない、我が母とねね様を通じて、殿下はわしの様態、病の特性も克明に知っている。そもそも、わしの侍医とて殿下のあつらえであった。

「しかしながら、このような有り様では」

この醜態では殿下の新しき天下がけがれてしまう。

「紀之介」

殿下は上座から降りてにじり寄ってくると、右手を前に差し出す。

「これ、これ、みい」

掲げた右手親指根元の横はいびつにつき出ている。

（それは……）

誰もが知っている。しかし、誰もなにもいえない。殿下とて語ろうとしない、公然の秘密。それを凝然と見ていた。

今、堂々我が前にさらしていた。

六本目の指――殿下は生まれつき指が一本余分にあった。

だが、今はない。成人する前に、己で切ってしまったという。

「これでなあ、わしゃあ、小僧のころ、よくいじめられてよお。大人も子供もわしをいたぶるんだわ。あんまりうるさいで、切ったんだがな、それでも、みな笑うんだわ。人なんてそんなもんだわな。あの信長様もな、おい、この六つ目、なんてわしを呼ぶんだわ」

と言われても、応じようがない。殿下が何を言おうとしているのか、わからなかった。

「わしも負けじとな、『はあい、世にも珍しき、六つ目にござります』と答えるんだわ。そうすると信長様はな、嬉しそうにカカカと笑うのだわ。そんで、あるとき、わしを呼び寄せてこういうのよ。猿よ、わしはおのれの指を笑ったのではない。貴様は、その手を揶揄《からか》う狼藉《ろうぜき》にたえ、どころか、堂々胸を張っている。それだけでも並みの男でない、その姿を天晴《あっぱれ》と称《たた》えたのだ。よいか、猿、励め。五本指の者が恥じ入って、六本指だからなせたんじゃと、崇《あが》めるほどにな、とよ。んで、その後、おん殿はな、わしを引き上げてくださるたびに、おい六つ目！とこう呼ぶんだわ。わしゃ、むしろ六本目の指を切ったことを悔いた。こりゃあ、生まれついての我が一部、切らんで堂々生きりゃあよかった、となあ」

殿下は薄い頬にたっぷり笑みを溜め、ニマニマと笑っていた。

「今や、このことで誰もわしをいたぶりはせんわ」

愛《いと》しげに右手のその部分を撫でていた。そして、キラ、と目を光らせた。

「紀之介、その病は天が与えたもの、己が背負う宿命じゃ。勝ったも負けたもねえ。じゃが、おみゃあが病を恥じて身をひくっちゅうなら、それは己から負けを取ったっちゅうことじゃ」

まっすぐにわしを見て、真顔になった。

そのとき、その背から後光がさすように見えた。

「紀之介、おまえを加増する。これまでの倍働いてみい。うだうだいう奴を見返しちゃれ。隠居する暇ありゃあ、そのぶん、身を粉にしてやってみせい」

そう言って、殿下はニカッと白い歯を見せた。

そのとき、わしは誓った。

――病よ、わしの中に巣くう病よ。この体を蝕《むしば》むなら蝕め。

それが宿命なら、恐れず受け入れよう。

だが、我は負けぬ。負けずに生きる。生きて、このお方の力になる――

ただ、そう誓ったのだ。

裏切り

殿下――

太閤《たいこう》殿下、豊臣秀吉公。わが生涯に、このお方を欠かすことはできない。我が一生は殿下あってのものだ。

「きのすけえ」

今でもよく夢にでてきては、わしを誉《ほ》め、叱《しか》り、笑いかけてくる。

殿下の期待に応《こた》えるべく励み、殿下はそれを愛《め》でてくれた。そしてわしは一層励んだ。

殿下は、まさにわが親であり、人生の師であった。

だが、わしは、そんな殿下を、裏切った。

主《あるじ》に逆らう、いや、それ以前の人としてなしてはならぬ罪を犯した。

父といえる方に背いたのだ。


唐《から》入り、朝鮮《ちょうせん》征伐。思えば、なぜ、あのようないくさが起こってしまったのか。

「朝鮮を従えて、明《みん》へと攻め入る」

薩摩《さつま》島津《しまづ》を下し、九州を制したころから、殿下はことあるごとにそう言った。

わし、佐吉らはそれを聞くたび、遠回しになだめた。

奉行衆だけでない。殿下の実弟秀長卿《ひでながきょう》も、奥方であるねね様も、実母の大政所《おおまんどころ》様すらも諫《いさ》め続けた。

そのたび、殿下は、大きく笑い飛ばした。

「なにいうとるがや、もはや日の本に我が敵はおらん。わしが得るものは海の向こうにある。国をでてまだ見ぬ新しき地を獲《と》る。それがわしだがや」

あるいは――傍らで役務をなす我らの心も徐々にうねりを上げていった。

殿下は極貧の出から成り上がり、天下人へと昇り詰めた。いち貧民が天下を獲ったのだ。殿下のなしたことは、日の本始まって以来の快挙なのだ。

殿下の偉業はけっして、武運にまかせたものではない。

殿下は各地を制するたびに、検地をおこない石高《こくだか》を整備し、さらには降《くだ》した大名の領国内に蔵入り地を置き、全国から兵糧を徴収する形を作った。これにより地域の飢饉《ききん》、天災に関係なく、大坂に米は運び込まれた。

人と兵糧を集めるゆるぎなき体制。これあればこそ、九州攻め、小田原、奥州《おうしゅう》征伐といった大軍での大遠征はなせた。殿下の手足となってそれを成した我ら側近は間近でそのすべてを見てきた。

殿下なら、なせるかもしれない――わし、佐吉らはそう諭しあい、思い込むことで自らを奮い立たせた。思えば、我らも天下の味に酔ってしまっていたのかもしれない。

わしらは、殿下のもと、いくさ仕度を進めた。兵糧、軍船、水主《かこ》、人夫を集め、諸大名に檄《げき》を飛ばした。それは、日の本の誰も経験したことのない大事業であった。奉行一同、膨大な作業にときを忘れた。

うまく進まず手間取ったこともある。なかには兵が出せない、舟が用立てられない、そんなことを言ってくる者もいた。商人や民草だけではない、大名ですらそう訴え出る者もいた。

その全《すべ》てに手厳しくできたわけではない。殿下への報告を伏せたこともある。

「殿下に報じねば」

佐吉は、ときに眉根を寄せてつぶやいた。そのたび、わしは苦笑してとどめた。

「佐吉、そんなことをいちいち気にしては、物ごとが進まない。我らが知り、目を光らせればいいのだ」

「殿下がお許しになるか」

「佐吉、殿下が知らないと思うのか」

佐吉はきつく顔をゆがめていた。

殿下こそ小者から伸し上がったお方。大いくさの裏で大小のねじれ、ゆがみが生じることなど嫌というほど見ている。そのすべてに目くじらを立てるなら、唐入りなど何百年かかるというのか。

「些事《さじ》で殿下のお気を煩わせる必要はない。それを差配するのが我らの役目だ」

わしは言い切った。そもそも、この唐入り自体、国が始まって以来の異常事。未曾有《みぞう》の規模で人や物が動いている。そのすべてを知るのは、わしら筆頭奉行だけなのだ。

「いざとなれば、己が腹を切るしかない。この唐入り陣の奉行となった時、わしはやると決めた。佐吉はやらぬのか」

突き放せば、佐吉は険しく眉間《みけん》を寄せた。

才気煥発《かんぱつ》な佐吉は何事にも理知が先に出てしまう。平時はそれでいい。だが、いくさでは、邪魔だ。佐吉に足りないもの、それは勇気と覚悟なのだ。

「佐吉、うまくゆかねば、すべてをわしにかぶせよ。ただし、黙ってやらせよ」

「わかった、わかった！」

そこまで言えば、佐吉は大きく息を吐き、背筋を伸ばす。

「ここまでやったのだ。わしもやる。わしなしではなせぬだろう」

開き直れば、誇り高き男だ。

「そうだ。すべてを我らが仕切る以上、我らは腹蔵なくことを共にし、ゆるぎなく導く。でなければ、日の本の軍勢をまとめることなどできない」

うむ、と佐吉も固く頷いた。

「こうとなれば、我ら一蓮托生《いちれんたくしょう》だな、紀之介」

その言葉は今思い返しても、わしの胸底に重く響き渡る。

そう、我らは、やらねばならなかったのだ。

天正二十年（一五九二）四月に小西摂津守行長《こにしせつつのかみゆきなが》を先鋒《せんぽう》として釜山《ふざん》に上陸して以来、日本勢は連戦連勝で北上した。ついには朝鮮国王を明国境までおいやり、朝鮮八道すべてに兵を置いた。

しかし、年が明け大国明が来援すると、いくさの形勢は大きく変わった。

「義兵」という民衆の蜂起《ほうき》、朝鮮水軍による側方攪乱《かくらん》、兵站《へいたん》の分断もあり、戦線は膠着《こうちゃく》。各道に散った将は己を守るのにかかりきりとなった。

厳寒の冬がきていた。このままいくさを続ければ、数万におよぶ兵が凍え、飢え死にする。大戦の勝敗はさておき、いったん停戦して兵糧を確保せねばならない。そのために目先の和睦《わぼく》は必須《ひっす》だった。

堺《さかい》商人の出で、朝鮮、明の事情に詳しい小西摂津が明へと赴き、交渉が始まった。摂津は明の使者を引き連れ、肥前名護屋《ひぜんなごや》本陣の殿下のもとへ赴いた。

劣勢をみとめるのが嫌だったのだろう。殿下は高々と条件を掲げた。

その内容は朝鮮領土南半分の割譲、明の皇女を天皇の妃として送ること、日明貿易の復活等々、とても叶《かな》えようのないものだった。

「少しでも譲歩していただけないか」

小西摂津はうめくように訴えてきた。

摂津ばかりではない。朝鮮軍《いくさ》奉行、目付役として、朝鮮の戦場をめぐり、在陣諸侯の陣をくまなく見た我ら側近こそ、殿下に説かねばならなかった。

このままでは、日本勢は自壊する。そして、敗戦の余波は国内での乱を呼ぶ。

褒美目当てで兵をだしたにもかかわらず見返りのない諸侯は憤懣《ふんまん》を溜め、各地で立ち上がる。天下は再び乱れ、戦国の世に逆戻りしてしまう。

我らは、殿下に朝鮮現地の内情を報じ、停戦を訴えた。

だが、殿下の意志は変わらなかった。どころか、自ら朝鮮へゆき陣頭指揮をとる、と言いだす始末だった。

行き詰まった小西摂津は、こんなことを言い出した。

「偽りの降伏姿勢を示して、明皇帝を動かすしかない」

ともかく事態を進展させねばならない。その一念で、我らは同意した。

作為について合意するや、小西摂津は魔性のごとき動きをみせた。

「関白降表」という偽りの降伏文書を作り、家臣の内藤如安《ないとうじょあん》を日本からの正使に仕立て上げると、明側の交渉役沈惟敬《ちんいけい》と図って明皇帝へ引き合わせた。

明皇帝神宗《しんそう》は納得し、巌《いわお》のように動かなかった情勢が動き始めた。

ただ、その内実は、惨憺《さんたん》たるものだった。

明から出された返答は、殿下を日本国王と認める勅使を送り、王の金印をさずけるということのみ。殿下が望んだ交易の復活、朝鮮領の割譲など微塵も触れられていない。

条件を持ち帰った小西摂津と、わし、佐吉、増田長盛《ましたながもり》殿の朝鮮軍奉行の三人は、厳重な人払いのうえ、密室に籠《こも》った。

「これを通さねば、いくさは終わらない」

摂津は低い声音で言った。それは認めざるをえない。そこまで状勢は日本に不利であった。さらに、摂津は驚くべきことを明かす。

「先に、殿下のもとに引き連れた明の使者も偽物だったのだ」

聞けば、引き合わせた謝用梓《しやようしん》と徐一貫《じよいっかん》は沈惟敬の家来であり、明政府の正使ではない、そもそも、沈惟敬じたいが日本を謀《たばか》るため用いられた無頼の徒、すべては明軍の策謀だった、という。

「もはや賽《さい》は投げられた。明が降伏すると偽って、使者を殿下に引き合わせよう」

「そ、そのようなこと、できるのか」

絞りだした増田長盛殿の声が震えていた。

増田殿は、我らより一回り年長、大和郡山《やまとこおりやま》二十万石の主であり、奉行筆頭格の切れ者である。そんな能吏もさすがに動揺し、口元を震わせていた。

「海を隔てた異国のこと、殿下も諸侯も言葉もわからぬ。殿下の書状を作ったように、明の言い分も改めよう。明の使者も代わりがいる。段取りは任せよ」

摂津の目は底光りしていた。

「この陣を仕切っているのは、おぬしら三人、殿下との繋《つな》ぎとてそうだ。これをなすためには、おぬしら三人、たった三人が目をつぶり、我を援《たす》けてくれれば済むのだ」

「だが、交易は、朝鮮の領土分けはどうする」

「まずは和議からだ。交易はわしの領分、子細《しさい》を詰めるのに時がかかると言う。朝鮮の南はすでに我らが領しておるではないか。他は朝鮮が退《ひ》かぬといえば良い。とにかく、いくさをやめるのが先だ！」

「そんな偽りが殿下に知れたら……」

「わし一人、死ねばすむこと」

摂津は食い下がる増田殿を斬るように言った。声に断固たる力があった。

「すべてわしにかぶせよ。わしなどもともと侍ではない。城も領地ももらったもの。いや、もらったせいで、このような役を負わされ、無間地獄《むげんじごく》に苦しむこととなった。いい、知れれば、商人小西弥九郎《やくろう》は日の本の国を売った悪人。うまくゆけば国難を救った大功者さ」

摂津はそう言って、乾いた笑いを放つ。

その開き直った様に、わしは唐入り陣を最初からなぞっていた。

我ら奉行はいくさを推し進めてきた。仕度をし、現地へ乗り込み、諸将を動かした。時に激励鼓舞し、時に理不尽すら押しつけた。そして、殿下に報じた。あるときは克明に、あるときはぼかし、あるいは丸ごと隠匿した。

殿下でも、小西摂津でもない。すべてを握り、差配したのは、我らだ。ならば、いくさを終わらせるのとて我らだ。

「わかった、摂津殿」

踏み出せば、むっと摂津は瞳を輝かせ、増田殿は険しく眉をひそめた。

「長きにわたるお役目、まことにご苦労。おぬし一人に背負わせることはできぬ。ここは、おぬしの策しかない。おぬしの言う通りに、明と和を結ぼう」

「刑部《ぎょうぶ》、かたじけない」

感激の目をむける摂津の前で、固く頷いた。この商人に売られた、などという気は微塵《みじん》もない。小西摂津だけではない。我こそ命を差しだすべき、そう思っていた。わしにはそうする理由、そうせねばならぬ理由があった。

「刑部、おぬし」

増田殿は一度ひそめた眉を、これ以上ないほど上げていた。

「増田殿、ことあらば、この大谷刑部にかぶせてくだされ」

強く言い切れば、増田殿はたじろぐように言葉を呑みこんだ。

そのとき、佐吉は目を閉じていた。閉じた瞼がかすかに痙攣《けいれん》していた。

「よいな、佐吉」

呼び掛けたが、佐吉は張りつめた額を伏せていた。

(佐吉よ)

どうやってこいつを説き伏せる。この誰よりも理を重んじ、誠忠を掲げ、不正を憎む石田佐吉をどうすれば。鼓動が早鐘をつくように高鳴っていた。

――佐吉。おまえは納得できんだろう。だが、わしは決めた。いかにおぬしが抗《あらが》おうともやる。いい、いざとなれば、すべてはわしが背負う。佐吉にはかかわりのないことだ。あとは、頼むぞ、佐吉――

「紀之介」

やがて、佐吉は目を開いた。そこに決意の光があった。

「我ら、一蓮托生だな」

面を上げた佐吉は、軽く息を吐いて微笑した。

同時に、わしの脳天からつま先を感動が貫いていた。この俊才がはじき出した答えも我と同じということに、百万の味方を得た気分だった。

そして、急に、せつなくなった。

妙なことだ。わしは、佐吉を巻き込みたくないと思いながら、同意してくれることを望んでいた。

そんな己に、そのとき、気づいたのだ。

露見

わしら朝鮮軍奉行三人と小西摂津は、明には日本降伏、殿下には明降伏として事を進めた。すべてを取り仕切っていた我ら四人だからこそできた詐術《さじゅつ》であった。

そして、慶長《けいちょう》元年（一五九六）九月一日、講和はなった。

殿下は、大坂城本丸の表御殿、「千畳敷」と呼ばれた大広間で、明の特使使節団を謁見した。

使者は正使が楊方亨《ようほうきょう》、副使が沈惟敬。彼らは明皇帝の勅書である「誥勅《こうちょく》」と、「日本国王の金印と冠服」を携えた見た目には立派な明使節団であった。

だが、彼らは本物ではない。偽の特使は明皇帝の勅書を和訳して読みあげる。その内容は、殿下の要望に応じ、明が朝鮮の領土を日本に割譲し、交易を再開する。これは虚偽、うそだ。勅書の中味は、ただ日本を明の冊封国とし、殿下を日本国王に任ずる、というだけ。すなわち、いかさまの使者が、「うそ」を読み上げ、勅書を捧げたのだ。

わし、佐吉、増田長盛殿、そして小西摂津は、広間の一隅で息をひそめて、その虚偽に満ちた儀式を見ていた。

殿下は、何度も頷き、機嫌よく特使をねぎらった。

「大明の皇帝を従えるなんざ、日の本の歴史でもわしぐらいだがや。どうじゃ、どうじゃ、そうじゃろう、みなあ」

南蛮《なんばん》渡りの椅子《いす》にかけうそぶく殿下に、居並ぶ諸侯も満面の笑みで応じる。

諸侯の中には、毛利輝元《もうりてるもと》殿、宇喜多秀家《うきたひでいえ》殿など、朝鮮の地獄を見てきた者も数多《あまた》いる。彼らは心からいくさの終わりを寿《ことほ》いでいるのだろう。

横に居並ぶ増田殿、小西摂津の顔も安堵《あんど》に緩んでいた。我らの作為は成功したのだ。

だが、無邪気に喜ぶ殿下の姿をみるほどに、わが心は絞られるように痛んだ。

心を決めてなしたとはいえ、いいのか。父なる人をだましているという呵責《かしゃく》が、胸で膨れ上がっていた。

下唇をきつく噛《か》んで、横を見れば、佐吉が小さく目配せする。

これでいい——そういっているように見えた。


事が起きたのは翌日であった。

にわかに大坂城は騒然とした。前日、講和の儀式に立ち会った諸侯すべてが、殿下に呼び集められたのだ。

「何事か」

本丸千畳敷へと向かうわしらは険しく固めた面を見合わせていた。

筆頭奉行の我らが知らぬとは、よほど火急の事。これが良いことのはずがない。

広間に入れば、上座の傍らに、重厚な僧衣をまとった貴人が鎮座していた。

殿下お気に入りの臨済宗《りんざいしゅう》の高僧、西笑承兌《さいしょうじょうたい》。承兌殿は、鹿苑僧録《ろくおんそうろく》をつとめた日の本有数の僧であり、殿下の御伽衆《おとぎしゅう》。書文作成、外交役をもつとめる万能の切れ者であった。

続々と諸侯が詰めかける中、厳命されているのか、承兌殿はふだん親しき我らの事も見ようともせず、重そうな瞼を閉じていた。

その白い顔を見て、背をうすら寒い予感が這っていた。

昨日、殿下の謁見を終えた明の特使は、堺の宿舎へと下がった。殿下はこれをもてなすため、都から呼び寄せた高僧四名を送った。その代表が語学に堪能な承兌殿であった。

彼らは宴席を設けて特使をねぎらった。殿下は、特使に対し「汝らの望みは心置きなく、申すべし」と書状を授けるほど上機嫌だった。

明使の接待には、堺に詳しい小西摂津が付き添った。彼に事情を聞きたいところだったが、広間に現れなかった。

やがて、殿下が入ってきた。明らかに不興げな顔だった。

「昨日、和尚《おしょう》が堺で明の使いをもてなした。そこで、出されたのがこれじゃ」

殿下は小姓が差し出してきた書状を受け取るや、片手でひらりとかざした。

承兌殿がにじり寄って受けとる。さすがといえよう。その顔は能面のように動かず、心うちは読めなかった。

承兌殿が読むのは、殿下が下した「望みを心置きなく言え」という書状に対する返書だった。その冒頭は殿下の寛大な計らいに対する謝辞。それは、べつだん良かった。

続いた文句に、耳を疑った。

「されば、朝鮮の全陣営を取り壊し、朝鮮における日本の軍勢を撤退させること」

(嘘《うそ》だ。ありえない)

胸で叫んでいた。

これは朝鮮四道を割譲するという和議の条件のくつがえし。

我らと明の偽使者は十分に結託していた。彼らが勝手にそんなことを言うはずがない。

「明皇帝が何年も前に慈悲によって許したように、朝鮮国民の過失を寛恕《かんじょ》すること……」

承兌殿の朗読はわしの頭を揺さぶるように続いた。手足は瘧《おこり》でもかかったように震えていた。指先は痺《しび》れ、目は霞《かす》み、視界がぼやけた。

「ああ、もうええ」

さえぎる殿下の声が轟《とどろ》いた。

「嘘つきめが」

ギクリと息がとまる。その罵声《ばせい》が己に向けられているかと思った。

「朝鮮の南は我らが力で獲った領土じゃ、なぜ、明から言われて返さないかんか」

凄《すご》みある怒声とともに、殿下は立ち上がっていた。

上段にある姿は常より大きく見えた。その背から異常な気炎が上がっていた。

「たわけたことをほざきおって。なめとるんじゃ、わしを、日の本を！」

ここまでの殿下の大声を聞くのは初めてかもしれない。一同、身を固め、まばたきもできず、宙の一点を凝視していた。

「いくさじゃ！」

そのまま、殿下は書状を投げ捨て、椅子を蹴飛《けと》ばすように去った。

皆、その場に残された。我らだけでない。徳川《とくがわ》殿も前田《まえだ》殿も、殿下以外の者すべてが捨て置かれた。

書状を読み上げた承兌殿すらも、だった。

その怒りの大きさ、決意。もはや議の余地はない。またいくさだ。誰もがそう思った。

深いため息が室内に満ちる中、わしは阿呆《あほう》のように口を開け、頬をかきむしっていた。

終わった。すべてが終わった。

ただ、そう思っていた。


その後、わし、佐吉、増田殿は、殿下に呼ばれた。

本丸表御殿最深部へと向かう我らに言葉はなかった。皆、それぞれの想《おも》いを胸に、ただ、殿下の前にでる、それしかできなかった。

普段は使われぬ薄暗い小部屋に、殿下は先におられた。

室内に入るや三人同時に息を呑んだ。部屋の隅で頭《こうべ》を垂れているのは小西摂津だった。

頭にことの全容が浮かんでいた。殿下は虚偽のすべてを知ったのだ。

「座れや」

殿下は顎《あご》をしゃくった。

我ら三人は座るや畳に額を擦《こす》りつかんばかりに頭を落とした。

もとより捧げた命、惜しむことはない。ただ、殿下がどれほど憤っているのか、それを思えば、痺れるような痛恨が全身を襲っていた。

「おみゃあら、そんなに、わしに、いくさせたくにゃあか」

反論の余地もない。ただ身をかがめるばかりだった。

「勅書をな、あのあと和尚に読ませた」

伏せた横面をはられたようだった。承兌殿が見れば、勅書の詐読は一目瞭然《いちもくりようぜん》だ。

「ただちに、弥九郎を呼んで問いただした。すべて聞いたわ」

弥九郎――小西摂津は青ざめた顔で震えていた。その横顔に釜山で迫ってきたときの気迫はなかった。

追い詰められ、開き直って我らを引き込んだ策謀から二年にならんとする。商人弥九郎は講和の見通しがついたことで、むしろ生への未練が湧《わ》いたのだろう。

仕方がない。いや、我らとて同じ穴の狢《むじな》だ。どころか、我ら三奉行こそ一連の作為の主謀者なのだ。

「偽の使いに偽書とは、のう……」

つぶやくような殿下の声に、打ちひしがれた心がキリキリと痛んだ。

殿下は心底失望しただろう。信じて取り立て、万事を任せていた我らに騙《だま》されていたのだ。その寂しげな声音に深甚《しんじん》たる落胆が詰まっていた。

「和尚が読んだ書状はな、わしが言って和尚が書いたもんじゃ。偽書には偽書じゃ」

さすがは、戦国の魑魅魍魎《ちみもうりよう》たる者どもと渡り合ってきた殿下だ。我ら若輩《じやくはい》の比ではない。すべてを知り、狂言には狂言で返したのだ。

かなわない――

感嘆とともに、妙な違和が心をよぎっていた。

待て。なら、あの迫真に満ちた怒りの姿は、なんなのか。

一瞬のうちに様々な情景がよみがえる。大事なことを忘れている。必死に探っていた。

ふーっ

殿下がついた大きなため息が室内に響いた。まるで、胸中に溜まった澱《おり》を全て吐きつくすかのように長かった。

「あのわしをみりゃあ、誰も文句はいえんじゃろ」

どくりと心の臓が跳ねていた。そのとき、朧《おぼろ》だった殿下の想いがはっきり形となった。

(やりたいのだ)

殿下はやはり戦いたい。大陸へと踏み出したい。だから、あの狂言を利用して再戦のきっかけとしたのだ。

スッと、殿下は背筋を正した。衣擦《きぬず》れの音が大きく響いた。

「この二年、えらいことばかりだったわ」

そうだ。この和議交渉の間、様々なことがあった。

殿下には男子、拾《ひろい》のちの秀頼《ひでより》君が生まれ、いっとき、上方は歓喜に沸いた。

だが、できぬと諦《あきら》めていた老齢での実子誕生は、すでに跡目を決めて動いていた豊家《ほうけ》政権に大きな波紋を投げた。

関白職をゆずった甥《おい》の秀次《ひでつぐ》様とすれ違いが生じるようになり、家臣も太閤派と関白派に分かれて疑心暗鬼を募らせた。溝は徐々に深まり、ついに、関白謀叛《むほん》とまで噂され、殿下は秀次様を高野山《こうやさん》へ追放した。

そして、思い詰めた秀次様が自害するという最悪の事態へと発展するや、実子拾様の将来を案じた殿下は、残された秀次様の妻子を処刑するという苛烈《かれつ》な仕置きをなした。

世継ぎ誕生の歓喜とともに、養子とした甥と妻子すべてを殺すという悲劇。凄惨《せいさん》な結末に、上方《かみがた》は大いに揺れた。

揺れたと言えば、つい先々月、畿内で大地震があり、殿下が手塩にかけた伏見《ふしみ》城が倒壊した。殿下ご自身も城内におり、あやうく圧死しかけた。

人知をこえた出来事が殿下を見舞った。この騒動の間、朝鮮でいくさはなく、国内は安泰だったのが、せめてもの救いだった。

そうと思えば、虚偽とはいえ和睦交渉は意味をなしたのか。いや、殿下は最初からこの和議の偽装を知り、知りつつそれに乗るふりをして再征のときを計っていたのだろうか。

「やらにゃあならん」

その声に弾《はじ》かれるように面を上げた。佐吉、増田殿も同様だった。

「人の一生など明日どうなるかわからん。やれることはすべてやっておかなな」

声に揺るぎない決意が漲《みなぎ》っていた。

「わしゃ、生きとる間にやりたいんじゃ。みな、やらせてくりょうよ」

生きとる間――という言葉が切なく響いた。

唐入り直前の実弟秀長卿、嫡子鶴松《つるまつ》君の病死、一昨年の生母大政所様の逝去。殿下の血族はここ数年で次々鬼籍へと入った。老境へと入った殿下が命の儚《はかな》さを痛感するのも当然であろう。

殿下は立ち上がり、上座から降りた。

「こんな奴はこれまでおらんだろうが。頼朝《よりとも》も、足利公方《あしかがくぼう》も、信長様とてできなんだことよ。この秀吉が、わしがそれをやる。おぬしらもついてくりゃあ、これまでなかったような世がみられるぞ」

そうだ。殿下とは、こうなのだ。

溢《あふ》れんばかりの好奇心と、向上心と欲望。極貧の出から這《は》い上がり、己の力と才覚で天下を取り、人臣の最高位まで上り詰めた。それでもとどまらず、次を求め生きてきた。

殿下こそ、民、百姓なのだ。たえず、地を掘り、種を植え、育て、実りを得る。今年も、来年も、日の本に地がないとなれば、求めて海を渡る。それこそ、豊臣秀吉公なのだ。

「弥九郎」

殿下は小西摂津の前にきて、かがみこんだ。

「おみゃあ、商いをやりたいんじゃろう。ええ、ええ、やりゃあええ、わしゃ、朝鮮どころか明を支配して、やがてはマニラ、ニンポウ、天竺《てんじく》まで制するぞ。イスパニア、ポルトガル、おみゃあに全ての交易をまかせてやるわい。日の本にとどまらず、海の向こうを駆け回りゃええ、そのためにおみゃあを真っ先にだしたんじゃあにゃあか」

摂津の肩を摑んでグイグイと揺さぶった。摂津はもう言葉も出せず、ただ喉《のど》を鳴らしてうつむいていた。

「佐吉、仁右衛門《にえもん》、紀之介」

殿下は、我ら三奉行を仮名で呼んで向き直った。その目は深く潤んでいた。

「おみゃあらは、わしが育てた、我が息子じゃにゃあか」

そう、そのとおりだ。我ら三人、自力で戦国を生き抜き、殿下に従った外様衆ではない。どこぞの土くれを殿下がこねて人の形とし、衣服を着せて侍としてもらった、そんな輩《やから》だ。欲まみれの殿下の一生を責められるはずがない。わしらこそ殿下の欲望の産物なのだ。

「殿下！」

無礼を顧みず、直視した。叫ばずにはいられなかった。

目に殿下の顔が霞んでぼやけていた。

(殿下、ああ、殿下よ)

父だ。殿下はまぎれもない我が親父《おやじ》だ。そんな殿下をわしは裏切った。覚悟して、殿下を謀ったのだ。

「この件、それがしが、摂津殿、増田殿、佐吉を誘い、口説いてやりもうした。それがしをご処断くだされ！」

嘘でも間違いでもない。これをやったのは、わしだ、大谷吉継だ。

どうか殿下、お怒り下され、そして、この不忠義な、親不孝者の首をはねてくだされ。

「殿下、なにと、ぞ……」

激情は止まらず、そこまで言って、ゲフと咳《せ》き込んでしまった。不快な咳《せき》は止まらず、前にのめり、歯を食いしばった。

「紀之介よお」

殿下はにじり寄って、わしの前に座り直した。

「おみゃあ」

殿下、ああ、なぜ、そのような哀《かな》しい目で。

心で叫び、身もだえる。なおもゲフ、ゲフ、と咳は続く。

「で、でんか……」

「なして、こんな」

面を上げれば、すぐ目の前に殿下の顔がある。

殿下は右手を伸ばし、わしの頬に触れた。

殿下！　このようなわしに触れて下さるな。

錯乱しそうだった。いや、すでに、していたのかもしれない。

殿下は、わしの右手を取り、袖《そで》を大きくめくった。

「思ったより、ひどいじゃにゃあか」

ああ――病、忌まわしいあの病だ。

今、わしの頬には赤い斑紋《はんもん》が浮き、白布を巻き隠した首筋はまだらに爛れ、やけど跡のようになっている。腕は半分が赤黒く変色し、膿が出ているところと、それが固まり瘡となっているところが拡《ひろ》がる。衣服に隠れてはいるが、病は、左腕、胸、全身のいたるところに及んでいる。

朝鮮での日々は、病を悪化させた。

なにより、異国の水が合わなかったのだろう。戦場での塵芥、冷たく乾いた真冬の空気、糧食不足による体調の不良、そして、軍奉行の激務、重圧。すべてが体を蝕んだ。

肌を侵した病は、臓腑《ぞうふ》や頭にも及んでしまったのかもしれない。日々、気はすぐれず、時に目はぼやけ、かすみ、めまいでよろけることもあった。不快な咳がでるようになり、時に止まらず、えずくこともあった。

日本に帰るたび医者にみせ、湯治などにもいった。だが、わしは本復を待たずに、名護屋へ、朝鮮へと出向いた。

当たり前だ。己がやるしかない。増田殿にも、佐吉にも負わせることはできない。体が動く限りこのいくさの善悪すべてを背負う。それがわしの宿命なのだ。

「こんな体になるまで、よう」

殿下はそう言って、病んだわしの腕をさすった。

「おみゃあは、少し休め、休むんじゃ」

「殿下……」

「もういい」

殿下は、なおも口を開こうとするわしをさえぎり、

「佐吉、仁右衛門もとがめなし」

絞り出した言葉に、佐吉、増田殿が平伏した。

「いいな、再度の唐入りじゃ、皆、一層、勤めてくれや」

殿下、殿下よ、殿下！

一同首を垂れる中、うずくまるように面を伏せた。

涙がとめどなく溢れ、畳に落ちた。

拭《ぬぐ》うこともなく、ただ奥歯を噛みしめていた。

再生

佐吉、増田殿はまたも奉行として、第二次唐入り陣を取り仕切ったが、わしは役を解かれた。奉行の役どころか出仕も免ぜられ、病気療養に専念することとなった。

九月末、晩秋の空の下、わしは小姓近習に護《まも》られ、上方を発した。

居城の敦賀《つるが》へと向かう。

伏見では気が休まらぬという殿下のご配慮だが、殿下はわしを遠ざけたかったのだろう。

わしが佐吉、増田殿らといれば結託していくさを停《と》めようとするかもしれない。あの和議での詐術を知れば、万やむを得ぬことだった。

陸路は駕籠《かご》を使った。

病の拡がりこそとまったものの、体は全身やけどを負ったかのように熱く、痺れるように痛痒い。めまい、目のかすみはひどく、馬の手綱も握れない。体調はすぐれず、気は朦朧《もうろう》としていた。

だが、そんな中でも絶えず、念じていた。

（わしの苦しみなど、ましだ）

朝鮮では多くの者が、飢えと寒さに苦しみ、いくさ、病に倒れ、餓鬼のようになって死んでいった。異国の地で、そんな死に方をする者の痛恨はいかばかりか。代れるものなら、代ってやりたい。こと切れてゆく者の手を取っては、唇をかみしめた。

だが、なぜか、病は我が体を覆うばかりで、命は侵さない。このときばかりは、医者のいう「業」というものを思った。

天は、我を殺さぬ。ならば、なにかをなさねばならぬ。そのための命なら、まずは体を治す。そんな思いでわしは敦賀へと向かっていた。

大津《おおつ》からは船となる。湖北の塩津《しおつ》の湊《みなと》まで琵琶湖を南から北へと渡る。

従者の者どもの手で、百五十石積の丸船に担ぎ込まれた。

(情けない)

武家の当主ともあろうものが、人の手を借りねば船にも乗れぬ。

頭をもたげてみれば、琵琶湖の水景が霞むようにぼんやりと浮かんでいた。

心は淀《よど》み、思いはくすんでいた。


船は湖上を滑るようにゆく。

やがて、伊吹山《いぶきやま》が右手に雄大な姿を見せれば、その下に長浜城がそびえ立つ。殿下の出世城、そして、わが故郷の城だ。懐かしい琵琶湖の景色だった。

湖を吹き渡る風が荒れた頰をなでる。澄んだ風は冷たさすら感じさせるが、それが心地よい。

「外の風にあたる方が気分がよいでしょう」

供をする湯浅五助《ゆあさごすけ》は、何度もわしを船上に出して休息させた。

敦賀留守居だった五助と会うのも実に久方ぶりだった。

伏見まで迎えに来た五助は、わしの前に現れるや、盛大にがなりを上げた。

「なぜ、ここまでお体をほうっておかれたのですか!」

「すまんな」と緩く謝った。

五助は大柄な体を丸め、「拙者が近くにおりますれば」と、奥歯を嚙み鳴らした。一の小姓の五助はむろん我が病のことを知っている。

五助、湯浅五助、もと小田原北条《ほうじょう》の家臣だった男だ。殿下の関東征伐で主家が滅亡し落魄《らくはく》していたところを拾って傍に置いた。なぜかわしのような男に懐《なつ》いて、どこにでもついて来たがる。そんな愛嬌《あいきょう》すらあるしかめ面をなだめつつ思う。

(殿下をわしと見立てれば、五助は大谷吉継なのか)

主君であるわしが理不尽な旗を振ってもついて来てくれる。はぐれ者だけに、思い込めば、その誠忠は炎のようだ。

我が家臣たち――いや、家臣などというのもおこがましい。彼らはみな、我が朋輩、同志といっていい。

家中に高名な武功者などいない。大谷家なぞ代々続いた名族にあらず、地に根差した領主でもない。しかも所領は五万余石。大禄を望む者など召し抱えられない。そのほとんどは五助のような牢人《ろうにん》上がりか、前に敦賀城主であった蜂屋頼隆《はちやよりたか》殿の旧臣だった。

蜂屋殿は信長公の母衣《ほろ》衆から立身した武人。明智の乱の後は、殿下の天下取りに従い敦賀城を任され、敦賀侍従と呼ばれた。蜂屋家は嗣子がないため、頼隆殿の病没とともに断絶した。わしは敦賀拝領にあたり、遺臣の大半を引き取った。

咎《とが》もなく潰《つぶ》れた蜂屋家の者たちを救いたいといえば、ずいぶん格好が良い。だが、内実はそれどころではなかった。

にわか侍のわしがいきなり城主になったのだ。ゆかりのない敦賀の地を治めるのに、蜂屋の旧臣に援けてもらいたかった。心底彼らの力が欲しかったのだ。

なにとぞ、と願えば、殿下はむしろ言い出すのを待っていたかのように「ええぞ」と応じてくれた。かつて信長公にいきなり城持ち大名とされた殿下は同じ姿をわしに見ていたのだろうか。

「紀之介、良い家臣は宝やぞ」

そう言って我が肩を叩いて、

「おみゃあが、いちからおみゃあの国をつくるんじゃ」

と言ってくれた。わしの敦賀統治はそんな無からの船出だった。

病持ちで小身代のわしについてくれる者など、皆、質朴《しつぼく》で無欲な奴ばかり。わしは、そんな家臣たちを朝鮮に連れてゆく気にならなかった。

我が禄高《ろくだか》なら唐入りで担う兵役数は千五百。そのほとんどを、上方、名護屋に留《とど》め、最小限の供回りとともに、朝鮮を行き来した。殿下も許してくれた。役目がいくさ目付だったからこそなせたことだった。

これは、股肱《ここう》の臣と大軍を引き連れ渡海した他の大名たちからすれば、納得のゆかぬことだろう。わしは他に理不尽を強要しながら、己の家臣は守ろうとした。なんとも卑劣なことをしたものだ。

(そうと思えば、すべては業)

思っていた。この身が焼かれようが、苦しもうがすべては報《むく》いなのだ、と。

「五助、わしのことなぞ案ずるな」

船首に立ち、行く手を睨《にら》む五助の背に呼びかけた。

「お戯《たわむ》れを」

五助は振り返って眉をひそめた。

「金輪際《こんりんざい》、拙者は殿のもとを離れませぬぞ」

いきり立った顔を寄せてくる五助を、しげしげと見た。

その顔は病で弱った目に、霞み、輪郭は二重にすら見えていた。だが、大きな黒目が爛々《らんらん》と光っているのはわかった。

心は大きく揺れていた。

（なぜだ。五助）

呼びかけていた。なぜ、おまえはそんなに健気《けなげ》なのだ、と。

——わしは、己のことばかり考えていた身勝手な男だ。一人で朝鮮に赴き、皆のことを顧みる余裕もなかった器の小さい主だ。そんなわしのことをなぜ、そこまで気遣う？　なぜ気遣えるのだ、おまえは——


塩津湊から敦賀へは山越えとなる。

まだ先は長く、ここからは駕籠に乗らざるを得ない。

山道は地獄の苦しみだった。気分はすぐれず、駕籠の揺れすら体に響く。何度も咳き込み、悶《もだ》えた。体は軋《きし》み、悪寒にむせかえるようだった。

天罰だ。何度このまま捨ててゆけ、と言おうとしたことか。

近江国境をこえ、越前に入ると、敦賀城からの迎えが来ていた。

「刑部殿、お戻りなさいませ」

駕籠ににじり寄ってくる僧形の男は我が甥、祐玄《ゆうげん》。わしが殿下の家臣として長じたあと、野に隠れていたところを兄頼継《よりつぐ》とともに呼び寄せた。侍に取り立てて家臣に加えようとしたのを拒み、出家してしまった変わり者だ。

ああ、と応じるがもはや体に力が入らない。

「さすが、命丈夫ですな」

命丈夫だと？　病にまみれたわしをこんな風に揶揄《やゆ》するのはこ奴ぐらいだ。

だが、そうかもしれない。体は蝕まれているのに、命は丈夫。滑稽《こっけい》なことだ。

「敦賀で、皆、まっておりますぞ」

祐玄はそういうが、わしはどんな顔をして、家臣たちに会うのか。

「わしのことなど、待っておるものか」

「刑部どのお」

祐玄は、ズン！　と錫杖《しゃくじょう》を突いた。

「まあ、着けばわかります」

ニカ、と笑う。小憎らしいが、その笑顔に多少は気も軽くなる。

峠《とうげ》を下り切り、山裾《やますそ》が切れれば、遠く海が開け、敦賀の村落が拡がった。

ぼんやりと見えたその景色は、すさんだ我が心を落ち着かせた。

いいようのない郷愁に襲われていた。鈍色《にびいろ》の海が、深緑で輝く気比《けひ》の松原が、すべてが懐かしかった。

海を背に、敦賀城の三層の天守がそびえ立つ。蜂屋侍従の縄張りにわしが工夫をこらした、大きくはないが、海水を引き込んで船の出入りを自在にした海城だ。

城を中心に城下町が広がる。

古《いにしえ》より、気比の大社が街道沿いに鎮座する敦賀は、北陸道を扼《やく》する要衝であった。

湊には、北海をゆく舟ほぼすべてがつき、豊富な物資が琵琶湖を経て、上方へと向かう。殿下の畿内統治に欠かせぬ街、それが敦賀だった。

殿下は、こういった。

「紀之介、おみゃあが、北陸道と北海の鎮撫《ちんぶ》をするんだがや」と。

敦賀湊の拡張、道の切り拓き、物流の整備は急務だった。

だが、殿下のもとで奉行を務めるわしは遠征と上方詰めで日々を費やし、ほとんど敦賀に赴けない。

代わりに実務をなしたのは、やはり蜂屋旧臣だった。

使いを発し、書状を頻繁に出し仕置きをした。そして、敦賀に赴いた時ばかりは、つぶさに領内を回った。

湊、商家、田畑を回り、民に声を掛けた。作事をする人夫たち、舟をだす水主、地をならし、種を植える百姓、飯を炊き、水をくむ女たち――分け隔てなどなかった。時にあぜ道に座り、共に握り飯を食べた。

それは当たり前のこと。わしとて、一介の流民だった輩。大した武功もなく、にわかに城主にしてもらった身。大名だのとふんぞり返る気にもならない。なにより初めて治める地を、民を、知りたかったのだ。

畑の端の農婦の胸で泣きじゃくる赤子を抱いてあやそうともしたこともある。

「お殿様、そんなあ、汚れてしまいますわあ」

母なのか、薄汚れた野良着に、頬かぶりをした女は恐れ入って縮こまっていた。

「元気な子だ。抱かせてくれるか」

見ただけではまだ男か女かもわからぬ、玉のような赤子であった。

抱こうとして、ふと手を止めた。女房は怪訝《けげん》そうに小首をかしげた。

不安が頭をよぎっていた。

「いや、わしは――」

この手で、けがれなき、生まれ出でたばかりの命に触れていいのだろうか、と。

「病を持っている」

隠したくなかった。己を主と呼んでくれる領民とは赤心でぶつかりたい、そう思っていた。女は息を止めて見つめていた。だが、すぐに、笑顔になった。

「お殿様は、奥方様も姫様もおられるでねえか」

女は潤んだ瞳で覗《のぞ》き込んできた。

「お殿様が抱いて下さったんなら、いい子に育ちますよお。抱いてやってくだんせえ」

そういって、子を渡してくれた。

受け取ったわしの腕の中で、赤子はさらに火が付いたように泣いた。力いっぱい、命の輝きを発するように泣きじゃくっていた。

「ありがとうごぜえます。ありがとうごぜえます」

女が何度も何度も頭をさげる横で、やわらかい命を懸命にあやした。

「うん、良い子だ」

何度もうなずいた。

わしこそ、礼が言いたかった。できれば、領民すべての顔を憶えたい、そう思った。

形はいびつかもしれぬが、懸命に慈しんだ。いや、逆かもしれない。敦賀はにわか大名のわしを慈しんでくれた。その期待に応えたかった。

（だが、なせていない）

こたびも長い留守、このような体になっての帰国。いくさで焼けたままの気比神宮の再興もまだだ。不義理な領主だと思う。

やっと気づいた。

敦賀はふるさと、敦賀の民も我が心の親なのだ、と。

「殿！」

駕籠が城門へと入るや、留守居役の蜂屋将監《しょうげん》が駆け寄ってきて、涙をこぼした。

「お命があっただけでも冥加《みょうが》じゃ」

相役の蜂屋市兵衛《いちべえ》はそういって、我が手を引いてくれた。

この二人とてその姓のとおり、蜂屋殿の旧臣だ。

懐かしい髭面《ひげづら》の泣き笑いの中、実に久しぶりに居城へと入った。

城はたえず潮の香りがする。その懐かしい海のにおいの中、本丸へと進んでゆく。

「皆、待っております」

二人して両脇を抱えるように導いてゆく。よろめくようにしか歩けないのが情けない。

「どこへゆく」

向かうのは広間ではない。二人、無言で本丸御殿の奥へと突き進んでゆく。

小書院の襖戸《ふすまど》が大きく開けば、寝所でもないのに中央に寝具が敷かれている。列臣の黒い頭が平伏する中を進み、寝具の上に横たえられた。

なんとも心地が良い。長旅の体の強張《こわば》りが一気に緩んでゆく。

祐玄が穏やかな笑みで枕頭《ちんとう》ににじり寄ってくる。

「刑部殿、これからですぞ」

「祐玄、みな……」

「ごゆっくり、ごゆっくり、殿はそのまま」

首をもたげようとしたところを将監がさえぎってきた。

「さあ」

将監と市兵衛が声をそろえて振り返ると、外に面した障子戸《しょうじど》がざあっと開いた。

その景色に思わず横たえた顔をもたげていた。

濡《ぬ》れ縁《えん》の向こうの庭に、何十という頭がひれ伏していた。

「刑部様」「お殿様」「お戻りなさいませ！」

皆、一斉に顔を伏せている。

城出入りの商人、大工頭、船主、主な名主など、敦賀の民たちだった。

「皆、殿にお目通り願いたいと、詰めかけたのです。殿はお疲れじゃと言うたのですが、どんな形でも一目《ひとめ》、と」

将監の言葉も明るく滲んでいる。

「殿さんがかけてくれた橋、できましたわい」「うちの倅《せがれ》、ずいぶんと大きゅうなりましたぞ」「はようお元気になって、おらの舟、見にきてくだんせえ」

その間も民の熱い叫びは続いている。

「皆」

漏らした言葉がのどに詰まる。

「顔をみせてくれ」

それだけ言うのが、精いっぱいだった。

皆が一斉に上げた顔が視界でぼやけていた。その顔が泣いているのか、笑っているのかもよくわからない。

病からくる目のかすみなのか。いや、わしは、それ以上瞼を開いていられなかった。

固く目をつぶらねば、瞳から熱きものが零《こぼ》れ落ちてしまう。それほどに、嬉しかった。

帰ってきたのだ、故郷へ。

「刑部殿」

傍らで祐玄が顔をしかめつつ笑っていた。

「勝手に死ねませんな」

そうだ、我には帰る場所があった。

家臣がいる。領民がいる。

(生きねばならない)

何度も繰り返していた。

百万の軍勢を率いる

殿下はよく人前でわしを指さして、言った。

「紀之介にゃあ、百万の軍勢を率いさせてみたいのお」

その身に余る言葉は耳底にはっきりと残っている。忘れられるはずがない。

だが、今でも思う。殿下はなぜ、あのようにわしを買ってくれたのか。

わしなど、百万どころか一万の兵すら動かしたことはない。

きっと、殿下は大きな武功をあげたこともなく、膂力《りょりょく》では、加藤清正《きよまさ》、福島正則《まさのり》らに劣るわしを気遣ってくれたのだ。

そして、わが身を案じてくれたのだろう。殿下は戦場での激務がわが病を揺り起こしてしまうことを知っていたのだ。

小姓衆の中でもひとまわり若年のわしがいきなり佐吉とともに奉行に抜擢《ばってき》されたこと、いくさ働きより庶政の役を掌《つかさど》ることとなったのも、殿下格別のご配慮だった。

それを口にする殿下ではなかった。どころか、

「紀之介はわがもとで使い続けたかったからのう。惜しいことしたなあ」

そんなことまで言ってくださった。

天下人のお言葉だ。わしの軍才は豊臣家中随一とまで喧伝《けんでん》された。

そうとなれば、わしも武略軍学をおろそかにできない。懸命に兵書を読み、学んだ。いつなんどきでもお役に立てるようにしておかねばならぬ。そう思った。

そう、すべては殿下のためだったのだ。


慶長二年（一五九七）、役を免ぜられたわしは、領国敦賀にて療養に努めた。

やはり日の本の水が合うのだろう。

敦賀には薬も食も舟で集まってくる。なにより敦賀じたいが天然の良港、新鮮な海の幸に恵まれている。食が落ち着き、睡眠がとれれば、体は休まる。

心身にゆとりができれば、長き付き合いの病。塩梅《あんばい》はわかっている。

時と共に、全身の膿は薄れていった。肌の痒み痛みも和らぎ、手足も動く。やがて、日々の暮らしに差し支えないほどに回復した。

だが、裂けた皮膚があばたのように残ったところもあった。この頃からだ。口元から首を白布で覆い、頭巾《ずきん》をかぶることにしたのは。

体が治ってくれれば、どうしても朝鮮のことに気がゆく。

慶長の役とよばれる再征のいくさは、泥沼にはまったような難戦となっていた。

先の講和交渉の間、兵を休められたのは、明、朝鮮とて同じこと。前は不意を衝き打ち破ったが、敵もこたびは十分な仕度をして攻勢にでる。日本勢は朝鮮半島南に築いた城塞《じょうさい》に逃げ込み、かろうじて保つのみ、そんな厳しいいくさが続いていた。

現地の苦境を伝える佐吉らの書状を読んで、わしは歯嚙みをした。

戦況もそうだが、佐吉、増田殿、小西摂津の胸中を思えば、心が絞られるように辛い。皆、殿下を騙した負い目がある。停戦の訴えもできず、殿下と諸侯との間で苦悶しているのだろう。弱音こそはかねど、綴られた文の間からそんな苦衷《くちゅう》が窺《うかが》い知れた。

(朝鮮に行きたい)

痛切に思った。わしこそ皆の楯《たて》とならねばならぬ。

だが、朝鮮にゆけば病がぶり返すことは明らか。さすがにそれは無理だった。

ならば、わしのなすことは決まっている。

殿下に会って、いくさをやめるよう説く。わが身をかけて殿下をお諫めする。

そうだ、もう小細工ではない。そのためにわしは命を長らえたのだ。

大坂、伏見へ書状を送り、殿下の謁見《えっけん》を乞《こ》うた。

だが、殿下の返事は「養生につとめよ」の一点張りだった。おそらく、殿下はわしが何を言うか悟っておられるのだろう。

(敦賀からではだめだ)

伏見へ。わしは上方へ向け、城を出た。


伏見屋敷につくや、すぐ弟大学助吉治《だいがくのすけよしはる》を居室に呼んだ。

「大学、わしは隠居する」

我が名代として上方の家を仕切る弟は、突然の宣言に息を呑んだ。

「お体は良くなっているではないですか」

「若きうちは体も治る。だが、向後老いてゆけばどうなるかわからぬ。達者なうちに後の事を決めておきたい」

「万が一、病となりましても、我らが援けましょうぞ……」

「いや」

口元を震わせる大学をさえぎった。

「今のうちにやっておきたい」

大学は言葉を失い、愕然《がくぜん》と見返していた。

篤実な、わしにはもったいないほどの弟だ。

わしに世継ぎとなる息子はいない。娘が一人いるだけだ。

妻は早くに亡くした。

良い妻だった。ときおり、病が浮かぶ我が体を見ても厭《いと》うことなく、尽くしてくれた。

そして、花のような娘子《むすめご》を生んでくれた。だが、産後体を壊し早くに逝ってしまった。

「後添いをめとれや」

殿下、ねね様はしきりと言うが、わしは断り続けた。忌まわしき病を背負ったわしが、一人の女性を愛し、一児をなせたのだ。あとは弟がいる。それで十分だった。

「大学、おまえを我が養子とする。そして、家督をゆずる」

むろん、真に隠居するつもりではいた。殿下にいただいた禄高、返上してもいいぐらいだ。しかし、大谷家臣、そして敦賀の民がいる。大学なら立派に後を継いでくれる。殿下とて許してくださるだろう。

大学は無言だった。その沈黙に、大きな思考の蠢《うごめ》きを感じた。

「兄上、その旨、病が理由だけではありますまい」

聡《さと》い奴、やはりわかってしまうのか。

わしにはもう一つの目的があった。「隠居、家督相続」これを申し出れば、殿下もわしと会うだろう。会って、その目で病の具合を見て確かめんとする。そこで、殿下を直に諫めるつもりだった。

大学は気づいている。ならば、いうこともない。ただ深々と首肯した。

「兄上」

大学はそんなわしを見て、前のめりになる。

「越前敦賀大谷家は兄上が作られた。御家の事は、兄上に従うのみ。兄上の思う通りにやってくだされ。ただし」

その顔に決意の光が宿っていた。

「わしが主となり、兄上のごとくなれたなら、その後はわしの言うことを聞いてもらいますぞ」

声音に迫真の気合いが宿っていた。

まだ二十代半ば、年の離れた弟だが、誇らしいほど立派になった。

大丈夫だ。あとを託せる者がいる。母も家臣も任せられる。敦賀の領民とて、大学ならしっかり守ってくれるだろう。

(ならば、わしがなすことは、一つ)

大学の燃えるような瞳を前に、わしは二度、三度と頷いた。

そう——我が胸には、この弟も思い及ばぬ決意があったのだ。

伏見屋敷の宴《うたげ》

そして、慶長二年九月二十四日。太閤殿下は、伏見大谷屋敷へと下向した。

この日、我が屋敷を訪れたのは、殿下はじめ、徳川家康殿、富田《とみた》知信《とものぶ》殿、織田有楽斎《うらくさい》など。ほか、殿下のお伽衆の面々、親しい僧、茶人、公卿《くぎよう》さえもいた。

もて成しは、まず、数寄屋《すきや》での茶、次に広間での進物のお披露目、その後、午《うま》の刻に御膳《ごぜん》、囲碁対局へ。客の一人でこの会の様子を記録した禅僧、有節瑞保《うせつずいほう》は「刑部少輔の領地は六万石、身の程を越えた進物」と感嘆したという。そうだろう、わしはこの饗応に渾身《こんしん》の想いを込めていた。

宴は夜更けまで続いた。

華やかな音曲と囃《はや》す声が邸内に、庭に響き渡る。ときおり、ワッハッハと笑う声が漏れ、併《あわ》せて手拍子が巻き起こり、表通りに溢れ出る。あまりのにぎやかさ、お供の者のおびただしさに、辺りに住まう者も「太閤さんのお出ましらしい」と悟ったという。

饗応《きようおう》役の大学の振舞いは見事であった。並みいる客たちもその堂々たる様、細やかな気遣いに感じ入り、みな、心地よく酔っていた。

この日の殿下の下向と饗宴の名目は、二つ。

ひとつには、朝鮮に渡海して以来、重病を患い静養するわしを、殿下が見舞うため。

もうひとつは、わしの養子となる大学助吉治を大谷家の継嗣として、殿下および上方の要人にお披露目する。

なので、殿下をもてなす亭主はわしではなく弟大学。わしは、大学に仕切りのすべてを命じ、要所で顔をだすだけとした。むろん、殿下の許しは得ている。

「紀之介には、百万の軍勢を率いさせてみたいのお」

殿下のその言葉は、宴の中盤、たけなわな辺りで放たれた。

言った後、殿下は上座でニンマリと笑い、機嫌よく周りを見渡した。

美酒に酔っていた一同、おおお、と明るい顔を弾けさせる。

誰も殿下を妨げはしない。列座の一同が、ごもっとも、と頷く。

「なあ、紀之介よお」

殿下はゆっくりと首をめぐらせた。

わしは、そのとき室内に入ったばかり。広間の片隅、殿下から遠く離れたところに座っている。面の下半分を白布で覆い、頭には頭巾を被《かぶ》っている。これが病身を隠す大谷刑部の今の姿だ。表向きは重病人。そう喧伝し、大学に家のすべてを継がせる支度をしてこの饗宴《きようえん》に臨んでいた。

「紀之介は、若いころからわが傍らで使い続けてしもうたからのう。でなければ、我の代わりに采配《さいはい》を振れる男ぞ」

殿下は機嫌よく続ける。

「どうじゃ、そうは思わんか、内府殿《だいふ》」

目を移した先に貴人がいる。徳川内府、江戸内大臣《ないだいじん》家康殿は、上座の一番近くの席で福々しい面を揺らしていた。ハハ、と頷いて、

「刑部殿の采配、家康も、ぜひ、みてみたいですな」

応じれば、殿下は満足そうに白髪眉の下の眼《め》を細める。

天下人の殿下、そして、徳川内府は殿下と並び立つ当代一のもののふ。日の本一、二の武人がわしを讃《たた》えてくれている。列座の皆の憧憬《しょうけい》のまなざしが我に集まるのを感じる。

「おうおう、内府殿もそう思われるか」

殿下の声は大きくなる。

「それならどうじゃ、その相手は、内府殿で」

続いた言葉に、歓声の色が薄まったように感じた。

内府は瞬時の間のあと、おどけたように目を丸くして、小首をふった。

「いやいや、殿下、それがしなど、とてものこと」

「なにを言う、天下一のいくさ名人の内府殿が」

かぶせた殿下の言葉は、ややねばり気を含んでいた。

軽い口調。酒席での戯れ。だが、列座の者は皆、戸惑いの瞳を宙に泳がせていた。

「余もいくさでは内府殿に痛い目に合わされた。内府殿ならいかに……」

「あいや！」

叫んだのは、わしだ。皆、一斉にこちらを見ている。

「殿下、酔われましたかな。お戯れが過ぎましょうぞ！」

腹の底から思い切り声をだす。声音は明るく晴れやかにした。

「それがしごときが、天下一の弓取り内府様のお相手など不敬にすぎましょう。それに」

そこで一拍置いた。

「今や内府様は殿下の右腕ともいえるお方。内府様と楯鉾《たてほこ》に及ぶとは、拙者に殿下に弓引け、ということ。これは、なりませぬなァ！」

最後は甲高く跳ね上げた。わが顔は皆に見えない。だから声でわかるようにした。

同時に、覆面の下で笑っている。自嘲《じちよう》の笑みだ。いつものこと——そうだ、殿下の前にでると、己でも分不相な大言を堂々吐いてしまう。

列座の者たちの顔が明るく変わったのがわかる。皆、さすがは、殿下が愛でた将才、見事に座の淀みを吹き飛ばした、お見事、などと思うのか。

冗談ではない。捨て身なのだ。殿下に捧げたこの命、守るものがないのだ。

今も殿下に導かれた。そうだ。「百万の軍勢を率いさせたい」勇将大谷刑部、それは殿下が作ったわしの姿なのだ。

アアッハッハッハ
続いたのは、しゃがれた笑い声だった。

「紀之介、おみゃあよお」

殿下は、仕方ない奴だ、とばかりに白髪頭をはたいている。そして、

「こっちゃ、こい、紀之介、こいこい」

おもむろに右手を振って、わしを招いた。その様に、傍らで酌をしていた大学は動揺の面を強張らせる。

「殿下、兄は……」

「ええから。わしがええといえばええんじゃ」

列座の者たちが眉をひそめ、大学は血相を変えている。病のわしは宴席には相伴しない。殿下も宴の始まりでそう宣言した。今、殿下はそれを破ろうとしている。

「兄上……」

留めようと振り返った大学を、覆面から覗く目で制す。

ゆっくり立ち上がり、殿下のもとへと進む。

殿下が近づく。朧だった殿下の顔が克明に見えてくる。お傍《そば》に上がるのは久しぶりのこと。あの虚偽の講和が破綻《はたん》して以来だ。

「おお、こよこよ」

殿下は上座から大きく手招き、「ここへ」と己の傍らをさした。

久方ぶりに座った殿下の横は妙に居心地がよかった。

そうだ。若き頃よりわしはいつも殿下の傍らにいた。殿下はすべてをたたき込むように教えてくれた。いくさを、政を、計略を、そして、思い切り生きるということを。

(殿下)

跪《ひざまず》きつつ、心で呼びかけていた。

――殿下、しばらく見ぬうちに、皺が増えられましたな。いかがされましたか。化粧などしてごまかしておるようですが、お肌の色つやも悪い。眼の下にもずいぶんと隈がございますな。お疲れなのでは――

そして、言わねばならない。そうだ、今日という日は、そのためにある。

「殿下……」

「さあ」

口を開きかけたわしに、殿下は杯《さかずき》を差し出してくる。

殿下はにやつく。受けよ、と言っている。

「しからば」

面を伏せ、両手でその杯をとった。

「いただきます」

といって、口を覆う白布に手をかけ、思い切りはぎ取った。

うむっ、と声なき声が室内に満ちた。

わが病。体こそだいぶ回復したとはいえ、顔には生々しく痕《あと》が残る。頬、口元もところどころやけどあとのように荒れ、ささくれている。

わしは殿下に向け一礼した後、列座に向き直った。

背筋を伸ばし、胸をはり、傷んだ顔をさらした。一同、我が素顔に耐えられず目をそらす前で杯を上げるや、ぐいっと一口に空けた。

おおっ。低いざわめきが広間のそこここから上がる。

「さすが、紀之介よ！」

殿下の声が高らかに響く。満足そうに何度もうなずいている。

「では、紀之介、わしにもくれい」

わしが飲み干した杯を置こうとすると、殿下は、

「待て待て、杯をよこさんか！」

身を乗り出し、わが手の杯を奪うように取った。

「さ、わしにもくれい」

そのまま差し出してくる。

わしは杯を見下ろした。病のわしが口をつけた杯だ。その杯で飲むというのか。

一同、固唾《かたず》を呑み、殿下とわしを凝視している。

「ええから、紀之介、おのれの酒をわしに捧げよ」

殿下は見つめる。わしは見つめ返す。殿下の顔が視界で大きくゆがんでいた。

（殿下――）

心で呼びかけ続けている。

殿下は、ほれ、と、なおも顎をしゃくる。

杯になみなみと酒を注《つ》いだ。指先が不覚にも震えている。

殿下は焦れるように口を寄せ、グイグイとうまそうに空けた。

「うまい」

カハッと目を見開いた。

列座の者が長々と吐いた息が広間に充満する。

「天下一のもののふ大谷紀之介の酒はうまい、うまいぞ！」

殿下は、カッハハと笑う。一同、安堵して酒杯をかざそうと気を取り直すが、次の殿下の様子にまた息を呑む。

殿下は右手を前に突き出し、握りしめていた拳《こぶし》を、パッ、と開いた。

手のひらを皆にかざしている。親指のつけ根あたり、あの「いびつに突き出たところ」を、睨み据えている。眉をひそめ、口をとがらせ見ている。因縁《いんねん》の「六つ目」を。

部屋の者たちはまたも驚嘆の目を見張る。

どうしていいのかわからない。呼吸すらできず、ただただ固まっている。

「これを！」

おもむろに、殿下は叫ぶ。一同、目をむいて見上げる。

「これをなんとみる、皆の者！」

「これこそ、天下を取った、六つ目！」

即答したのはわしだ。もはや無意識だ。雄叫《おたけ》びが口をついてでた。

「なんだと！」

殿下は一瞬、口元をゆがめ、目玉が転げ落ちんばかりに目を見開く。

そして、ガハッと笑う。ウハハと腹を抱え、のけぞって笑う。

「きーのーすーけえ！」

殿下は、こいつ、といわんばかりにわしを睨む。涙目になるほど笑っている。

「笑え、皆！」

そして、満座にむけ、手を大きく振った。

「笑え、この六つ目を笑え！　皆、笑え！」

六つ目の右手を高々と上げる。

「笑えや！」

ハッ——一同、そこでやっと我に返る。

次の瞬間、室内の者全員、溜まりに溜まった緊張を吐き出すように、
ウワッハッハッハ
弾けるように笑い、酒杯を掲げた。

宴は終わった。

夜半に及んだ座は開け、殿下はじめ一同、上機嫌で去った。

わしは、寝所で横になっている。

今は覆面もつけていない。傷んだ素顔を天井に向け、静かに目を閉じている。

大学がわが枕頭に端座している。

饗応役を終えた大学は客人たちを送り出し、殿下に至っては伏見の城門近くまで随行して、先程屋敷に戻ってきた。

大学は、まだ昂《たか》ぶりが冷めていないようだ。

あのやり取り。殿下の戯言《ざれごと》から始まり、最後に座は異様な盛り上がりを見せた。

しかし、実直な大学からすればとんでもない。天上から地の底に突き落とされ、さらに天空へ跳ね上げられるような思いだったに違いない。

「大学、なにか、いいたそうだな」

「は」

「もうしてみよ」

大学は小さく吐息を吐いた。

「兄上が止めねば、あやうく太閤様を斬るところでした」

嘆息混じりの言葉に、わしも思わず笑みを漏らした。

「大学が殿下を斬る、か」

「誰であろうと、兄上を愚弄《ぐろう》するなら斬ります」

「でも斬らなかった」

「それは——」

そうだ、その後の流れを見れば、斬れるはずがない。

わしと殿下はあのとき、阿吽《あうん》の呼吸で座を支配していた。余人の入る間はなかった。

「殿下を斬ろうと思っていたのは、わしだ」

放った言葉に、大学は無言になる。

「わしの命など殿下に捧げるのみ。こんな病み崩れた身でも殿下のためになればな」

わしは、殿下にいくさをやめるよう直訴するつもりだった。かなわねばその場で腹を斬る覚悟だった。それほどの想いであの宴に臨んだ。

「だが、やめた。大学、案ずるな。もう良い」

「なぜです」

大学の問いに、しばし黙った。

なぜ、と問うか。そうだろう。薄々すべてを感じつつ、今日を務めてくれた弟ゆえに。

父なるお方に挑もうとしたわしを看取《みと》ろうとしてくれた大学だ。言わねばなるまい。

「殿下は病にかかられた」

その言葉は寝所に余韻を残した。

「おそらく不治の病だ。殿下は死を覚悟された。わしはもうなにもいえぬ」

あの顔、あの様子。間違いない。殿下こそ我が心を知りつつ屋敷を訪れ、わしを傍に呼び寄せた。

そして、わしに病身をさらけださせ、己は六本目の指をさらした。

列座の者はただ驚嘆しただろうが、わしにはわかる。

殿下とわしにだけわかる絆《きずな》を堂々と掲げた。殿下の生涯は終わりへと向かっている。

「殿下はわしにとって、父だ。いかなことがあろうと父は父。変えることはできない」

沈黙が流れる。

「大学、疲れたろう、やすめ」

大学はハッと顔色を直した。まるで目覚めたようだった。

「わしも疲れた。寝る」

言って、寝返りを打った。

だが、寝るといっても寝られるか。

目をつぶれば、瞼の裏に殿下のお顔が浮かぶ。その乾いた笑顔にむけて叫んでいた。

殿下、殿下よ。わが父よ、あなたは逝かれるのか。

――紀之介には百万の軍勢を率いさせてみたいの――

それでもまだそう言ってくださるのか。

わが疲れなど、病など、どうでもいい。

心が、乱れに、乱れていた。

父へ

明けて慶長三年(一五九八)、太閤殿下は病に倒れた。

三月には不調を押して、盛大なる醍醐《だいご》の花見を催されたが、五月五日、端午《たんご》の節句の儀にて諸大名を謁見したのち昏倒《こんとう》すると、病状は急激に悪化した。

その後、殿下は徳川内大臣、前田大納言《だいなごん》ら五人の宿老と奉行宛《あ》ての十一箇条におよぶ遺言書を出し、他にも、自身を八幡神として神格化すること、遺体を焼かずに埋葬することなどを遺言した。己の余命を悟り、末期《まつご》の差配を始めたのだ。

とはいえ、朝鮮でのいくさは続いていた。殿下は小康を得るたび人前に姿をみせ、「わしは死んでも天下の仕置きをするぞ。こんなやつぁ、わしぐらいじゃろうが」と意気込んだ。負けず嫌いな殿下らしいお振舞いだった。

七月も終わろうとするその日は、殿下の形見分けの日だった。

諸侯は伏見城本丸御殿大広間に集められ、形見の品々を受け取った。

わしに与えられたのは、国行《くにゆき》の太刀、大学には名刀鐘切《かねきり》。

殿下の名代《みょうだい》としてこの日、上座にあったのは、徳川内大臣、前田大納言だった。

こうして二人を上座に仰ぐことがふえた。つい先日も前田屋敷にてお二人に対し、豊家に忠孝をつくす誓紙を差し出したばかりだった。

「紀之介、ちと」

佐吉に呼び止められたのは、儀式が終わり、諸侯も散開したあとだった。

傍らで眉をひそめる大学を先に返せば、目立たない小部屋にひき込まれた。

「殿下にお会いしてゆかぬか」

佐吉の唐突な誘いに、小首をかしげ、

「わしが、この体で殿下の御病床に上がれるものか」

言い返した。そうだ、わしは覆面をせねばならぬほどの病持ち。重病の殿下に近づくなど、許されざることだ。

「紀之介」

乗り出してくる佐吉の顔がぼやけている。目を凝らせば、その目は炯々《けいけい》と光っていた。

「もはやいつ今生の別れとなるかもわからぬ。わしが繋げば、会える」

佐吉は刺すように続ける。

「殿下も政所様もおまえなら許す。紀之介、会え。会うのだ」

鬼気迫る様に、わしは肩の力を抜いた。

そうだ。佐吉とともに殿下と会う。それが、わしが今日来た意味かもしれぬ。

ゆこう――そう思い至ってうなずいていた。


音もたてず進む佐吉の背に従いながら、城の回廊の床、壁、柱を見渡した。

最近、よく目がかすむ。そんなわしに、城内は妙に薄暗く見えた。

本丸奥御殿の最深部へと進む。殿下の寝所は小姓に固められ、静寂の中沈んでいた。

室内に入れば、中央に張り巡らされた帳《とばり》の外に、ねね様がいた。

ねね様は菩薩《ぼさつ》像のようにつつましく座っていた。

「政所様」

佐吉が呼び掛け背後のわしを振り返れば、ねね様は相好をくずし、

「紀之介殿、きてくれたんかあ」

朗らかに言った。なつかしい笑顔が、かすむ目にしっかり焼き付いた。

心労がその頬をやつれさせているが、この女性《おかた》は変わらない。あの日、長浜でわしを迎えてくれた頃から微塵《みじん》も年をとっていないかのようだ。

「ちょうど、寝ちまったところだよぉ」

小声でいう視線の先で、殿下が仰臥《ぎようが》していた。

その寝顔をみて、息を呑んだ。やつれた頬、落ちくぼんだ目、尖った顎、青黒く淀んだ顔色。さながら幽鬼のごとき有り様だった。

予期してはいた。だが、その衰えの激しさ、胸が絞られるほどに痛々しい。しばし帳の外で、もはや骸かと見まがうほどの天下人を見下ろした。

佐吉は見慣れているのかもしれない。黙然と佇むわしを慰めるように口を開く。

「寝てしまったのなら起こすことはできない」

「むろんだ。このままでいい」

「ここのところ、具合がすぐれぬ日も多い。起きても夢と現《うつつ》をゆききすることも……」

おおお
佐吉のささやきをさえぎるように、うめき声が響き渡った。

「オオオオ」

最初はくぐもっていた声はすぐ大きくなる。声の主、殿下は眼《め》を大きく見開いていた。

「ううう、うえさまあ」

枕元にいた侍医がにじり寄る。部屋の入り口に控えていた小姓たちも腰を上げる。立ち尽くすわしを尻目《しりめ》に、佐吉は素早く帳を上げ中に入る。

「殿下!」

「上様、上様、信長様、ほめてくだされえ、この猿を、猿めを」

佐吉の呼びかけにも答えず、殿下はうわごとのように叫び、手を振り上げる。

「上様がお亡くなりになったあとの戦乱はこの猿めが鎮めたのでござります。いえ、いえいえ、決して決して上様のご子息を害すつもりなど」

殿下はガバと布団をはねのけた。病人と思えぬ俊敏さだった。

「おおお許し、お許しを」

「殿下!」

佐吉は駆け寄り、寝かしつけようと肩を押さえる。殿下は必死にあがく。

「やめてくだされえ、ああ違いまする。決して、上様の天下を奪うなど、そのような気はみじんも猿にはございませぬう」

「殿下、佐吉にございます」

「うえええええさまああ」

殿下は涙を流し、口からよだれをたらし暴れる。

「おまえさま!」

のたうつ殿下を抑え込んだのは、ねね様だ。

「さわがしいのお、上様はお帰りじゃあ。あんた、いつまでうだうだいうてるだなも」

ねね様が抱きすくめると、殿下の苦悶《くもん》はぴたりとやんだ。ねね様の胸に顔をうずめ、ハアアと吐息を漏らし、大きく肩を上下させる。が、すぐ面を上げ、大きく振り返る。

「秀頼か」

そこに立ち尽くしているのは、わし、大谷吉継だ。

「秀頼だな」

「あんたぁ、紀之介だよお」

ねね様は幼子をあやすようにたしなめる。

「きのすけ……?」

「大谷紀之介殿じゃあ。あんたのために来てくれたんだなあも」

「いや、秀頼じゃ」

ちがいますよ、とねね様がやさしくなだめる。

「秀頼、大きゅうなったのお。立派に、立派になあ」

垂れたよだれが糸をひいていた。言ったあと、殿下はしばし宙の一点を睨んで押し黙った。やがて、我に返るように、ハッと目を剝いた。

「おぬし、秀頼を頼むがや」

ドキリと心の臓がはねた。

殿下の指先は、わしを差していた。横で佐吉が口元をゆがめ、うつむいている。

「秀頼を、秀頼を頼むがや」

何も言えない。無言で立ち尽くしていた。

殿下は指さし、虚《うつ》ろな目で、うわごとのように繰り返した。

（殿下よ――）

ただ胸で呼びかけていた。

横でかすかにうなずくねね様の目は、何かを語っていた。

「わかりもうした」

言い切った。そして、おそらく、徳川内府、前田大納言など殿下の寝所に入った者すべてがそうしたように頭をさげた。

「この大谷紀之介にお任せくだされ」

そういうしかない。誰が、こんな殿下を前に他の言葉を吐けるというのか。

月へ献ずる

その晩、一人、屋敷の書院の濡れ縁にでて、酒を飲んだ。

病で体を蝕まれたわしとて酒が飲めないわけではない。だが、医師の勧めに従い、しばらく飲むのを控えていた。

殿下よりさきに死ぬことはできない。そうだ、殿下を見送る。それこそ息子のわしがなすべき務め。その想いで酒を断っていた。我が身に巣くう病魔を揺り起こしたくなかったのだ。

だが、今日は――今日ばかりは飲まずにいられない。

久方ぶりの酒は効いた。いや、効かせるために飲んだ。ただ、酔いたかった。酩酊《めいてい》してすべて忘れたかった。

しかし、体は酔っても、頭は酔わない。目を閉じれば、昼間の殿下のお姿がうかぶ。おかしい。あきらかにその晩のわしはおかしかった。

見上げれば、月光煌《きら》めく夜空に伏見城の天守がそびえ立っている。

わが目にぼんやりと浮かぶ巨城は、淀んだ黒い影となって佇んでいた。

殿下がお元気なころはあれだけ華やかに見えた城も今は抜け殻のように感じられた。すべては虚構にしか思えなかった。

（もはやお話しすることもできませぬか）

心で問いかけていた。

前に殿下とお目にかかったのは、およそ一ヶ月《ひとつき》前、嘉祥《かしょう》の祝いの日だ。

殿下は一間に近臣を集め、上座に蒲団《ふとん》を敷いて皆の前に出た。

そして、泣いた。いつもはにこやかに笑い、上機嫌で皆をからかう殿下が、病床から身を起こして、さめざめと涙をこぼした。

「秀頼が十五になれば天下を譲るつもりであった」

列座には、増田右衛門尉《うえもんのじょう》、浅野弾正《だんじょう》ら奉行衆、ほか片桐東市正《かたぎりひがしいちのかみ》、小出播磨守《こいではりまのかみ》、富田左近将監《さこんのしょうげん》ら殿下お気に入りの近臣たちが勢ぞろいしていた。

寵臣《ちょうしん》だけでない。殿下の枕のわきには、頬を紅色に染められたあどけないお世継ぎ秀頼君が、長袴《ながばかま》をはいた正装で佇《たたず》んでおられた。

「せめて、秀頼がこの儀のように皆を謁見するのをみたかった」

小姓、侍女などの家人たちが控える中、人目をはばかることもなく殿下は泣いた。

そんな姿をみて、列臣の中にもうつむき、嗚咽をもらす者もいた。

すすり泣きの中、殿下は家臣一人一人を手招いては、震える指で箸《はし》を使い、目の前の菓子の山から一つを摑《つか》んでは、差し出された手のひらへと落とした。

わが番が来て、進み出た。

「きのすけよお……」

箸先が震えていた。つまんだ菓子が落ちるのが殿下の命の終わりのように感じられた。

泣くつもりはなかった。泣いてなどたまるものか。

が、落ちた菓子の感触に、こらえていたものがこみ上げてきた。

悲しかったのか。いや、違う。悔しい、口惜《くちお》しかった。

軽かったのだ。手のひらに収まった菓子は、儚いほどに軽い。

人の命とはこんなものか。殿下とてこうか。燦々《さんさん》と煌めいていた天下人の命とてかように軽く儚く消えてゆくのか。

虚無を感じ、心で呼びかけていた。殿下、なぜにそのような姿を見せるのです、と。

「たのむぞお……」

か細い言葉が口の端からもれた。

殿下、なにを言われる。あなたはまだ生きているではないですか。

病のわしを励まし、導いてくれたのはあなたではないですか。

命を張って颯爽《さっそう》と乱世を駆けた。我らはその背を懸命に追ってきたのです。

なのに、なぜ、そのように弱々しく声を震わせ、口元をわななかせるのですか。

(殿下、殿下、殿下!)

虚しかった。

あのような殿下を見るのがつらい。だから、今日の佐吉の申し出も一度断った。

怖かったのだ。弱り、朽ちてゆく殿下を見るのが。


知らずと酒杯を手に首を垂れていた。

やはり、殿下のことに想いがゆく。そうだ、我がなしてきたことすべてが殿下にゆき着く。そうと思えば、すべてが滑稽、空疎だった。

大学が酒食を運んできて、横に座った。

「注がせてくだされ、兄上」

良い弟だ。わしが公儀にでるときは片時も離れず付き添ってくれる。なのに、今日の佐吉の呼び止めには無言で身を引いてくれた。わしと佐吉の仲を知り、無粋と思ったのだろう。出来過ぎた奴なのだ。

「殿下にお会いした」

こちらから口を開いた。この弟には胸中を語りたい、そう思った。

「殿下はわしを指さし、秀頼君の名を呼んだ。そして、頼む頼むと、何度も繰り返した」

大学は夜空を見上げていた。言葉は、ない。

「日輪のごとき天下人が、時に恐ろしいほどしたたかなお方が、体を震わせ、両の手を振りかざして泣きわめいた」

小さく頷く大学にむけ、酒を差し出す。受ける大学のこめかみに沈鬱《ちんうつ》が浮かんでいた。

「太閤様も――」

大学は絞り出すように口を開き、

「さぞ、お心残りなのでしょう」

深く長い吐息を漏らした。

「大学よ、見苦しいと思うか」

わしは月を見上げた。

「諸侯は殿下の死後を論じ、誰が立つか、豊家の天下は続くかなどとささやく。だが、殿下は、ただわが子のことを案じ、それだけを念じ、人にすがる。これを無様、未練とさげすむか」

杯を月に向かって掲げた。月光が朧に落ちてくる。

「親が子を案じる、これが人だ。誰が笑える。殿下とはこうなのだ。なんと人間臭い。これこそ、豊臣秀吉公だ」

そのまま立ち上がり、庭先に降りた。

「殿下、殿下よ！」

そう叫んで、なみなみ注がれた杯を突き上げた。

「存分、生きられましたか！」

パアッ、と、空へ撒いた。酒しぶきが月光に煌めいた。

「飲んでくだされ、紀之介の酒を！　殿下！」

大学が見ている。なお、わしは叫ぶ。

「飲んでくだされ！」

夜空を睨み、月に向かって叫ぶ。

「殿下！」

翌朝から数日、畿内の空を重く垂れこめるような雲が覆い、ときに驟雨《しゅうう》が地を叩いた。

殿下ご逝去の日は、後で知った。

八月十八日、豊臣秀吉公、永眠、享年六十三。

ご遺骸《いがい》は伏見城本丸御殿の奥深くに安置され、その死は政権を担うごく一部の者のみ知る秘中の秘とされた。

しかし、噂はまたたく間に上方に充満した。そして、あふれ出るように日の本の国中へと広まった。

誰が言い出したのかなど知らない。

人々は慟哭《どうこく》よりも、慄いていた。「天下はどうなるのか」と。

新たな騒乱の始まりであった。

二章　動乱

訣別《けつべつ》

「紀之介《きのすけ》、今日は頼みがあって来た」

佐吉《さきち》の怜悧《れいり》な顔が、わが前にある。

かすむ目にも、その顔が険しくとがっているのがわかる。

「おぬしも秀頼《ひでより》君を守り立てる政《まつりごと》の備えに入るのだ」

胸を張り、背筋を伸ばし、鋭く言い放つ。

佐吉よ、「頼み」というが、それが人にものを頼むときの態度か。

損な性分だ。それでは皆逃げてしまうぞ。

おまえは変わらないな。いつもそんな顔で詰め寄ってくる。まあ、わしに対してなのだ。それこそ佐吉かもしれぬな。

佐吉。おまえとの付き合いも長くなった。

おまえとの縁は、十重《とえ》二十重《はたえ》のがんじがらめ。わが侍としての系譜はおまえと共にあるといってもいいではないか。

なあ、佐吉よ。


殿下のご逝去から四ヶ月《よつき》が経《た》たんとする十二月、佐吉が我がもとを訪ねてきた。

佐吉は、殿下死後、朝鮮《ちようせん》引き上げの差配をするべく、浅野弾正《あさのだんじよう》殿と九州博多《はかた》へと下向した。そうだ、佐吉以外の誰《だれ》があのいくさの後始末ができるのというのか。

ようやく最後の引き揚げ船を受け入れ、上方《かみがた》に戻ったばかりというのに、佐吉は早々にわが伏見《ふしみ》屋敷へと現れた。内密の大事という前置きだった。

殿下死後のわしは、といえば——

なにもできない。もとよりわしは、隠居、療養の身。すべての役を退いているが、それだけではない。わしは、新たな病に蝕《むしば》まれてしまったのだ。

目が、みえない。

いぜんから、目の疲れは甚《はなは》だしく、視界がぼやけることはあった。数年前、己の花押《かおう》すら書けぬほど視力が落ちてしまったこともある。そのときは治ったのだが、こたびは一向に回復しない。

朝鮮で再発した病がいっとき顔まで及んだせいだろうか。目のかすみはひどくなり、人や景色がぼやけて見える。日が暮れるとさらに朧《おぼろ》になり、手を引かれねば歩けない。

体の回復に逆らうように、目は悪くなってゆく。この有り様では、やがて、読み書きにも不自由する。正真正銘の隠居人、真の世捨て人になりはてようとしていた。


「紀之介、戻ってくるのだ、豊家《ほうけ》の政を担え」

佐吉はなおも迫ってくる。

殿下なき後の政の体制は、ご存命中から決まっていた。殿下と佐吉ら奉行衆熟慮のうえのことだ。

天下の政は、佐吉ら豊家奉行がおのおのの役割をもって行う。増田《ました》右衛門尉《うえもんのじょう》長盛《ながもり》、長束《なつか》大蔵大輔《おおくらのたいふ》正家《まさいえ》、浅野弾正少弼《しょうひつ》長政《ながまさ》、前田《まえだ》徳善院《とくぜんいん》玄以《げんい》、そして、佐吉、石田《いしだ》治部少輔《じぶしょうゆう》三成《みつなり》。かねて殿下のもと天下仕置きの実務をなしてきた奉行衆、織田《おだ》家臣であった前田玄以殿以外は、親族である浅野弾正殿を含めて殿下子飼いといっていい者たちだ。諸侯はこれを五人の奉行、五奉行と呼んだ。

そして、かねてより殿下が信を置き、宿老扱いして軍政の相談をした五人の年寄り衆を大名諸侯の筆頭とし、政に参加させる。五人の年寄りは、江戸内大臣《ないだいじん》徳川家康《とくがわいえやす》、加賀《かが》大納言《だいなごん》前田利家《としいえ》の二人が筆頭。ほか、安芸《あき》中納言《ちゅうなごん》毛利輝元《もうりてるもと》、会津《あいづ》中納言上杉景勝《うえすぎかげかつ》、備前《びぜん》中納言宇喜多秀家《うきたひでいえ》。彼らは、奉行衆がおこなう政の監督、裁定役となる。

この五奉行、五人の年寄り衆で天下仕置きを行う。

殿下のお世継ぎ秀頼君はまだ六つ。成人までこの体制を維持する。そのためには大名間での私闘、私縁を結ぶこと、徒党を組むことの一切は禁じられた。

「わしは隠居の身。しかも病だ」

「なにをいう」

佐吉の強い声音が室内にこだますように響く。

「わかっている。おぬしの肌の病はすでに収まっているではないか」

「目がいかぬ」

「目など――わしらが援《たす》ける」

佐吉は当然のごとく言い切る。

わが横では弟大学《だいがく》が眉《まゆ》をひそめている。佐吉の突然の来訪を訝《いぶか》しんだ大学は、この面会にも同席していた。

「盲《めしい》でも政務の役を果たした先人は数多《あまた》いる。それは理由にならぬ」

身を乗り出す佐吉の舌鋒《ぜっぽう》に、大学は小首をひねっている。

大学は佐吉がなぜ我が様態を知っているのかと怪しんでいるが、それは容易だ。おそらく、侍医でも抱き込んだのだ。豊家筆頭奉行の佐吉なら造作もないこと。わしの体、視力の衰え、佐吉はその具合も知り、知るからこそ、ここに来たのだ。

「ちょうどよい」

佐吉は大学をちらと見た。

「大谷《おおたに》家は、大学殿という立派な跡継ぎがいる。むしろ好都合だ。家のことはまかせ、紀之介は奉行に戻り、豊家を支えよ。ともに力を合わせ、秀頼君を守るのだ。でなければ――」

そこで言葉をためた。

「天下は簒奪《さんだつ》される」

佐吉は息を大きく吸い、重大な言葉を吐こうと肩を怒らせる。

「言うな、佐吉」

「いや、言う」

「言わずともよい」

「家康」

佐吉は斬《き》るように言った。その名を吐き出すことで、己を奮い立たせるようだった。

「家康こそ豊家転覆を目論《もくろ》む大悪人」

わしは小首をかしげて、軽く吐息をもらした。

「佐吉、わしとおぬしの思いは違う」

「なんだと」

「おぬしは考え違いをしている。殿下が、なぜ、徳川をつぶすことなく残しているのか、わからんのか」

「唐《から》入り、関白《かんぱく》の謀反《むほん》騒ぎと気をそがれ、潰《つぶ》しそびれた。殿下とて、あ奴《やつ》の老獪《ろうかい》ぶりに手を焼いておられた」

「ちがう。殿下は徳川内府《だいふ》を認めておられる。次の天下を担えるのは内府だ。だからこそ、ああして手元におかれ、力を残しておいた」

「では、紀之介は奴が豊家の天下を奪ってもよいというのか」

「そうではない」

「意が通らぬ」

「天下は天下のための天下。一家がしめるものではない。人を束ね、世に安寧をもたらす力を持つ者が天下を治めるのだ」

「では、秀頼君は」

「秀頼君はまだご幼少、天下人として君臨はできぬ。今まだ唐入りでの疲弊ははなはだしく、人心は乱れている。諸侯とて不満を溜《た》め、戦乱の火種がくすぶっておる。殿下亡き後、ふさわしき者が人を束ね、国を守らねばならない」

「それが家康か」

「内府以外にない」

「甘い」

佐吉は、ダン！　と床を叩《たた》いた。

「おぬしは役を離れていたので知らぬ。家康など即刻除かねば、豊家の未来はない。それが殿下のご遺志にむくいること」

「内府がそうすると決めつけることこそ、危うい」

「家康だけではない、奴に尾を振る犬どもの見苦しさ。紀之介、おぬしは前から家康を買っておるが、それは違う。わしには見える。殿下亡き後、あの狸《たぬき》は己の権勢をほしいままにして、秀頼君をないがしろにする」

「それは仕方がない」

「なんだと？」

「それが時勢だ。信長《のぶなが》公なきあと殿下が天下を継いだように、器量あるものが国を治める」

「織田家は天下一統前に、信長公、信忠《のぶただ》公いちどきに討たれた。今や豊家の天下は成り、秀頼君がおられるではないか」

「そうだ、おる。我ら豊臣《とよとみ》家臣、秀頼君をしっかり守り立てることには違いない。秀頼君がご成長し、豊家が徳川の力量を超えるような立派な家となれば、天下はおのずと戻ってこよう。そのために、殿下は秀頼君を残された。よいか、武門たる豊家は殿下が起こされたばかりの初々しい赤子なのだ。その幼き家が天下を取った。殿下のたぐいまれなご器量がなしえた奇跡だ。武家豊臣家はこれからなのだ」

「代替わりした豊家には力がない、というのか」

「ではない」

「では、なんだ」

「秀頼君はご幼少、名実ともに立派なご当主様となるには時を要すということだ。時をかけ、我ら子飼いの臣が御家《おいえ》をつくってゆくのだ。家として力がつけば天下を担える。そうでなければ、天下人などといえるか」

わしもいつしか前のめりになっていた。

「そのためには、秀頼君ご年少のうちの乱はいかぬ。天下の仕置きはひとまず内府に委ねるしかない。殿下も内府が天下の政務をみる様に言われた。御遺言にも残っておろうが。そのうえで、我らが秀頼君をしっかり守り立て、立派に成人していただくのだ」

「もし、秀頼君が成人しても天下が戻ってこぬときは」

「それは、豊家は天下を治める家ではない、ということだ」

「秀頼君のご器量がなかったというのか！」

「秀頼君だけではない。我ら家臣すべてのせいだ。そうならぬように、佐吉がおるのだ。秀頼君の代でなせぬなら、次の代、その次の代でなせるべく御家を守り立てる。それが武門のあるべき姿ぞ」

「殿下がそれで許す、というのか」

「そうだ。いかに慕おうと、我々は殿下ではない。殿下と同じことはできぬ。豊家に命を捧げることはできても豊家そのものにはなれぬ。我らは我らの命の使い方がある。殿下はそうせよ、と言われた。わしはそう受け止めた」

「あまずぎる」

佐吉は強張《こわば》った面を激しく振った。

「家康が許すはずがない。あ奴が幼少の秀頼君を害し豊家を根絶やしにすればどうする」

「お守りするのが我らだ」

「根こそぎ討たれたらどうする」

「そうならぬよう、殿下とおぬしは政の形をつくったのだろうが」

「家康はそれを壊さんとする！」

「壊されぬようにするのが、我らではないか。たとえ壊され、いちどきは内府に権勢が移ろうと耐えれば時が来る。そのためにはいかに虐《しいた》げられようと滅びぬ心構えがいる。考えよ。我らなど元をただせば、ただの流民。殿下のおかげで衣冠束帯《いかんそくたい》など羽織って人の上に立つ身となった。裸一貫、幼君のもと御家を興す気概を持つのだ」

「紀之介、豊家はただの武家ではない。天下人だ。いまさらそのようなこと」

「佐吉、もう殿下はいない。考えを改めよ。我らとて強くならねばならぬ」

「強くなる、すなわち、家康を除くということだろうが」

「強くなるとは力を放つだけではない。耐え、雌伏《しふく》して力を養うことも大事。幼君を守り立てるとはそういうことだ。未熟な力の発散は踏みつぶされるのみ」

わしはひかなかった。いや、ひくどころではない。わしこそ佐吉を諭《さと》すことができる。この談判に渾身《こんしん》の力を込めていた。

そして、不思議だった。いつしか、わしはこの激しいやりとりが楽しくなっていた。

佐吉、おまえはいつも内府を目の敵にしていたな。徳川内大臣家康殿、彼を敵視し、排除することで、豊家を結束させる。佐吉らしいことだ。

天下統一最後のいくさとなった北条征伐《ほうじょうせいばつ》のおりも、佐吉は「家康は怪しい」と殿下に排除を促した。このときも、わしはさんざん諫《いさ》めた。

結局、殿下はそのまま徳川勢を東海道《とうかいどう》の先鋒《せんぽう》とした。我が意を汲《く》んでくれたのだ。だがその後、殿下は、北条の城攻めで大将にした佐吉の下にわしをつけた。わしと佐吉の性分を知りつくしている。さすがの御差配だった。

佐吉との舌戦。決して、口喧嘩《くちげんか》ではない。

そうだ、わしと佐吉はこうしていつも意をぶつけあった。

この丁々発止のやりとり。ぶつけ合うのは怒りではない。お互いの本音だ。ここまで飾らず心をさらけだせる。こんなことができるのは佐吉だけだ。

病持ちで隠居のわしなど、もはや過去の人物。同朋の大名衆も見舞いの言葉ばかりで、未来について語り合おうとする者などいない。すでに忘れかけているのだ。

だが、佐吉。そんなわしにおまえは腹中を隠さずぶつけてくる。だから、わしはうれしい。今、我らはあの長浜《ながはま》の小姓《こしょう》部屋に戻ったようではないか。あのときも、我らは羽柴《はしば》の御家のあり方について侃侃諤諤《かんかんがくがく》語り合ったものだ。

そうだ、いつも舌鋒鋭くまくし立てるのは佐吉、わしはそれを受けて返す。そんなやりとりだった。おまえも「ここまで舌いくさできるのは紀之介ぐらいだ」などと言ってくれたな。

佐吉、おまえは本当に変わらない。おまえとの舌いくさは心底楽しい。

佐吉よ、おまえもそう思ってくれるか。今、そう見えるのはわしの目が悪いからか。

だがな、佐吉、これは譲れぬ。もう殿下はおらぬ。殿下が生きていると勘違いしてはいかぬのだ。

「わしが奉行に戻れば、おまえの動きを封じるぞ、佐吉」

「な、なんだと」

佐吉は愕然《がくぜん》と口元をゆがめた。

「佐吉、まことに豊家の未来を思うなら、わしを秀頼君の側衆《そばしゅう》にせよ。お伽衆《とぎしゅう》でよい。それなら盲でもお役に立てよう。わしは俸禄《ほうろく》も領土もいらぬ。政とておまえに任せる。ただ秀頼君のお傍《そば》にて、そのご成長を援ける。おぬしは殿下と作った奉行年寄り衆の備えで、政に身を尽くす。これが殿下のご遺志に沿う我らの奉公だ」

佐吉は絶句し、横の大学も息を呑《の》んでいた。

お伽衆――殿さまの傍らで雑談などして耳学問の相手となる。そんな役は、茶人や僧侶《そうりょ》、国を失ったもと名族や、隠居の老人武家がやること。

だが、それでこそ、公然と秀頼君の側にいることができる。殿下亡きあと、秀頼君を城の奥御殿でぬくぬく育ててはならない。強く育てるには、乱世を見てきた武人が周りを固め、厳しく揉《も》まれねばならない。

盲になることを感じてから考え、編み出したことだ。

「そんなこと、淀《よど》の御袋様が許すか……」

佐吉は頰《ほお》を痙攣《けいれん》させていた。

淀の方か。そうだな、病持ちのわしなど、あのお方が毛嫌いするだろうな。

「やるのだ。それこそ佐吉の役ぞ。敵を間違えるな、佐吉」

そうだ。敵は内府ではない。城の中にいる。

「淀の方を、前田大納言、内府に嫁がせる話はどうした」

わしの畳み掛けに、佐吉は完全に黙ってしまった。

この話は、殿下ご逝去前から出ては消えた。当の淀の方が拒絶した、いや、大納言、内府ともに辞退したなどと噂《うわさ》となり、やがてうやむやになった。

だが、話は間違いなくあった。ほかならぬ殿下が遺言したのだ。秀頼君の母である淀の方を前田大納言または徳川内大臣に再嫁させ、どちらかを秀頼君の継父とし、盤石の後見人とする、と。

これは政の体制とともに、殿下なき後の後宮の仕置きとしても最良の策だった。

秀頼君の母ならねね様がいる。淀の方はもはや城にいてはいけない。再嫁が嫌なら、尼にでもなるべきだ。秀頼君をとりまく女どもを城中から一掃する。そうすることが豊家再興の始まりなのだ。

佐吉は渋く固めた面《おもて》を傾《かし》げていた。

そうだ。佐吉は、淀の方、奥女房衆の信を得ている。できるはずがない。だが、だからこそ、なさねばならない。改革には身を斬る覚悟がいるのだ。

しばし、重い沈黙が流れる。

凝然とわしの顔を見つめていた佐吉は、やがて、低く口を開く。

「いいか、紀之介。家康はこの一ヶ月《ひとつき》、我らが朝鮮陣の引き上げにかかりきりになっている間に、伏見の諸侯のもとを訪れ、私縁を結び徒党を組まんとしている。これは太閤殿下の御遺言を無視した所業、謀反のきざしに他ならぬ。わしは決して許さぬ」

佐吉の悪い癖だ。行き詰まると話を変えようとする。

「それは知っているが、そのまま内府を退ける理由にはならない」

「家康は豊家転覆をもくろんでいる。紀之介、必ずわしがいったようになる」

「それは、おまえ次第ではないか、佐吉」

「なんだと」

「佐吉は先走りすぎる」

いわねばならない。わし以外の誰が佐吉にいえるのか。

「佐吉、内府を責めるなら、きちんと筋を通せ。年寄り衆を交えて議を尽くし、諍《いさか》いとならぬようにせよ。傍らで秀頼君をお育てする形をつくれ。それこそおぬしの役目、殿下の望みぞ」

佐吉は口をすぼめていた。

知っている。その顔。己の非を認めたくない。そんなときの顔だ。

「紀之介、きれいごとだ」

ポツリといって、肩を上下して大きく息を吸い、吐いた。

「わかった。紀之介、とめるなら、わしを斬れ」

「なんだと」

「紀之介に斬られるならいい。そのかわり、あとの豊家は頼むぞ」

わしは息を呑み、奥歯をかみしめていた。

佐吉、おまえ、なにをいう。おまえのような誇り高き男がそんなことをいうな。

(佐吉よ)

佐吉、おまえはわしなのだ。佐吉を斬るということはわし自らの腹を切り裂くのと同じだ。いや、己のことはいい。わしが佐吉を斬れるか。できるわけないだろうが!

丹田の底が震え続ける。震えたまま声を絞り出した。

「佐吉、何度でも言う。身の丈に合わぬ振舞いは滅びを呼ぶ。頭を冷やせ」

心では違う叫びを上げ続ける。

やめろ佐吉、豊家はもう天下様ではない。それでいいではないか。わしとおまえでともに秀頼君を守り立て、豊家を強き家にしてゆこう。

横の大学がゴクリと固唾《かたず》を呑む音が響く。

長い沈黙。お互い眉根を寄せ、にらみ合った。

やがて、佐吉は視線を外した。

「それが紀之介の答えなのだな」

声は底響いた。

「我ら一蓮托生《いちれんたくしょう》ではなかったのか――」

ポツリともらした。佐吉らしくない、寂しそうな顔、声。

一蓮托生。その言葉が頭をめぐる。

「佐吉……」

「紀之介。わしはやらねばならないことが山ほどある」

言いかけたわしを遮って、佐吉は立ち上がる。

「さらばだ。養生せよ」

あとは振り返ることもない。そのまま去ってゆく。

誓い

「兄上、良いのですか」

大学は佐吉を追いかけ立ち上がりかけた。

「大学、座れ」

それを制す。ここまで言い合ったのだ。しばらく頭を冷やすべきだ。わしも、佐吉も。

「佐吉の言い分、そして、わしの言い分、しかと聞いたな」

「は」

「では、大学、おぬしはどうみる」

「石田様の言われるように内府に野心ありかと」

大学は瞳《ひとみ》を炯々《けいけい》と光らせ、頰《ほお》を紅潮させていた。若い、そして、正義にあふれる弟らしい言葉だった。

「諸侯は徒党を組むべからず。太閤殿下のご遺訓をないがしろにする動きかと」

殿下亡き後、上方《かみがた》はざわついている。

佐吉の言う通り、殿下の死をふせたまま、豊臣奉行衆は、朝鮮残存兵の引き上げにかかりきりになった。佐吉も筑前に下向し、上方は空白地帯となった。

そんな中で、徳川内府は伏見に在宅する大名たちの屋敷を訪問し、私通ともとれるような動きを繰り返した。

十一月二十三日、信長公の弟織田信包《のぶかね》様、二十五日には奉行の一人である増田長盛殿、翌二十六日には長宗我部《ちょうそかべ》元親《もとちか》殿、十二月三日に新庄直頼《しんじょうなおより》殿、五日に島津龍伯《しまづりゅうはく》公、九日に細川幽斎《ゆうさい》殿、十七日に有《あり》馬則頼《まのりより》殿……大名小名、重縁疎遠まるで見境がない。はては、婚姻まで画策しているという噂すらあった。

これらの話は、ほぼ屋敷にいるわしの耳にすら入ってくる。佐吉ら豊家奉行は、目を血走らせその動静を追っているだろう。

「内府は一人で諸侯宅を訪問しない。大学よ、それがどういう意味かわかるか」

「――」

内府は、かならず同伴者を連れて動いている。それは、公卿《くぎょう》の山科言経《やましなときつね》を始めとして、ときには、茶人、商人である。

武家でない者を引き連れるのは、中立な者を証人とし、訪問が秘事でないことを明かすためだ。だから、内府の動きは庶民にまで知れ渡っているのだ。

「そもそも、内府が動く前に仕掛けたのは佐吉だ」

「え……」

「殿下ご崩御直後に、安芸中納言と結託し、内府の締め出しにかかった。内府はいざというときのために己を守らんと動き始めたのだ」

「兄上、なにを言われる」

「増田殿から書状があった」

殿下ご逝去のわずか十日後の八月二十八日、安芸中納言毛利輝元殿は、佐吉、増田長盛殿、長束正家殿、前田玄以殿という四奉行と結託した。所領百二十万石におよぶ大大名、五人の年寄り衆の一人の毛利中納言が、奉行四人と内密に誓紙を交わしたのだ。

それには、佐吉の要望で「秀頼様へ逆心なくとも四人と対立する輩《やから》があれば奉行衆に味方する」と書き加えられた。すなわち、豊家への忠心いかんではなく、とにかく奉行衆に味方する、という条件が加えられたのだ。

「増田殿は、わしに佐吉を止めて欲しいと言うてきた。佐吉のやり方がいきすぎとみておるのだ」

「石田様には言わずに?」

「言うたとて佐吉はきくまい。だから、わしに頼むのだ」

増田殿は佐吉の性急さを危ういと見ている。ことは五奉行中でも内府派といわれる浅野弾正殿を省いて行われているのだ。

といって、佐吉と諍いを起こすことはできない。今や豊家奉行衆の中心は佐吉。あ奴以外に豊家を引っ張ってゆく者はいない。だから、わしを頼った。わしなら役のしがらみもなく、佐吉を諫止《かんし》できる。穏便を重視する増田殿らしい仕業だった。

「増田殿が姑息《こそく》というわけではない。佐吉とはそういう奴なのだ」

己の正義のもと皆ついてくると信じている。佐吉とて、増田殿の性分を知らぬはずがない。なのに信じ、疑うことも忘れている。それが佐吉の脆《もろ》さなのだ。

(佐吉、おまえほどの知恵者が、なぜだ)

大学にむけ話しながら、心で佐吉のしたり顔をしかりつけていた。

「佐吉らがそのような動きをするから、城下でも騒ぎが起きた」

殿下崩御の直後、伏見城下で騒ぎがあった。何者かが城に火をかけるだの、城下で合戦が起こるだのと雑説が飛び交い、一部の民は家財を持って逃げるほどとなった。

「そもそも大学よ。本日佐吉がここに来たのは、私通ではないのだろうか」

「それは……」

大学は目をむいて口ごもる。わしと佐吉の仲を知る大学には思いがけぬ問いだろう。

「世に正義を訴えるなら、己にやましいところがあってはならない。内府が怪しいというが、怪しいのは佐吉だと、向こうは言う。そして、それを世に流すのならば」

「では」

「目には目を、なのだ。殿下ご逝去まもなき今、ゆきすぎた行いは相手を刺激し、揺り起こしてしまう。わかっていてもやってしまう、それが佐吉だ」

だから、佐吉に同意できない。わしが政へ戻れるわけがない。それこそ殿下ご遺訓の体制を曲げる行為だ。

「佐吉はこれから内府排除に動くであろう」

「兄上は内府につかれる、と?」

「それはわからぬ」

即応する。

「大学よいか、浮ついてはならぬ。向後《こうご》は腹を据え、事の本質を見極め動かねばならぬ。忘れるな、大谷家の当主はもうおまえ。大学は家臣と敦賀《つるが》の領民を守ることに全身全霊を注げ。大谷家をしっかり舵取《かじと》りし、その力で豊家を守り立てる。大学がなすのはそれだけだ」

いいながら、己の身勝手さに呆《あき》れていた。よほど、佐吉の方がわかりやすい。いっそ、あ奴のように敵の排除に身をこがせるなら――

大学はきつく眉根を寄せていた。この敏《さと》い弟はわかっている。その矛盾を、困難を。

しばし沈黙。やがて目を見開き、真摯《しんし》な顔でうなずいてくれる。

「わかりました。肝に銘じます」

思うところはあるだろう。だが、今は飲み込んでくれている。

わしの弟が、大谷家の後嗣が、大学で良かったと、心底、思う。ここからの難しい舵取り。大学となら乗り切れるだろう。

しかし、思い浮かぶのは、佐吉の顔だ。

（我らは一蓮托生）

そう、切っても切れない、これがおまえとわしだ。

わしらはともに殿下のために励んできた。全身全霊で努めた。

だが、だからこそ、わしはおまえをとめる。それは、わしにしかできぬことなのだ。

必ずとめる。命をかけても。

勃発《ぼっぱつ》

明けて、慶長四年（一五九九）正月、大きな動きがあった。

「大坂へ移るぞ」

下城してきた大学は屋敷に入るなり、声高に言い放った。

家人が騒然とする中、回廊を踏み鳴らして、我が居室に入ってくる。

「兄上、秀頼君、大坂城へご動座することとなりました」

せき込むように始めた。

あの日以来、佐吉からなんの音信もない。奉行衆からも途絶えていた。殿下なき初の年越し、皆、多忙を極めていたのだろう。

そして年明け早々のこの動き。いや、元来、豊家の本拠といえば大坂。殿下亡きあと、秀頼君は大坂城にうつる。ありうることだが、いきなり何事か。

「大学、仔細《しさい》を教えてくれ」

大学は諸侯の詰めの間にいたというが、そこで聞いた話によれば、こうらしい。

本日正月六日、伏見城の大広間で秀頼君を戴《いただ》いた御前評定があった。

参加者は、五人の年寄り衆、五奉行、そして、諸侯より調整役として殿下に名指しされていた、生《い》駒親正《こまちかまさ》、堀尾吉晴《ほりおよしはる》、中村一氏《なかむらかずうじ》という小年寄《こどしよ》り三名である。

その場で、佐吉がおもむろに進み出た。

「太閤殿下ご遺言の秀頼君大坂城へご動座の件について、でござる」

諮《はか》るどころか決まりきったような口調に、奉行ほか年寄り衆もしかめ面を振る。

「治部少輔――」

と、徳川内府が呼びかけるのをさえぎるように佐吉は身を乗り出す。

「この件は、内府殿の肝煎《きもい》りにて旧年中は控えておりましたが、北政所《きたのまんどころ》様、淀のお袋様からもお申し出があり、いっときも早くなすべきと」

沈黙。二人の秀頼君の母君の申し出となると、さすがの年寄り衆も聞くしかない。

「治部よ、して、いつに」

眉をひそめて問いかけた奉行浅野弾正殿を、佐吉は睨《にら》み据えて、

「一月十日に」

言い切った。

「それは、あと四日しかない。支度もできぬぞ」

口から泡を飛ばす浅野殿を無視して、佐吉は向き直った。

「加賀大納言、いかが」

上座の秀頼君の横に護神のごとく座り、前方を睨む大納言前田利家卿へと首《こうべ》を垂れる。

「治部少」

大納言は刺すように言い放ち、

「それで、よい」

傲然《ごうぜん》と前を見据える。

皆、その威に打たれ、粛と平伏した、という。


「なるほどな」

殿下ご指名の秀頼君後見役の前田大納言、そして佐吉だからこそなせることだ。

ご遺言では、殿下没後三ヶ月《みつき》をもって、秀頼君を大坂城へうつす、とあった。崩御は八月なので、すでに期日は過ぎている。

だが、これが正論とも言えない事情がある。

城中の決め事では、殿下のご崩御は本年二月に公《おおやけ》にされる。すなわち、表向きでは、まだ殿下は死んでいないのだ。

（佐吉らしい）

ようやく朝鮮撤兵が終わり年明けたばかりの正月の大移動。評定の様子からして、奉行衆でも内府派の浅野弾正、前田公を除いた年寄り衆は知らなかったのだろう。

佐吉が、豊家の女房衆、前田大納言を口説き、根回ししたのだ。

目的は一つしかない。殿下のご遺言では、秀頼君とその後見役前田大納言は大坂城にあり、内府は伏見にて天下の政を担う、としている。秀頼君が大坂へ動くなら、しぜん、豊家傘下の諸侯とて大坂へ移る。秀頼君を大坂城の厚い守りの中に入れつつ、内府と諸侯を切り離すつもりなのだ。

「我らも急ぎ仕度せねばなりますまい」

「いや、大学」

生真面目《きまじめ》な面を振り上げた大学を押しとどめた。

「まずは秀頼君と淀の方が動く。我らなどそのあとだ」

「それにしても支度が」

「いい」

引き留めた。事の真意は表向きにはない。

「皆いちどきに動くわけにもまいらぬ。大谷家など小名の類《たぐい》。ゆるゆる行けばよい。それより、大学、皆を集めよ」

佐吉の腹はわかっている。こちらも備えねばならない。

すぐに屋敷の家臣ほとんどが広間に集まった。

大谷家など、五万石の小大名、上方の家臣は小者《こもの》を除けば二十もいない。そのぶん、選《え》りすぐりの勇士を集めている。

「よいか、皆」

大学は彼らを前に口を開く。例の大坂転居の件である。

これからの件は大学と念入りに打ち合わせをした。

「大谷家もむろんのこと、大坂へ動く」

皆、一疑もなくうなずいてくれる。明敏な奴らだ。わしは家臣にめぐまれている。

「ただし、兄上は伏見に残られる」

大学の言葉に、一同、む？　と眉根を上げた。

大学に代わり、身を乗り出す。

「皆、大谷家の当主はすでに、大学である。大学は秀頼君に従い、当主として大坂に入り、大坂城へ出仕する。わしはもはや隠居だ。奉公のために登城することもない。病の身ゆえ、しばらく伏見にとどまり、機を見て大坂へ赴く」

「さすがのご深慮でござりますな」

口を挟んでくるのは、甥《おい》の木下頼継《きのしたよりつぐ》。敦賀にいる僧祐玄《ゆうげん》の実兄だ。

祐玄は拒んだが、頼継は「侍こそ」と勇み、わしに仕えた。殿下は大谷姓を名乗ればまた出自を探る奴がでると、木下姓を与え、大谷家とは別禄と山城守《やましろのかみ》の官位までくださった。木下は殿下の旧姓、ねね様のご連枝もこの姓を名乗っている。

「拙者も伏見に残りたいですな」

こ奴も感じているのだ。秀頼君の移動でなにかが起こる、と。

「頼継、これは病人のわがままだ。おまえはそうはいかぬぞ」

苦笑してなだめた。こ奴も二万五千石の大名。大坂へ移らねばならない。頼継はハ、と含み笑いで首を垂れる。

「よいか、皆は大学とともに、大坂へと移る。今、天下は騒がしい。世には憶測と雑説が満ちている。だが、皆、迷うことはない。大谷家の当主は大学である。大学の下知《げじ》に従い尽くしてくれ」

オウ、と、皆、面を伏せたが、一人だけ勢いよく上げた。

「おん殿。委細わかり申した。我ら、おん殿と大学様のため全身全霊にてお仕えしまする。なれど殿、そのお体にて、まさかに、お一人で残るわけにはいきますまい」

大男はがなり上げるように、肩を震わしていた。

「五助《ごすけ》」

わしはその大男を明るくにらみつけた。

「おまえは伏見に残ることになるが、よいか」

「わし以外、殿のご面倒をみられる者がおりますか！」

湯浅《ゆあさ》五助は大きな体を揺らして、うなずく。

五助、その頼もしい顔。

おまえという奴は——いや、五助だけではない。

左右に連なり気負った笑顔で頷《うなず》く面々を見渡す。

この者たちを、大谷の家を守り、豊家をも保つ。

心してゆかねばならない。

縁組騒動

秀頼君にわかのご動座という騒ぎで始まったその年の正月は、一向に落ち着かない。

息つく間もなく、新たな火の手が上がったのだ。

幼君と政権の中枢、諸大名が次々と去った伏見城下で不穏な噂が飛び交った。

徳川内府が、殿下の遺言で禁じられている大名同士の婚姻《こんいん》を始めた、というのだ。

相手は伊達政宗《だてまさむね》。奥州《おうしゅう》に五十万石におよぶ大領をもつこの男と、関東二百五十万石の内府が手を組めば、東国を覆いつくすような大勢力となる。

どこからともなくでた噂はまたたく間に広まった。さらには、内府は福島《ふくしま》、蜂須賀《はちすか》といった豊家譜代の家とも縁組を進めていると膨らんだ。

「真《まこと》のようです」

市中を回り、他家の噂なども拾い集めてきた五助が言う。

「内府は、堺《さかい》豪商今井《いまい》宗薫《そうくん》の仲立ちで、伊達の姫を六男忠輝《ただてる》に娶《めあわ》せるとのこと」

ほか、異父弟松平《まつだいら》康元《やすもと》の娘を養女として福島正則の息子の正之《まさゆき》に。家臣小笠原秀政《おがさわらひでまさ》の娘であり、己の外孫にあたる姫を養女として蜂須賀家政《いえまさ》の子至鎮《よししげ》に……五助が集めた話はいずれも中味が鮮明、噂の範疇《はんちゅう》を超えている。

「今着いた大学の書状だ」

読め、と、五助に書状を渡す。

大学の書状は大坂の緊迫を克明に伝えていた。

豊家奉行衆は、この動きこそ太閤遺訓をないがしろにする謀反とみて、ただちに内府を除く年寄衆を大坂城に集めているという。

しかし、妙なことだ。内府はつい先日、秀頼君に付き添って大坂に行き、伏見に戻ったばかり。それから十日もたたぬのに、ここまで事があからさまになるとは。

読み終えた五助がゆがめた面を上げる。

「大学様の書状がここについたということは、伏見の他家も大坂の様子を知っている、ということですな」

そう、伏見には、大坂に移らず居残っている大名が数多いる。

先の伊達、福島、蜂須賀のほかにも、黒田如水《くろだじょすい》、長政父子といった豊家譜代の重鎮もあり、数は二十を超える。傍《はた》から見れば、わしもその類《たぐい》となるだろう。

移動を遅らす大名がでるとは思っていたが、これは多い。佐吉も想定外だろう。

「奴らは内府に与力するつもりで伏見に残っている。すぐ動くだろう」

「殿は、いかがしますか」

「五助。集めようにもここには人がおらぬ」

伏見の屋敷に残るのは五助を除けば、あとは、小者と侍女ばかり。これでは動きようがない。

「といって、高みの見物というわけにもいかぬでしょう……」

五助が言いかけたとき、

「殿」

回廊から声が響いた。

「お客人がおみえです」

「誰《だれ》だ」

「それが――」

若い小姓は言いよどんだ。

「石田家のご家老、島左近《しまさこん》様」

その名に五助は目を丸くする。

「通せ」

うなずいていた。

「見舞いに参りましたが、思うたよりお元気そうですな」

島左近清興《きよおき》は白髪交じりの顎鬚《あごひげ》を荒々しく撫《な》で上げる。

「名将というものはなかなか死なぬもの。いや、死なぬからこそ、名将などと呼ばれるようになる。卒爾《そつじ》ながら拙者もそのように言われます。いや、面はゆいこと」

戦場仕込みの渋辛い声で、呵々《かか》と笑う。この男こそ元亀《げんき》天正の争乱をくぐり抜けてきた古強者《ふるつわもの》。どうみても文吏の佐吉の傍らで、将として御家を束ねる名物家老である。

「こうして向き合えば、かの信長公落命の際に初めて会った頃《ころ》を思い出しますな。刑部《ぎょうぶ》殿は、まだ太閤殿下のお小姓の一人でござった」

わしとの付き合いも古い。かつて、大和《やまと》を治めていた筒井順慶《つついじゅんけい》に仕えていた左近は主《あるじ》の名代《みょうだい》となり、殿下の使いのわしと談判した。その後、左近が浪人暮らしを経て佐吉の家老となってからは、ますます親しい。

「あのときの太閤様の旭日《きょくじつ》のような勢い、そして、旗下におられる刑部殿はじめとした若衆の精気、この世のすべてを巻き込むようでしたな」

左近の話しぶりは語尾に節がきき、心地よい謡《うた》いのようである。

「よいか、新吉《しんきち》。わしは、刑部殿を一目見てな、ただならぬ御方よと、感心したものよ。そのころの刑部殿はおぬしよりよほど年若、いや、凄《すさ》まじきことよ」

そう言って背後を振り返れば、左近を一回り若くしたような武人が、ハ、と首を垂れる。左近の長男島新吉信勝《のぶかつ》である。

左近はもう四半刻《しはんとき》（三十分）もたわいなき思い出話をするばかりだ。

「左近、水を差すようで悪いが、そろそろ用向きをいえ」

もういいだろう。部屋の隅に控える五助がじれて乗り出してきそうだ。

左近はカハッと面を崩した後、五助を一瞥《いちべつ》して頷く。

「刑部殿はよきご家来をお持ちでござるな」

左近は「では」と居住まいを正した。とたんに、居室の気が引き締まる。

「江戸の奸賊《かんぞく》、家康」

ズイと、身を乗り出す。

「かねてより、大名衆の屋敷に足しげく通い、徒党を組もうともくろんでおりましたが、ついにここに至り、公儀のお許しもなく、複数の大名家と婚姻を結ばんとしたよし。これは太閤殿下のご遺訓に背いた仕儀」

左近はうなる様に続ける。

「なお、すでにわが主石田治部少輔ら豊家奉行衆は、前田大納言はじめ年寄り衆と語らい、家康を糾弾すべく、諸大名を大坂城へと参集させ、その手筈《てはず》を整えております」

その語り口は重厚。この居室はいくさ評定の間と化した。

「主治部少輔は御重鎮と評定。島左近と言えば、殿中にあがるには陪臣《またもの》に過ぎず、さらには、石田家の若党どもを束ねるには老いに過ぎ、役にも立たぬ無用の長物。では、伏見にてご療養中の古き知己殿のもとで昔話などしてそのご気分を癒《いや》し、そして――」

左近の目がキラと底光りする。

「刑部殿を招きにまかり越してござる」

そういって、深々と面をさげる。

「主治部少輔が豊家の御名のもと家康と対するにあたり、ぜひとも大坂城にお入りいただきたい。それを願うために、この島左近、ここに参りました」

「佐吉がそうしろ、と？」

いえ、と左近は下げた頭を小さく振る。

「拙者の一存にてまかり越してござる」

依然として面は下げたままである。

「わが殿はすでに刑部殿には腹中をさらし、議は尽くした。刑部殿には刑部殿の考えがある。その道をゆけばいい、などという。しかしながら、この左近は――」

そこまで言って面を上げ、ニンマリと髭面をゆがめた。

「かようなきれいごとではここからの難所、乗り切れぬと断じましたゆえ」

きれいごと、という言葉が耳に残った。しかし、左近は気にする素振りもなく、軽く鼻を鳴らし、肩の力を抜いた。

「どうもわが主殿は、世にまれな意固地、へんくつ者でござってな。才知は抜群、抜身の刃《やいば》のごとき切れ味のお方にござるが、人の心を読むこと少年のごとき初々しさ。かような殿であるがゆえ、この左近、全身全霊傾けてお助けしたくなるのでござるが」

左近は笑みを浮かべ鼻下の髭を撫でる。そんな仕草は妙な愛嬌《あいきよう》がある。

「この節所《せつしよ》、しかも、敵は天下一のもののふ。己が意地とやゝさしさを捨てられずば、相対することなど叶《かな》いませぬ。主がいえぬなら、この老骨が言うべきかと」

そして、両こぶしを畳におしつけ、ズイッと前のめりになる。

「申し上げる。我が主は、豊家と諸侯を巻き込む大戦略を練ることができる。だが、それだけではことはなせませぬ。刑部殿は、わが主が持たぬものを持ち合わせている。我が主と刑部殿、二人そろってこそ、太閤亡き豊家は成り立つと考えまする」

熱い言葉、下腹が震えるほどだ。その熱気を避けるように口を開く。

「左近よ。わしが佐吉と話したこと、聞いておるのだな」

「は」

「ならば、わしから島左近に願う。佐吉をとめよ」

「とめる?」

「左近、出過ぎた動きはよせ。内府一派の目の仇《かたき》となる。佐吉が排除されたらそれこそ豊家は終わりだ。佐吉へ尽くすなら佐吉を止めよ。今なら間に合う」

「残念ながら」

左近はあぐらをかきなおした。

「拙者は、いくさ人。主が義を掲げ、敵を討たんとするなら、我が身を捧げてその力となる。それだけにござる。それに、相手は太閤も恐れた男。このうえなき敵にござる。戦国を渡ってきたこの老骨の最後の力、捧げるべきと」

「ならば、ここにくることに意味はない。わしの答えは同じだ、左近」

「いや——そうでしょうか」

左近の声は底響く。

「刑部殿の御心は我と同じかと」

瞳が、爛《らん》、と輝いた。

「この左近、戦場を渡り歩いて幾星霜《いくせいそう》、もはやこの世に飽き、片田舎にて風月をめでて暮らしておりましたところを、わが主に拾われもうした」

声音を下げ、顎鬚をなであげる。

「それはそれは熱きお招きを頂戴《ちょうだい》しましてな。人は茶坊主石田三成《みつなり》が分不相応な者を手に入れた、三成の過ぎたるものこそ、島の左近、などというのです。しかしながらお仕えしてから日《ひ》の本《もと》にいくさなどない。わが主にもいうたのです。いっそこの左近を朝鮮にでもやってくれ、と。ところが治部少輔殿はいっこうに応じてくださらん。はて、わしは城の留守居をするため、この殿にお仕えしたのか。わしのごとき死にぞこないが、なんのお役に立てるのかと、日々、考えており申した」

「それが、こたびか」

「そう思われるのは刑部殿とて、ではありませぬかな」

左近は渋い笑みを浮かべて言う。

「だから、この伏見に残っている。違いましょうか」

「違う。わしは貴様のような武も屈強な体軀《たいく》もない。もはや隠居、眼も衰え、いつ病で倒れるやもしれぬ。ここにあるは、ただ時勢を見るためだ」

「そう思い込まれているだけでは」

底響く左近の言葉に、ドクリと心の臓がうごめく。

左近は瞳を光らせ片頰をゆがめている。戦場に臨むもののふの笑みだ。

「太閤様は刑部殿を見初《みそ》め、傍らに置かれた。百万の軍勢を率いさせたいといわれたお言葉の意味、誰より悟っているのは刑部殿では」

「やめよ、左近」

わしは目を閉じ、強く首を振った。

「左近、おのおの進む道がある。佐吉を援けるというならそれでいい。だが、わしの言ったことを忘れるな」

「これは、刑部殿ともあろうお方が、まるでわが主治部少輔殿と同じような言い草」

左近は動じず、ポンと、両膝にのせた手を置き直した。

「無礼を承知で申し上げる。そのお言葉、そっくりそのまま刑部殿にお返しいたす。刑部殿こそ、石田治部少輔を援けてほしい」

二度、三度、何度もうなずく。

「わが主石田治部少輔、ただいま、いくさの真っ最中にござる。しからば、この左近も己のいくさ場に向かわねばなりますまい」

左近がすっくと立ち上がれば、新吉信勝も続く。

「では」

左近は背中で言って去ってゆく。

思惑

しばらく居室で考えていた。

目を畳の上に落とし、大きく息を吐く。なぜか、鼓動が高まっている己に気づく。

あせり、慄《おのの》きではない。なんなのか、この湧《わ》き上がるような高揚は。

わきの下にじんわり汗がしたたる。殿下の言葉、声を思い出す。

紀之介、百万の軍勢を率いよ——

繰り返せば、鼓動がさらに早鐘をつくように速くなる。

「殿」

回廊からのくぐもった呼びかけに、面を上げた。

「大坂の大学様から急使にござる」

大学には事が起これば、何度でも、できうる限り仔細《しさい》に使いを出すよう言ってある。

入って来たのは土屋守四郎《つちやもりしろう》。大学につけた近習中《きんじゅ》、俊敏さは一の若者だ。鋭い物腰で座り、一礼して書状を差し出してくる。

「そのまま読め」

守四郎はヒラリと開くや、息を弾ませたまま読み始める。

「件《くだん》のこと、すでに、大坂城および前田大納言の屋敷には数多の大名小名参じおり候。年寄り衆と奉行は、内府の殿下ご遺訓への違背について、おのおの大名にも問い、その全容を条文としてまとめ、厳しく弾劾する様相」

「大学は」

「城内におられます。つど、従者を走らせ屋敷から刑部様に使いを出すように、と」

大学は周到だ。家臣たちの動きも無駄がない。書状を閉じ、捧げてくる守四郎にむけ、さらに問う。

「石田治部はどこにいる」

「石田様は本丸奉行詰めの間と前田大納言のお屋敷をゆきつ戻りつしているとのこと」

守四郎、こいつも頼もしい。我が思考を読み、書状以外のことをあらかじめ調べている。大学だけではない、我が耳目は大谷家臣すべてだ。

「石田屋敷は？」

問いを重ねる。石田屋敷の動静については別に目を光らせるよう言ってある。

佐吉は豊家の奉行。動きは限られる、むしろ、石田屋敷の家臣たちの方を知りたい。

「備前島《びぜんじま》石田屋敷はもはや合戦支度のごとき有り様。その様、尋常にあらず。石田家の御用商人から聞き入りましたところ、すでに居城佐和山《さわやま》の手勢を動かす下知を持った早馬も出たとのこと」

眉根を寄せていた。悪い成り行きだ。

「守四郎、おぬし、その様をどう思うか」

わが前で緊迫の面を尖《とが》らせる守四郎に問いかける。

命に従うだけではいかぬ、つねに考え、己の見識を持つように。そう若手の家臣に言い続けている。わしは領国を留守にすることが多い。病でいつ臥《ふ》せるかもわからぬ。家臣には己の意志を持たせたい。城主となった頃より心がけたことだ。

「徳川内府の出方次第によっては大坂伏見で合戦となるやもしれませぬ。石田家はその備えをしているのかと」

「だけではないぞ」

ここまでの佐吉の動き、それだけのはずがない。

「佐吉は、秀頼君を大坂に移し内府を孤立させ、その非を挙げたうえで、いくさになると風聞を流している。内府を挑発し、立たせようとしている」

瞠目《どうもく》する守四郎に向け言い放てば、我が思考もまとまってゆく。

この性急さ。秀頼君の大坂動座から続く、佐吉の企《くわだ》てだ。

大坂城に家康をのぞく年寄り衆と奉行が集まり、内府を糾弾する。ご遺訓違反なら、公儀としてしかるべきことだろう。これは内府贔屓《ひいき》の奉行浅野弾正殿すら、評議に加わっていることからもわかる。

内府を孤立させ、御法度《ごはっと》破りの汚名を着せ追い込む。反抗したところを、豊家の軍勢にて討つ。内府の兵は関東にあり、伏見にはない。今なら討てる。

「やはり、いくさとなるのでしょうか」

守四郎は険しく面を固めている。

「そうだな――」

だが――それだけなのか。なにかが足りない、なにかが欠けている。

見落としていることがないか。もう少し情報が欲しい。

「守四郎、他家の様子はどうだ」

「浅野、増田、長束、前田、奉行衆でも石田家ほどの備えに奔走している家はなく」

「年寄り衆の屋敷は？」

「備前中納言、安芸中納言の屋敷はいささか人の出入りあれど、軍勢を集めるまではいたっておりませぬ」

「前田大納言は？」

「同じく、合戦支度とはいえませせぬ」

頷く。まだ殿下崩御から一年もたたず、秀頼君ご動座は数日前のことだ。年寄り衆の本音は、場合によっては討伐すると掲げて謝罪を求め、内府を年寄り衆から外し、後に息子の中納言秀忠を据える、このぐらいだろう。

「このままでは、石田家一手のみでも伏見へ打って出ることになるかと」

守四郎の言葉に、む、と眉をひそめた。

「守四郎、今、何と言った」

再度、問えば、守四郎は生唾を呑んで、背筋を伸ばす。

「石田家のみで徳川様を討つような勢いかと」

それだ。この機を逃すわけにはいかない。石田一党および島左近の狙《ねら》いはさらに踏み込んでいる。

(死にぞこないが、何をもってお役にたてるか、か)

あの言葉がよみがえる。

「殿」

回廊に跪《ひざまず》いた五助の呼びかけに、面を上げた。

左近が去ったのと同時に、五助を伏見城下の探索に走らせた。大坂の動きに、徳川、伏見に残る諸侯は、いかに動くのか。

「徳川屋敷は盛大にかがり火が焚《た》かれ、内外を具足武者が固めております。他にも、福島正則、黒田長政、藤堂高虎《とうどうたかとら》、池田照政《いけだてるまさ》などの各屋敷、軍兵の出入りも激しく、あたかも合戦支度というべき有様」

チッ、と舌を打つ。

「内府警固を叫んですでに徳川屋敷目指して出た者もあり。他にも、大坂にある大名衆をも呼び寄せんと、はばかることもなく言い合っております」

しらずと、奥歯を嚙み締めている。

伏見残留でも有力大名が数多いるというのに、大坂から来る者もいるのか。

「内府よりも周りが騒いでいる。いかぬ」

各人の中で不安と鬱屈《うつくつ》がたまっている。こんな中で流れ火矢の一筋でも飛び交えば、雪崩《なだれ》のようにいくさへと突入する。いくさはいくさを呼び、上方は火の海となる。

「五助、ゆくぞ」

「いずこへ」

「徳川屋敷だ」

瞠目して見上げる五助の前で、立ち上がる。

「守四郎はここで留守居を。大坂から報せがあれば受け、火急の大事は使いを走らせよ」

いくさはだめだ。大坂と伏見でいくさなど、殿下が望むはずがない。

(死にぞこない、か)

思えば、わしこそ死にぞこないだ。

死にぞこないにしかできぬことを、やってやる。

徳川屋敷

すでに日はとっぷりと暮れ、城下は暗い。

夜はもう遠くが見えない。あたりは、薄闇の中かすむばかりだ。

口取りが引いてくれる馬に揺られ屋敷を出る。

屋敷をでて、隣家の宇都宮《うつのみや》屋敷、小早川《こばやかわ》屋敷の前を過ぎ、外堀の橋を渡る。前の片桐東市正《かたぎりひがしいちのかみ》の屋敷の角を曲がり、徳川屋敷をめざす。

先導役の五助が掲げる松明《たいまつ》の明かりが、ぼんやりと見えている。

周りはしかと見えずとも、城下がざわついているのはわかる。

ときおり、具足を響かせた軍兵の群れが行き交う。騒ぎを聞きつけた民が様子をみようと路地に出て、ひそひそと言葉を交わしている。

左に黒々と流れる宇治川《うじがわ》に沿って、城の本丸南へと進んでゆく。先々の武家屋敷前で五、十と武装した兵がたむろしては、鋭い一瞥《いちべつ》を投げてくる。

しかし、五助は動じない。堂々、胸を張って進む。

いわれずともわかる。徳川内府の伏見上屋敷が本丸外周の石垣下に広がっている。

五助は夜目の利かぬわしに教えてくれるが、伏見城下の地図は頭に叩き込んでいる。

「徳川屋敷です」

（とんだ嫌味だな）

見上げればそそりたつ白壁の上に伏見城の重厚な櫓《やぐら》が連なっている。

本来なら伏見在の内府が城主となるべきだが、殿下の遺言で五奉行が交代で城番をしている。内府は、奉行の許しがなければ城に入れない。

この火急時に城に入れないのでは、意味がない。伏見の主とはいえ、内府は丸腰に等しいのだ。

近づけば、明るさが増す。徳川屋敷は外塀の内外に大かがり火が置かれ、赤々と浮かび上がっている。天を焦がすほどの炎は中天まで照らし、周囲は真昼のごとくである。

ここまで明るいとさすがに見える。長々とした築地塀《ついじべい》に沿って進めば、異様な様子だ。

武装した兵が邸内に入りきらず、屋敷外周を埋めるように折敷《おりし》いている。

目を凝らせば、背負った旗幟《きし》は様々。伏見在の大名がおのおの軍兵を率いて駆け付けたのだ。

主は屋敷に入ったのだろう。彼らはそれを待ち、外でたむろしている。

徳川家臣と思《おぼ》しき者が、時折、出てきてねぎらっては、新たに駆け付ける者を仕分けている。そうせねば、収拾がつかないほどの騒ぎである。

「金森法印《かなもりほういん》どののご家来衆はこちらへ！」

雄叫《おたけ》びと軍兵のざわめきが交錯する。

（なんだ——）

驚きは終わらない。各家の物頭たちは、徳川家臣の下知に犬のように忠実に従い、所定の場所に収まってゆく。

「まるで徳川の家来衆ですな」

我が馬の横についた五助がささやく。

「内府様のご威光、恐るべきですな」

彼らは、いくさとなれば内府を守り、徳川のために働くつもりだ。

（このときに内府に参じる輩《やから》の方が、肝が据わっている）

どうみても公儀は秀頼君のいる大坂城。だが、内府の力量を信じているのだ。

軍兵は路地にあふれている。わしはといえば、共は五助と馬の口取り、槍《やり》持ちが一人。屋敷に近づけない。

「入りますか」

「むろんさ」

問いにうなずけば、五助の目がきらりと輝く。

大股《おおまた》を開いて仁王立ちする。すうと息を大きく吸い、くわっと大口を開く。

「みーなーのーものー！」

いくさ貝のような咆哮《ほうこう》が夜空へと響き渡る。

「通せ、通せ。ここなるお方は、従五位下《じゅごいげ》、大谷刑部少輔吉継《よしつぐ》様なり！」

その雄叫びに武者どもはいぶかし気に振り返る。

「大谷、たしか病の……」「伏見におったのか」「兵は連れておらぬぞ」

鎧《よろい》武者の一人も連れぬ貧弱な我らをみて、皆、ざわつく。そうだ。下士たちの間ではわしなど過去の人物なのだ。

が、五助はなおも胸を張る。

「この夜更けに御城下を騒がせるとは、いったいいかなる騒動か。伏見といえば、太閤殿下の御代《みよ》から天下の政《まつりごと》の中心。なのにこの騒ぎ。わが大谷屋敷の周りもうるそうて、おちおち寝てもおられん！」

五助は意気軒昂《けんこう》、そのまま歩みだす。

「大谷刑部は故太閤様に百万の軍勢を率いさせたいと言わしめたお方なるぞ！　これより徳川内府様へ見参する！　さあ、通せ！　通せや！」

おずおずと人垣が割れ、邸内への道が開けてゆく。

「ゆきましょうや」

五助は振り向いてニヤッと笑う。

頷いたわしは覆面の中で笑っている。

五助、まったく、おまえという奴は。

わしは、まこと、家臣に恵まれている。


城で言えば大手門といえる正門の前に至れば、徳川の物頭、門番の足軽たちが前をはばむ。そんな相手にも五助は堂々としている。

「大谷刑部少輔、徳川内府様にお目通り願いたく参上つかまつった！」

「しばし……」

「あいや、これは刑部殿！」

いかめしい顔で林立する武者をかき分け姿をみせる侍がいる。

井伊《いい》兵部《ひょうぶ》少輔《しょうゆう》直政《なおまさ》。徳川家中でも鳴り響いた男だ。「井伊の赤鬼」と異名をとるほどの戦場の勇者でありながら、弁口巧み、外交に長《た》け、他家との折衝、調整をなす切れ者だ。騒ぎを聞きつけ、飛び出してきたのだろう。

「兵部殿、久しいな」

「刑部殿もお体はよろしいのか」

さすがにお互い慇懃《いんぎん》に挨拶《あいさつ》をする。直政は陪臣《またもの》といえ、禄高は上州にて十二万石と、わしより大領の主。内府の名代としてさまざま他家に出入りし、顔も広い。わしも奉行だったときには大いにやりとりをした男だ。

「なにやら物騒な話を聞き、とるものもとりあえず参上した。使いも出さず失礼した」

「いえ、寒夜の中、痛みいる」

「他にも来ておるようだの」

「うむ、まあ……」

直政は軽く首を振って、目をそらす。

その空々しい様をみて、感じた。この男は探っている。なぜ、わしがここに来たのか、と。それはそうだ。わしは、もと豊家奉行の一人。太閤殿下のお傍にいた者。佐吉との仲も知れ渡っている。

「お歴々が手の者を引き連れていらしている。しかも皆、我が主のため、とのお申し出。ともあれ、ありがたきお心づかい。ひとまず広間にて粗茶でもだしお待ちいただいておるところ。方々の話では、大坂ではわが主に謀反の嫌疑がかけられているとのこと。いわれなき妄言《もうげん》なり。ひとまず仔細がわかるまで当方としても備えるにしかず」

直政はさすが応接に馴れている。

その巧緻《こうち》を秘めたまなざしを受けつつ、わしもこ奴の出方をうかがう。

「では、わしもそこへ」

歩みだそうとすれば、直政の顔がにわかにこわばる。

「いや――」

「なにかあるのか」

「いえ、なにも」

「まさかに、なにか談合でも」

「あるわけがない！」

「では、案内《あない》ねがう」

直政は渋々なのか、険しい顔で頷いた。


井伊直政の先導で屋敷に入り、回廊を進む。

わしの後を五助が忍ぶようについてくる。先ほどの大股と変わって音もたてず歩む。

「すべては治部の差し金じゃ！」「内府はいっこう悪くない」「いざとなれば、大坂におる虎之助《とらのすけ》、三斎《さんさい》の手勢で、奉行どもの屋敷を焼き討ちさせようぞ！」

行く手から聞こえるがなり声が大きくなる。

その声が響くたび、井伊直政の顔が張り詰めてゆくのがわかる。

「刑部殿、しばしここでお待ちを……」

言いかけた直政の横をすり抜けた五助が、襖戸《ふすまど》に手をかけた。

「お待ちあれ……」

かまわず、ガアッと開けた。

中にいた者皆が一斉に振り返り、視線が集まるのを感じる。

広間は燭台《しょくだい》が点々と置かれ、明るい。これならわが目とて見える。

みな小具足姿であぐらをかいている。対して、わしは口元に白布を巻き、白頭巾、白小袖《こそで》。中の者には、奇妙な人形のようにでも見えただろう。

「刑部か」「なぜここに」

小声でささやく声が聞き取れた。

その中を進む。広間の真ん中あたりで車座になっている者たちが、この部屋の首領格だろう。そのあたりまで来て、腰を下ろした。

五助はさすがに中には入らない。回廊で一礼し、ぴしゃりと襖を締めた。

「騒ぎを聞きつけて参った。皆の衆、お久しゅうござる」

生唾を呑み込む音がごくりと聞こえるようだった。

渋面がわしをのぞき込んでくるが、臆《おく》することもない。見渡して、意外な顔があるのに驚く。

胡坐《あぐら》がかけず片足を投げ出しているのは黒田如水殿。いっとき、殿下の右腕であり、その智嚢《ちのう》とよばれ、天下取りの片棒を担いだお方だ。我ら小姓あがりの家臣からすれば、仰ぎ見るような古参衆。

彼はすでに家を譲った隠居だ。

織田有楽斎の顔も見えた。彼など、大兵を抱える大大名ではない。亡き織田信長公の弟君、殿下のお伽衆だったお方。生前は殿下に媚《こ》びるようにおもねっていた輩が、いちはやく内府屋敷に駆け付けている。

他にも、大名ともいえぬ小身代の者まで広間外の濡れ縁に腰かけるほどにあふれている。

この日、徳川屋敷には、福島正則、黒田如水とその息子長政、藤堂高虎、池田照政、最上義光《もがみよしあき》、金森長近《ながちか》、新庄直頼等々、実に三十に近い諸侯がはせ参じていた。

皆、わしと目が合うと、気まずそうに目をそらす。井伊直政と同じく、わが心を計りかね、どう応じていいのかわからないのだろう。

おおよそがそんな中、一人、ズイと立ち上がり寄ってくる者がいる。

「刑部、よくぞ来たのう」

「大夫殿、お久しゅうござる」

福島左衛門大夫正則《さえもんのたいふまさのり》殿は、殿下の従兄弟《いとこ》であり、もっとも深き恩寵を受けてきた猛将。

幼名市松《いちまつ》、小姓として殿下の傍らで合戦に出続けて成長し、今や、尾張清洲《おわりきよす》二十万石の主。豊家譜代筆頭といっていいお方だ。

むろんわしとて知っている。どころか、小姓部屋の先達《せんだつ》として慕い、ともに切磋《せっさ》琢磨《たくま》し、お互い大名となっても何くれと世話になっては世話をした幼馴染《おさななじみ》だ。

「大夫殿、これはなんの騒ぎか」

「なんの騒ぎもなにもあるか！」

大夫はくわっと目をむいた。

「おぬしも聞いておろうが。大坂の奉行どもは、わが息子が内府殿の姫を娶《めと》ることを太閤殿下のご遺言に逆らう無法などとほざいておる。このような理不尽ゆるしてなるかと、駆け付けたのよ」

口から泡を飛ばす。

「殿下のご遺訓には反しておらぬ、と？」

「おお、むろんよ！」

大夫は即応する。まるで悪びれていない。

「わしが私通などするつもりというのか。わしは殿下の身内じゃ。羽柴の姓をいただいた血族よ。福島家こそ、豊家をお守り奉る一番手じゃ。福島家が徳川内府とも縁戚《えんせき》となり、より大きく強くなることこそ、豊家のおんためになる」

「なるほど」

「隠すつもりなど微塵《みじん》もない。天下万民に見てほしい。これは私通でも徒党でもなんでもない。豊家のための婚儀じゃ。誰も文句はいわさぬ」

「では、堂々と豊家公儀のお許しをえれば」

「これからえるつもりだった！」

大夫は激高した。

「婚儀など、おぜん立てしてから報ずるのはあたりまえのこと。それをどこからかぎつけたのか裏から知って、ご遺訓違反じゃとは難癖よ。大坂の奉行どもは内府を目の敵にして、討伐せんなどと。そのようなこと許せるか。やれるもんなら、この福島正則からやってみい。その心胆を内府殿に捧げんときたんじゃ。ここにおるもの、皆そうじゃ」

横で伊達殿、蜂須賀殿もうなずいている、いわくの婚姻の当事者たちだ。

手元を見れば、酒がでていたようだ。大夫の酒癖の悪さも有名だ。

おかしな方だ。あれだけ殿下を敬愛し、殿下に愛された武人、秀頼君に対しても無二の忠誠を誓うお方が、今、ここで、こんな雄叫びを上げている。

そもそも「左衛門大夫」などという官位はない。だが、大夫は、「官位など面倒。大夫でいい、大夫じゃ。大夫とよべ」などと言い張ってそれが通ってしまった。

そんな不可思議を己の理屈で正義にしてしまう。それが、福島左衛門大夫正則殿。その直情径行、この人ほど味方にいれば心強く、敵に回すと恐ろしいお方はいない。

「それもこれも、かの治部少めが……」

「大夫！」

昂《たかぶ》る大夫の肩を横から鷲摑《わしづか》みしたのは、黒田甲斐守《かいのかみ》長政殿。さきほどの黒田如水殿の嫡男、もはや家を継いで、豊前中津《ぶぜんなかつ》十二万石の主。

彼も濃厚な顔なじみだ。父如水殿から殿下のもとへ人質として差し出され、長浜城で我ら小姓組とともに育った。豊家大名のことも知り尽くしている。佐吉とわしの仲を知り、大夫が余計なことをいわぬよう、とどめんとしたのだ。

「おけ、甲斐守！」

振り払うように大夫は身を震わせた。

「刑部、おのれもここに来たなら我らが同志。いい折だから言ってやる。おまえも、あの三成などと縁を切れ。これが内府と我らを貶《おとし》めんとする策謀なら、奴こそ、殿下のご遺訓に叛《そむ》く逆賊。我らとともに、あ奴を奉行から引きずり下ろすのよ。蟄居《ちっきょ》などでは甘い。わしが奴の首をねじ切ってやる」

大夫はとまらない。己の言葉が心に拍車をかける。大夫らしいことだ。

佐吉の不幸は、この福島左衛門大夫、そして、加藤主計頭《かずえのかみ》、浅野弾正、左京大夫《さきょうのだいぶ》父子、細川越中《えっちゅう》、黒田甲斐といった、殿下ご愛顧の武功者とことごとく仲が悪いことだ。

それはずっと前からのこと。長浜の小姓部屋時代、殿下のもとでの立身争いでもそうだった。殿下はそんな大夫ら武辺者をいくさで武将として使い、地方で大領を与えた。対して佐吉やわしを奉行として、封地も畿内《きない》近隣とし、上方で政に参加させた。

子飼いの者どもの性分を見抜き、使い分けて天下を取った。鮮やかな手際だった。

だが、今や殿下はいない。仰ぐ方がなければ、大夫ら武辺者にとって、佐吉は目障りでしかないのだ。

「あやつ、殿下の傍らにいるのをよいことに、あることないこと吹聴して、御意をもてあそんだ。殿下なき今、やつこそまっさきに除くべし……」

「大夫、わしとて殿下のお傍にいたが」

わしのさえぎりに、大夫は、む、と目をむいた。

「おのれは……」

言葉がのどに詰まるようだった。

「おのれは、違う」

大夫は、そういって苦々しく首をふった。

大夫はわしにはなにもいわない。殿下子飼い衆の中でももっとも年若で病持ちのわしを、大夫ら年長者は気遣ってくれた。そんなところは情に厚い者たちなのだ。

さらには唐入り陣の中途で病で臥せ、その後、隠居したのが、わが経歴を消し去った。わしはもはや過去の者となったのだ。

逆に、矢面に立たされたのが佐吉だ。

佐吉は、殿下が晩年なした過酷な仕置きのほぼすべてで主謀者とされた。

佐吉は割り切っていた。「殿下は天下人、一点の曇りもあってはいけない」そう言って進んで汚れ役をなした。特に関白秀次公の謀反騒動、二度目の朝鮮出兵ではすべてを背負うかのようだった。

「殿下がわかっておればいい」が奴の口癖だった。

（わしとて同じだというのに）

病で臥せねば、わしもその役を担っていた。だから思う。我こそ、佐吉とこの福島左衛門大夫を筆頭とする猛将たちの間に立ち、融和させねばならない。

彼らは豊家を支える同朋だ。いがみ合いは御家を傾かせてしまう。

「それとも、刑部、まさか、貴様、大坂の意を受け様子を探りにきたのではあるまいな」

大夫はどんぐり眼をぎょろりと剝く。頷けば斬りつけてきそうだ。

「それはない」

即座に首を横に振る。

「我が心は大夫殿と、ここにおられる皆と同じ」

「よういうた、刑部！」

大夫は喜びで満面をほころばせる。

「おお、そうか」「刑部がこちらにつくとは、それはよい」

一同からも歓声が上がる。大夫は満足そうにうなずく。

「さすがは殿下も愛《め》でた刑部よ。いい、いいぞ、おのれがここにおると知れば、治部も慄くだろうよ。大坂におる者どもとて駆け付けよう。ともに君側《くんそく》の奸《かん》をのぞかん」

そう言って、鼻腔《びこう》を広げ、鼻息をまき散らす。

「そうだ、皆と同じだ」

わしは胸を張った。

「わしも合戦も覚悟のうえで、ここ徳川屋敷に駆け付け申した。皆と同じく、大坂の年寄り衆、奉行と対決し、ことによっては兵火におよび、殿下が丹精込めて作り上げた伏見大坂の地を紅蓮《ぐれん》の炎で焼き、愛した城下の民草を阿鼻叫喚《あびきょうかん》の地獄絵図の中に塗り込め、幼き秀頼君のお足元で昨日までの朋輩であった者たちと殺戮《さつりく》しあうために参ったのでござる」

「な……」

一転、大夫は唖然《あぜん》とする。

「かの足利《あしかが》幕府を滅ぼした応仁《おうにん》の大乱のごとく、都で血で血を洗う争乱を起こし、豊家の天下を乱し、日の本を戦国乱世に引き戻す覚悟できた」

「いや……」

わしの言葉が進むたび、大夫および一同の顔が険しくゆがんでゆく。

「皆の衆も、もちろんのこと、お覚悟のうえよな！」

そう言い切って、周りを見渡す。一人一人の顔を見据えてゆけば、皆、目をそらす。

わかっている。そこまで腰を据えてきた奴などいるものか。

「刑部、おのれは！」

大夫がわしに摑みかからんとしたその時、

「皆さま、お静まりあれ！」

勢いよく襖戸を開け、井伊直政が入ってくる。

「大変にお待たせした！　上様のおなりにござる」

その朗々と響く声に、皆、慌てて居住まいを正す。

衣擦《きぬず》れの音が盛大に響くなか、徳川内府がゆっくりとした足取りで入ってくる。

従二位江戸内大臣徳川家康。その福々しい二重顎。人生の年輪を感じさせる数多の皺《しわ》をちりばめた老顔。

内府は、広間の上段に無造作に腰を下ろした。

「方々、夜分にご参集いただき、まことにご苦労」

重々しい威風をまとって内府は前を見据える。皆、背筋を伸ばし、深々と平伏する。

「さて、本日は、皆、我のためはせ参じてくださったとのこと。家康、まこと嬉《うれ》しく思うておりますぞ」

内府は太った首を縮めて、軽く一礼する。上段からの仕草が板についている。

「みな、ご心配されておられるようだが、この家康、こたび巷間《こうかん》にてささやかれるような、太閤様のご遺訓に叛く仕業をなした憶えもなし。したがって、誰ぞより責めを受けるような罪科などあるわけがなし。みなみなご安堵《あんど》されるべし」

「されど！」

立ち上がったのは、やはり、福島左衛門大夫だ。

「されど、大坂の奉行どもは内府追討に軍勢を差し向けんとしておると伝え聞く。我らは内府殿を守らんと駆け付け申した！」

大夫は声を荒らげた。

「守らん？　守るとは誰の事かな」

ぎょろりと内府は目をむいた。とたんに、長者の風貌《ふうぼう》が、戦国の古豪へと一変する。

「この家康、不肖ながら太閤殿下から後を託されし者。我に対し兵を催さんとする不逞《ふてい》の輩を討つに人の手などかかりることもなし」

「しかしながら、今、この屋敷には、十分な兵もなく……」

「それがし、かつて長久手《ながくて》では十万の軍勢を相手取って、その十分の一の兵にて打ち破った」

「う……」

さすがの大夫も言葉に詰まる。

内府が殿下を破った小牧長久手の陣。そのいくさ話となれば誰もかなわない。

「今、奸邪《かんじゃ》な者の手勢が、万、十万と来たろうとも、わが身に指一本触れさせぬ。むしろ、家康とともに、いわれなき嫌疑を受けた福島殿、伊達殿、蜂須賀殿こそ徳川が守って差し上げる。それこそ、豊家の采配を預かりし家康がなすべきこと。そういう意でなら、この徳川屋敷におることも、またよきこと」

内府は重厚に言い放った。

言葉を呑み込んで固まる大夫。ほおお、と、感嘆の吐息をもらす一同。

「他の者もしかり。今日のように、もしもを思ってはせ参じてくれた者こそ、いざというとき頼りになる。みなみな、まこと、かたじけなき仕儀かな。家康、方々のお顔を、しかと憶《おぼ》え置きましょうぞ。さあ、皆、茶でも酒でも飲んでゆるりとされよ。兵部、くれぐれも粗相なきよう、おもてなしせよ」

内府はそういって、太った尻《しり》を上げる。

「我にいっさい、おまかせあれ」

余韻を残すようにつぶやいて、内府は去ってゆく。

一同、茫然《ぼうぜん》と見送る。福島左衛門大夫も、チッと荒々しく舌打ちして腰を下ろし、それをまあまあと黒田甲斐守らがなだめる。

他は借りてきた猫のように茶をすすりだした。

(見事だな)

感嘆していた。

己がすべて主導しつつ、なおも彼らを虜《とりこ》のように屋敷に留め置く。

そもそも井伊直政が言い放った「上様」とは誰なのか。ここにいる者皆、迷わず内府だと受け入れてしまったが、我々にとって上様とは秀頼君のはずだ。

さすがは内府。器が違うといえようか。

「義父上《ちちうえ》」

背後から小声が響いて振り返る。

ああ、と、思わず微笑んでしまう。

真田左衛門佐信繁《さなださえもんのすけのぶしげ》殿。信濃上田《しなのうえだ》城主真田安房守昌幸《あわのかみまさゆき》殿の次男だ。信繁殿には、殿下の仲立ちで一人娘を娶せている。よって、我が義理の息子である。

「ちと、外へ」

わが二の腕に手を当て「ささ」とささやく。広間外、中庭に面した回り廊下へと誘う。

「義父上、皆気がたっております。ここにきて先ほどのようなお振舞はいけませぬ」

「その義父上はやめてくれぬか」

苦笑して言った。たしかに義息だが、わしと信繁殿は年が五しか離れていない。

「では、舅《しゅうと》殿、としましょうか」

「かわらんな」

笑みを大きくして返せば、信繁殿も小さく声を上げて笑う。

信繁殿は父安房守が殿下に服属した際、上方に差し出された人質だった。

殿下に愛され、左衛門佐の官位と、真田本家とは別に一万石を与えられた。父安房守の三万八千石、兄伊豆守信之《いずのかみのぶゆき》殿の沼田二万七千石と比せばその厚遇ぶりがわかるというものだ。

そして、殿下は、わしと縁組させた。おそらく殿下はこの才気煥発《さいきかんぱつ》な真田の次男坊を豊家旗本として秀頼君に近侍させ、大坂で兵を率いる侍大将としたかったのだろう。

が、当の信繁殿は、ただ我が婿となったことを喜び、

「真田安房守、大谷刑部少輔、我は偉大なる二人の父をえた。侍の冥加《みょうが》なり」

こんな風に言ってくれる。養嗣子の大学助《だいがくのすけ》吉治《よしはる》、そして、この婿殿、わしこそこのうえなき二人の息子をえた。そう思っている。

「しかし、左衛門佐殿がここにおるとはな」

先ほど気づき、驚いていた。

「安房殿、伊豆殿も」

室内には、真田安房守昌幸殿も、伊豆守信幸殿もいる。

彼ら真田父子は、どう見ても大坂にいるべき者たちだ。

それは真田家の歴史からすればあきらか。真田はもともと武田《たけだ》傘下の国人《こくじん》領主。武田時代、そして徳川、上杉、北条が信濃の地を争った天正壬午《じんご》の乱では内府相手に戦っては従い、裏切って苛烈《かれつ》に反抗した。殿下の統一で豊家大名となったものの、その切っても切れない因縁は万民の知るところだ。

「まあ、兄の手前もあります」

信繁殿が振り返った先、開け放たれた広間に、兄伊豆守殿の大柄な姿が見えた。このお方は内府の養女、徳川の重鎮本多《ほんだ》忠勝《ただかつ》の実娘を娶っている。真田の事情は複雑だ。

「我らのような小身代の外様、大坂移居もあとまわし。舅殿と同じですよ」

信繁殿はニコリと笑う。

「今のところ、大坂も伏見もどちらも豊家ご公儀です。近い方に来ただけです」

「いくさになるとは、思っていない、な」

「はい」

信繁殿は、明るく頷く。

「今、徳川の兵は遥《はる》か関東にあり、手元にない。対して大坂には豊家の御旗本ほか、畿内近隣の城からよべる兵が数多ある。いくら、伏見在の大名どもが駆け付けても、いくさとなれば負けです。こんな不利な情勢で家康がいくさするはずがない。ああは言っても、どうこの場を収めるか考え、陰で策動し、手を回すというところでしょう」

信繁殿は当然とばかりに語る。

「我々とてそうです。兵は領国。我等の身代では手勢を引き連れるといっても十そこそこ、これでは意味がない。なら、少し恩でも売りに徳川屋敷に入ってみようか、と参りました。ご遺訓違反とはいえ縁組のこと。駄目ならやめればいい。和睦《あつかい》になるでしょう」

冷静な見立て。信繁殿は豊家奉行と内府の諍いにさして興味がないのだろう。

「そんな奴が多い。だから先ほどの舅殿の言葉には皆、仰天した。ただ、いく人かは違います」

信繁殿はそういって、指を折ってゆく。福島左衛門大夫、そして、内府の婿《むこ》池田侍従《じじゅう》、黒田甲斐守、藤堂佐渡守《さどのかみ》……

「奴らは目の色が違う。先ほどから、息まいております、大坂の奉行衆と一戦も辞さず、と。内府にかこつけて、奴らこそ己の遺恨を晴らさんという魂胆かと」

そうだ。この騒動、佐吉と内府の諍いだけではない。奉行と武功派の荒大名たちの争闘でもあるのだ。

「まあ、目つきが違うといえば、我が父とてそうですがね」

信繁殿はそういって広間を見やる。

そこでは父である真田安房守が、織田有楽斎らと談笑している。

かの戦国の巨星武田信玄《しんげん》の弟子を自任する安房殿の徳川への宿怨は、巨大かつ濃厚だ。その心中は信繁殿、信幸殿とはまた違うだろう。

呉越同舟《ごえつどうしゅう》。そんな故事が思い浮かぶ。皆、さまざまな思惑でここにいる。

「お」

信繁殿はにわかに声をあげ、回廊の奥をみる。

その方角から来る井伊直政が、庭の大かがり火の灯《あか》りに浮かび上がる。

「では、舅殿、またのちほど」

信繁殿は目配せして、広間へ戻ってゆく。

「刑部殿――」

直政はまっすぐわしに歩み寄ってきて、ささやくように呼び掛けてくる。

「ちとお話が。別間へ」

上目遣いに見つめてきた目があやしく光る。その色、先ほどと明らかに違う。

主の意を受けたか。これが陪臣《またもの》というものだ。

「くれぐれも、ご内密に」

頷く。いいだろう。いきなり徳川の懐に飛び込めそうだ。

家康

奥の小部屋で待つ間、考えている。

さて、徳川は、わしを、己が屋敷に裸で入り込んだ異物を、いかがするつもりか。部屋にくるのは、内府腹心の誰かか、と。

しばらくして、その男は奥の襖をあけ、ズイと入って来た。

「やあ、刑部殿」

徳川内府はさきほどとはうって変わって穏やかな笑みを浮かべていた。

「内府殿、お久しゅうございますな」

あるかとは思ったが、まこと直々に出てくるとは。

続いて井伊直政が入ってきて傍らに端座する。

「刑部殿がいらしてくださるとは、心強いことこのうえない」

内府はゆるりと始める。

徳川家康、まがいなき、天下一のもののふだ。桶狭間《おけはざま》に始まるその戦歴。織田信長公から殿下まで、相手取った綺羅《きら》星のごとき戦国の英傑たち。日の本の合戦史の生き字引ともいうべき男が、今、目の前でにこやかにほほ笑んでいる。

「刑部殿とは、ぜひこうしてひざを突き合わせて語り合ってみたかった」

内府の言葉は田舎の好々爺《こうこうや》のように朗らかに続いた。

「されど、かように騒がしい中でお会いすることになるとはな」

しばしの沈黙。無言の内府の穏やかな顔。

読めない。心がまったく読めない。まるで深潭《しんたん》たる底なし沼に踏み込んだようだ。

「内府殿」

まず心を開かせる。うわべの言葉では到底なせない。強めに仕掛ける。

「こたびの件、内府殿はいかが受け止めておられるのか」

「困惑している」

内府は困ったものだとばかりに、吐息をもらす。

「やっと朝鮮からの撤兵も済んだというのに、かような騒ぎとなるとは。地方人心の安からざるこのとき、上方で争乱が起これば、国が揺らぐ」

「さすれば、この騒動、発端はいずこにあると」

「不明」

即答だった。

「大坂奉行衆はこの家康が勝手に大名と私通し、さらには婚姻をせんともくろんだ、太閤殿下のご遺訓破りといっておるという。なにをかいわんや。亡くなられた殿下に代わって、不安にゆらぐ諸侯を慰労し、その心をいやすのは、家康の役目。婚姻とて、大名間で私的におこなうものではない。わしが豊家のために良かれと思いなすこと。家康をその他大勢の輩と同じゅうされては、なにもできぬ」

内府は滔々《とうとう》と述べて、一拍置き、

「なぜ、このようなことになったのか。刑部殿、なにかご存じないか」

逆に、尋ねてくる。

「刑部殿にお尋ねする。なぜにかの奉行たちはわしを目の敵にして排除せんと策動を繰り返すのか」

「――」

「そもそも、考え違いがある。太閤殿下は今わの際までこの家康の手を取り、後を頼むと何度も言われた。そして、秀頼君と我が孫娘を娶せどうか親となってほしいと懇願され、天下をわしに預けるといい残された。それこそ殿下のご遺志。なのに、天下は奉行が取り仕切り、諸政は合議にて決めんとはご遺言の曲解。殿下がおつくりになった政の備えを破らんとするのは豊家奉行衆。刑部殿はこれをいかにみられるか」

内府は言い放って、じろりとわしを睨み据えた。

そうだ、その言い分、間違っていない。

殿下の末期、その言動は二転三転し、遺言は様々解釈できるように錯綜《さくそう》した。

佐吉ら奉行から見れば、天下は豊家の奉行が切り盛りし、諸侯はあくまでその下に置かれる。年寄り衆とてただの目付け役。あくまで天下人は豊臣家だった。

ところが諸侯からみれば、内府は殿下ご指名の政の後継者。秀頼君は大坂にて前田大納言の後見のもと成長し、そのご成人まで内府が伏見で天下を仕切る。

どちらも正しいといえば、正しいのだ。

「内府殿に問う」

「なにかな」

「天下は誰の天下たるや」

内府はわが問いにしばし言葉をためた。やがて、重々しく言い放つ。

「天下は万民のもの、誰のものでもない」

「では天下人とは」

「天下に安寧をもたらし、世に繁栄を生む者こそ天下人」

「それは、秀頼君か」

「秀頼君が天下を治めるなら、家康粉骨砕身つくす。この家康、全身全霊をもって天下安寧のために働く。これは信長公とともに天下布武をめざしたころから変わりはない」

内府の瞳はいつの間にか深甚《しんじん》たる色を帯びている。

「刑部殿ならおわかりになるのでは」

「は」

頷きつつ、覆面の下で笑っていた。なんと、したたかなのか。まるで、できぬなら己がやるといわんばかり。この男、どれほど肝が据わっているのか。

「拙者もそのように思います」

いいだろう。白々しく秀頼君の御ため、などといわれるより、よほどいい。

「天下人は天下にふさわしき者がうる称号。万人がみとめてこその天下人」

そう応じれば、内府はかすかに眉根を上げ、笑顔になる。

「刑部殿にご同意いただき、喜ばしいことよ」

内府は温厚ながら凄みのある顔でみつめてくる。わしも深々平伏する。

「されば、腹蔵なく話しましょう」

面を上げた。まずこの騒動収める。そのための話をせねばならない。

内府も居住まいを正し、身を乗り出してくる。

「では、こちらから尋ねる。豊家の俊英、刑部殿にぜひ指南を仰ぎたい。この情勢にて、わしはいかが動けばよいか」

巨眼がせまる。逃げようがない。この威、総身が痺れるようだ。

「内府殿もお察しと存じますが、いくさはいけませぬ」

丹田に力を込め、口を開く。

「大坂公儀もいくら騒ぎ立てようとも、いきなり軍勢を差し向けるわけにはいきますまい。まずはこたびのことを糾問する使いを送ってくるに相違なし。されば、その使者を受け、ひとまず釈明を繰り返し、時を稼ぐ。いかな難癖を押し付けられようとも」

難癖といったときだけ、内府の顔がゆがんだ。だが、その不機嫌は、すぐに分厚い微笑と重々しい首肯の中に埋め込まれた。今、内府は、追い込まれている。ひとまずは我慢だ。

「さすれば、奉行衆とて大義名分が持てませぬ。今、大坂にあり勢いに巻かれる者も時がたてば周りが見えてくる。機を見ている者たちも融和に向け走るでしょう」

「なるほど」

「それと、今、この屋敷につどう血気盛んな面々」

内府の同意に間髪いれず続ける。

「彼らは大坂奉行衆を目の敵とし、この機に、内府殿を担いでその打倒に立ち上がらんとしている。そのうっ憤晴らしと、こたびの騒動はべつのこと」

内府は二度、三度とうなずく。

騒動を大きくしている場合ではない。頭に血が上っている輩をとどめねばならない。

「奴らの心を放さぬのは結構なこと。しかしながら、決して、いくさをさせず、いくさのきっかけすら作らせぬことが肝要。そこは、内府殿のご器量がものをいうかと」

「大坂城の奉行どもは？」

さすが内府はわかっている。血気に逸っているのは、武功派大名だけではない。

「鎮めてみましょう」

「どのように」

「むろんのこと、和議へと」

「いかにして」

「拙者から増田殿ほか奉行衆を説きましょう」

内府は半ば瞼を閉じ、やがて、その目をぎろりと見開くや、無言で見つめてくる。

ああ、そうだ。奉行衆、その中でもあ奴なのだ。

内府は知っているのだ。だれが自分を目の敵にし、排除せんとしているかを。

そのうえで、あえて言わせたい。そ奴の竹馬の友であるわしに。

誰が厄介者か。わしがそ奴を抑え込めるのか。わしならばできるのか。

だから、こうして呼んで問答しているのだ。

（そうか、そうなのだな）

ならば、わしは迷い込んだ獲物、餌食《えじき》なのかもしれない。

よほど腹をくくらねばなるまい。

「できる、かね」

内府の巨眼が光る前で、深々と息を吸い、吐く。

「できます」

強く言い切る。

「拙者、そのために、ここにきました」

「わかった」

返事は早かった。

「刑部殿ならではのこと。わしもここは刑部殿を頼みにしたい」

そういって、内府は太い上半身を乗り出してくる。

「刑部殿、向後はこの兵部を通じ何事も腹蔵なく言ってくだされ。当方からもできる限りのことをする。兵部も良いか。刑部殿と心を合わせよ」

内府がうなずく横で、井伊直政が深々と一礼する。

わしも、ふうっ、と息を吐き、怒らせていた肩を下ろす。

息も詰まるほど気を保ち続けていたことに、そのとき、気づいていた。


小部屋をでれば行く手の回廊脇で信繁殿が待っている。

「なんですって、井伊の赤鬼は？」

と、井伊直政を異名で呼んで聞いてくる。

「左衛門佐殿、わしは屋敷に帰る」

いえば、信繁殿は眉を上げて、ひょう、と口をすぼめた。

これだけでおおよそがわかったのだろう。なにせ戦国一の策士真田安房守の息子だ。

「左衛門佐殿、徳《とく》は慎ましくしておるか」

やっと、娘、徳のことを話せた。

信繁殿は、ハ、と照れるように鼻の頭をかいた。

「なかなか、良い気性の姫御料にござりますな」

そうだ、娘の徳はまだ二十にもならぬ。信繁殿には継室であり、十以上年が離れている。齢三十の信繁殿からすれば、娘のようなものだろう。

「ところで、舅殿」

信繁殿は声音を落とす。

「舅殿は本日ここへ来ることを誰かに告げましたか」

「いや」

小さく首を振る。

「わしはもはや隠居よ。身一つでここにきた」

「そうですか」

信繁殿は険しく眉間を寄せた。

「わが父は上方に人を撒《ま》いておりますが、舅殿が徳川屋敷にくることは、もはや巷の童でも知るほどに広まっているようです。これは伏見のみにあらず、大坂でも同様。それを聞いた諸侯、民は、やはり天下の形勢は内府とささやき合っているとのこと」

信繁殿の語りが進むたび、眉をひそめていた。

「いくらなんでもこの速さ、広がりはおかしい。作為があります」

隠居とはいえ豊家恩顧のわしが徳川方に走ったとなれば、奉行衆への不信は募る。もとより敵の多い佐吉などわしにも見限られたかと、その信望は地の底に落ちる。

誰がそんな噂を流したのか。得するのは誰か――

(内府、やはり狸か)

ふっと、笑みを漏らす。殿下の愛弟子、佐吉の友のわしを味方に引き込み、それを喧伝《けんでん》し、策をはりめぐらす。これぞ、戦国生き残りのしたたかさなのだ。

いいだろう。内府は佐吉にとって毒かもしれぬ。だが、そんな内府の力も使うしかない。わしはもう乗ってしまった。後戻りはできない。

「左衛門佐殿、隠し立てすることもない。むしろ、ありがたいことだ」

しかめ面を大きくひねる信繁殿を後に、わしは歩き出している。

伏見はいい。内府がなんとかするだろう。

あとは、大坂だ。

毒を呑む

「五助、守四郎、書状をだす」

屋敷に帰るやことを起こす。

「ご口上を。まず、どなたに」

「増田右衛門尉《うえもんのじょう》殿」

五助は即座に文机《ふづくえ》を引き出し、すらすらと書き始める。

穏当を好む増田殿だ。佐吉に従いつつ、その強行を危惧《きぐ》しているに違いない。

「増田殿には、上杉中納言を立てるように、と」

佐吉は前田大納言を丸め込んでいる。先の秀頼君ご動座といい、前田公の力を利して他の年寄り衆と奉行を従えている。他の年寄り衆といえば、毛利中納言、宇喜多中納言はもとより奉行派、中立と言えるのは会津百二十万石の上杉中納言のみ。

上杉家といえば、かの謙信《けんしん》公の遺風を継ぎ、天下一の武門を自負する強豪。かつて織田家臣だった前田公とは干戈《かんか》を交えた間柄。この上杉中納言の意向なら前田公とて尊重せねばなるまい。

上杉には直に書状を出すべきかと思った。

(いや、いらぬ)

景勝殿そして上杉の家風は小細工を嫌う。ただ、増田殿が頼ればいいだろう。

「次はどなたに」

「浅野弾正殿だ」

浅野弾正長政殿は、豊家連枝にて奉行の一人だが、佐吉と馬が合わない。

そんな性分ゆえか、殿下ご生前より内府へとすり寄り、昵懇《じっこん》の仲である。なりゆきで大坂城内にあり、五奉行として動いているが、心は伏見にあるはずだ。

「弾正殿には、ご子息左京大夫、大坂にある加藤主計頭、細川越中守を束ねて、前田大納言を説かせる」

こちらは数で押す。加藤清正《きよまさ》ら武辺者は本来、福島左衛門大夫、黒田甲斐守らと一心同体のはず。しかし、前田大納言を敬慕するゆえ、大坂にある。

殿下縁戚の弾正殿は彼らとも親しい。なにより息子の左京大夫幸長《ゆきなが》殿がいる。彼ら豊家子飼いたちと共に、前田大納言を説かせる。

前田公は情に厚いお方だ。公を慕う彼らからの願いなら聞くだろう。

「あとは大学だ。守四郎」

背後に控えていた土屋守四郎が平伏する。

「大坂へ戻れ。大学には大坂の諸侯へ軽はずみに兵を動かさぬよう呼びかけさせよ」

「は」

「そして、奉行衆を通じて秀頼君へ言上せよ、兄大谷刑部は徳川屋敷に入った。大谷刑部は内府へ奉公するが、これはあくまで兄単独の動き、と」

「な……」

守四郎だけではない。流れるように筆を走らせていた五助も目を丸くして手を止める。

「いいのだ。兄は兄。道を分かつ覚悟と言い切れ、と」

生唾を呑み込む音が響いた。二人、信じられないという顔だ。

「と、殿……」

「ゆけ、守四郎」

いいのだ。どうせもう知れ渡っている。

わしはすでに毒を呑んだ。ならば、全身毒まみれになってもかまわない。


そして、一月晦日《みそか》、わしは伏見を早舟で出た。

宇治川はすぐに淀の大河となり、やがて、彼方に点々と町灯りが見えるようになると、南に大きく湾曲して大坂城北へと至る。

行く手に巨城の影がぼんやりと浮かぶ天満《てんま》の街外れに舟を着ける。わが目には黒々と淀んでいるが、川向うには備前島石田屋敷があるはずだ。

人影ない船着き場から陸にあがる。

天満は天正十九年（一五九一）、殿下が本願寺を京へ移して整備を始め、堀川《ほりかわ》運河の掘削が始まったばかり。その作事も、殿下の死とその後の騒動でとまっている。この地はまだ開発の途上なのだ。従者の先導で、寺内町跡をゆく。草木が生い茂る空き地やまばらに立つあばら家の間を抜け、用意された空き屋敷へと入ってゆく。

入れば、土間の向こうの居室の炉で焚火《たきび》が燃えている。

十分だ。これぐらい明るければ、室内が見渡せる。框《かまち》を上がり、一人待つ。

その後の内府の応対は見事であった。

わしが徳川屋敷を訪ねた翌日、大坂からの問罪使が伏見徳川屋敷に着いた。

使者は、例の小年寄り、生駒親正、中村一氏、堀尾吉晴。さらには添え役として、西笑承兌《さいしょうじょうたい》殿が供をしていた。内府の言い逃れを許すまいと弁口者を付けたのだろう。

問罪使は、大坂の四年寄り五奉行がまとめた弾劾状を読み上げ、内府に返答を求めた。

内府は彼らを受け入れつつ、一蹴《いっしゅう》した。

言い分は、なんと「ご遺訓を忘れていた」とのことだった。

「年を取って物忘れが激しくなってな。いやこれは参ったことよ」

使者の前で白髪交じりの頭をかいたという。とぼけるにもほどがある。使者たちはあっけにとられ、満足な談判もできず大坂へと帰った。

次に内府は、屋敷にとどめていた諸侯も自邸へと返した。

「殿下亡き後、秀頼君のおわす上方でいくさを目論むなど、言語道断。そんな不逞《ふてい》の輩、家康が斬って捨てる。我は天下安寧を守るためここにある。そうお心得あれ」

と、堂々、言い放ったという。

応対はさらに凄みを帯びる。内府は、伊達家との婚姻について、「取り持ったのは堺商人、今井宗薫。奴は商人ゆえ、太閤ご遺訓など知らずにやったのでしょう」ととぼけ、では宗薫を断罪するとした大坂奉行に対し、「商人を武家の都合で斬るなど言語道断。そんな無体、徳川、伊達が許さぬ。我らを敵にまわすつもりか」と吠えたてた。

これらの仔細は井伊直政を通じて、わがもとへと伝えられた。いや、待つこともない。一連の内府の手際は、またたく間に巷間に流布《るふ》し、「さすがは徳川様」と称《たた》えられていた。

内府は民をも巻き込み、かつ味方にした。これで大坂方は内府を手厳しく追及することができぬようになった。

(内府、やる)

この押しどころ、ひきどころを心得たやりざま、さすがというしかない。統治の戒律に縛られた豊家奉行からすれば、内府は化け物だろう。

だが、大坂方とて黙ってはいない。大学がもたらす報せでは、奉行衆の内府弾劾の叫びは衰えず、依然、和議の流れにはならぬという。

（この執拗《しつよう》さは、あ奴だ）

佐吉だ。佐吉を止めねばなにも収まらない。

わしは、わしにしかなせぬことをやらねばならなかった。


やがて、戸外に気配がすると、ガタッと戸が開く。

待ち人が一人、入ってくる。

「刑部殿、お待たせした」

島左近はあの渋辛い声を放って土間を歩んでくる。

使いに走らせた五助は屋内に半身を入れ、右、左と見渡した後、ピシリと戸を閉めた。外で見張りをするのだろう。

「よく来てくれた、左近」

かろうじて顔が見える。

左近は例の見事な武者面に、人好きのする笑みを浮かべていた。

「刑部殿からの呼び出しとあれば、この左近、いずこなりとも駆け付けましょう」

左近は框に腰を下ろし、草鞋のひもをとく。その背に向け、問いかける。

「わしの話は聞いておるな」

「武略でござろう」

左近は背中で即答する。

「家康の懐《ふところ》に入り込み、油断させ、その内情を探り、討滅に生かす。伏見に残ったのはそのため。さすが太閤が愛でたもののふ。この左近すらだしぬくとは」

声は明るい。立ち上がり、わしの前に座る。

「いよいよということで、本日、拙者をお呼びくださった、そうですな」

わしは無言。左近はにわかに眉をひそめる。

「ほう、違う、と」

声音がさがれば、一気に不穏な気が満ちる。

「家康に心を売るつもり、とは聞いておりませんな」

「左近、内府を狙うのはやめよ」

「過日と同じことですな」

「今、大坂伏見は行き詰まり、打つ手がなくなった。そろそろ和談の運びとなり、お互いの気がゆるむ。そこでおぬしが軽兵を率いて、伏見徳川屋敷に斬り込み、焼き打ちする」

左近は口元に笑みを浮かべている。

「おぬしはすべてを背負って自害する。佐吉は蟄居閉門となる」

佐吉に無断で我がもとにきた、あの日の左近の深意。

佐吉は豊家を動かし内府を討とうとしているが、左近はさらに一歩踏み込んでいる。

このいくさ人は、一人でも内府と刺し違えるつもりだ。

「わしを大坂に招くのは、そういうことだな、左近」

和議が進む中でいくさ騒動となれば成果にかかわらず、左近は死罪。主君の佐吉とてその罪を背負わねばならない。奉行を追われ、領国に蟄居閉門となる。

その佐吉を救うのがわしだ。わしが豊家の中にいれば、佐吉を戻すことができる。

「さすがは、刑部殿、そこまでおわかりなのですな」

左近はふうっと、大きなため息をもらした。

「惜しい。なのに、同心くだされたのではない、と」

寂しそうな目だった。そして、ポンと、己の頭を一度右の平手で叩いた。

「刑部殿がご賛同でないことは、この左近、とくとわかり申した。ならば、ここは黙ってやらせていただけまいか」

「そうはゆかぬ」

つらいが言わねばならない。

「今、大坂から伏見に至るまでの街道、間道という間道、淀川沿いに数多の伊賀者《いがもの》が撒かれている。内府に微塵の油断もない。もし、おぬしが伏見に向かうなら、内府は屋敷を出て、膳所《ぜぜ》にある徳川勢と合流する。お主は行き場を失い、その場で切腹。佐吉とて罪に問われ、役を追われる。それでいいのか」

井伊直政から聞いたことだ。江戸を出て上方を目指していた榊原康政《さかきばらやすまさ》率いる三千の徳川勢はいつでも伏見に入れるところまで来ている。入らないのは大坂を刺激せぬためだ。

左近は押し黙った。

「己の意地を貫いて、ただ戦場に屍をさらす。それでは、ただのいくさ狂いの端武者。名を埋もれさせるのみだ」

「いや――」

左近はなおも口を開きかけた。と、そのとき、

「お待ちくだされ！」

戸外でがなり声が響く。ひとしきりもみ合う声が交錯した後、ガアッと戸が開いた。

佐吉がいた。

戸口で仁王立ちするあのしたり顔が妙に懐かしい。

しかし、次の瞬間、佐吉は変わった。くわっと目を見開き、鬼の形相となる。

「左近！」

目を血走らせて、踏み込んでくる。

「新吉に聞いた。わしに黙ってこれはなんの仕業《しわざ》だ！」

佐吉の後ろでは、左近の息子島新吉信勝と五助がもみ合っている。佐吉が信勝を問い詰めて、ここに連れてこさせたのだろう。

左近は少しバツが悪そうに含み笑いの面を伏せた。

「これは、わが息子ながら口が軽い」

「新吉は悪くない。それよりおまえだ」

左近が仕方がない、とばかりに鼻を鳴らせば、佐吉は目をむく。

「やめだ、左近」

「殿、なにを、でござるかな」

「家康を討つのを、だ」

「む?」

「前田大納言はじめ年寄り衆、五奉行は内府と誓紙を交わすことに決まった。和議はなった。いくら躍起となっても我らのみで家康を討てるはずがない」

「殿、そのときこそ、家康の首を狙うべき」

左近は腰を浮かせかけた。

「なに、殿は動かずともいい。ただこの左近にゆけ、といってくだされ」

「だから!」

佐吉は甲高い叫びをあげた。

「闇討《やみう》ちなどやめろ。ここに家康派の男がいるかぎり、動きは筒抜けだ」

なんだと、佐吉、それは誰のことを言っているのだ。

「和談はな、浅野弾正はじめ、加藤、細川らが前田大納言を口説き落とした。情に負けて決意を覆すとは、前田公も老いた。増田殿は増田殿で、上杉中納言を動かした。この情勢では我らは孤立するばかり。この老獪なる動き、いったい誰の仕業か」

わしに向けていない言葉の刃が、わが身を斬りつけてくる。

「それに左近、おまえだけが悪名を背負うなど、わしは許さぬぞ」

佐吉は一切わしをみることはない。

「佐吉よ……」

「左近」

呼びかけようとしたが、佐吉は間髪入れず続ける。

「わしに、この石田三成に任せよ。わしはかならずあの狸を討つ」

顔を左近に向けたたままだ。

「奴を逃すものか。家康は必ず牙《きば》をむく。そこをわしが討つ。密殺でも不意打ちでもない。大義の名のもとあの老賊を討ち果たす。左近、わしを信じよ」

引きちぎる様にいう。そして、はじめてわしへと向き直る。

「そこな、大谷刑部殿」

大谷刑部殿、だと——？

「我らは家康を討つ。むろん、大谷殿に頼るつもりなどない」

佐吉はそう言って目をそらした。

「願い奉る。どうか、我が家にかかわらないでくれ」

そのまま踵を返す。

「左近、戻るぞ！」

甲高い声が響けば、島左近はフッと笑みを漏らして、眉根を上げた。

深々と一礼し、立ち上りざま、

「刑部殿のいくさ場はいずこかな」

目も合わせず言い、そのままゆく。

二人の去った余韻だけが、室内に漂う。

「なんじゃ、あの言いざまはぁ」

五助が歯ぎしりしながら寄ってくる。

「いいのですか！　殿！」

いい。いいのだ、五助。

佐吉よ、左近よ。我らはもはや道を分けた。

許せ。わしはわしの道をゆく。


和議はなされた。

二月十二日、内府はこたびの縁組が殿下のご遺訓へ違背したのを認め、大坂の年寄り衆、奉行と起請文を交換。両者は、今後遺恨がないことを誓い合った。

上方を揺るがせた内府縁組騒動も終わり、ようやく和平へと落ち着いてゆく。

だが、騒乱が尽きることはない。

くすぶる火種は、やがて真っ赤な炎柱を上げ燃え盛ることとなるのだ。

七将事件

だから、あれだけいったのだ——


伏見毛利屋敷に入るわしは、舌打ちを続けていた。

前を歩く小姓と、手を引いてくれる従者の背中がおぼろに見えている。

相変わらず目の具合は悪い。夜は特にいけない。

だが、深夜だろうと、這《は》ってでもわしはここに来なければならなかった。

大坂、伏見を騒がせた縁組騒動の収束からふた月もたたぬ、閏《うるう》三月四日。

それほどの、いやそれ以上の騒乱がまたも起こってしまったのだ。

長い回廊を渡って、奥の一間に導かれる。

襖が開けば、奥に座った温厚そうな中年輩の貴人が面を上げる。

安芸中納言、毛利輝元殿は皺ひとつない上等な小袖に煌《きら》びやかな肩衣《かたぎぬ》をまとい、背を丸めていた。

「おお、刑部」

「いったい、わしにどうせよというのだ、刑部！」


かの騒動後の二月二十九日、前田大納言は伏見の内府屋敷を訪問。返礼に、内府は病床に臥した大納言を大坂前田屋敷に見舞った。

この内府来坂には、さまざま噂が飛び交った。

内府一行を奇襲し、その首を狙う輩がいる、それは佐吉だ、と。

大学からの書状も「大坂では石田治部少輔が、奉行増田、長束と小西摂津《こにしせっつ》を巻き込んで内府を襲うとまことしやかに騒がれております」とあった。

他にも、佐吉陰謀の雑説は上方にあふれた。これは、反奉行派の者のみならず、融和に努めた前田大納言昵懇衆の気持ちも逆なでしてしまっていた。

それでもかろうじて均衡を保っていた事態は、急変する。

閏三月三日、前田大納言利家公、逝去。

病身を押して豊家を守らんとしていた老大人が去ると、箍《たが》は一気に外れた。

うっ憤を溜めに溜めた武功派の大名衆、加藤主計頭清正、福島左衛門大夫正則、黒田甲斐守長政、細川越中守忠興、蜂須賀阿波守家政、浅野左京大夫幸長、藤堂佐渡守高虎の七将は、ついに、佐吉の排斥《はいせき》に走った。

先に行われた朝鮮陣での論功行賞にも不満を抱く彼らは、その裁定のやり直しと、不正の仕置きをなした佐吉の退任、詰め腹を切らせることまでを目指して、大坂石田屋敷を襲った。

佐吉は七将の動きを知るや、大坂をでて伏見へ逃走。伏見城番の奉行前田玄以殿を説き伏せ、城内の自邸、治部少丸へと逃げ込んだ。

大学からの急報を受け、五助に城下を探らせれば、すでに伏見城の門は固く閉ざされている。中には、大坂から佐吉、増田長盛殿、城番の前田玄以殿、そして長束正家殿も入り、番兵が城外を睨んでいるという。

なんと、前田公逝去の翌日、奉行の四人までが伏見城に籠城するという異常事が起こってしまったのだ。

加藤ら七将の手勢が城下に充満しつつあるとの報の中、わしは屋敷を飛び出し、伏見毛利屋敷をめざした。

「上方は騒動ばかりぞ。いかがすればよいのか」

輝元殿は眉間に縦皺を浮かべた顔をしきりに振る。

そうだろう。このお方は戦国の梟雄《きょうゆう》、祖父毛利元就《もとなり》公から家を受け継ぎ、名将と名高き叔父たちの補佐を受け保ってきた。その守りの実績で豊家年寄り衆とされたお方。殿下没後の虚々実々たる政闘に翻弄され続けている。

「中納言様が伏見に来られたのは、石田治部から依頼があってのことですな」

そう問えば、輝元殿は、

「うむ……」

喉を詰まらせたような顔で眼をそらした。正直なお方だ。心のうちを隠すことができていない。ここは強く出るにしかずだ。

「中納言様は、殿下ご逝去のあと、奉行衆と誓紙を交わしておられますな。浅野殿除く四奉行と心をともにする、と」

輝元殿は、ぎょっと目をむいた。

「な、なぜ、おぬしがそれを」

「わしももとは奉行の一人ゆえ」

輝元殿は目を床に落とした。

「されど、おぬしはもはや……」

「中納言様！」

わかる。先の騒動でわしが内府のもとへ走ったことは知れ渡っている。佐吉らと輝元殿の掲げる敵は、徳川内府。奉行派はわしを警戒しているだろう。

だが、それはそれだ。こたびは加藤ら七将が相手。話が違う。

「今、中納言様が心を明かしてくださらねば、拙者なんのお役に立つこともできませぬ。ここは腹中をあまさずお明かしくだされ」

輝元殿は黙ってしまう。こういうお方だ。家を継いだとき、すでに毛利は大大名、織田家との難戦も信長公の横死という天祐で乗り越えた。こたび、殿下死後の政局の乱れも、佐吉ら奉行衆に乗れば良いとしか思っていないのだ。

「我はすでに隠居の身、なんのしがらみもございませぬ。だからこそなせることもあろうと、駆け付け申した」

「刑部よ……」

不安なのだろう。輝元殿はしきりと顎を撫でている。己で考え、決めたことがない。絶えず誰かの補佐を受けてきた生まれながらの殿様なのだ。

「今、致し様を決めねばならぬとき。なのに、腹を明かさぬでは話になりませぬ」

「されど」

「時を失しては取り返しがつきませぬ」

この急場に輝元殿を援ける取り巻きがいない。そこを突く。

「わかった、わかった、刑部、話すぞ」

ついに、輝元殿は品良く整った口元を割った。

話ではこうだ。加藤らの動きを知った佐吉は、自邸を出ていったん佐竹義宣《さたけよしのぶ》殿の大坂屋敷に逃げ込み、その警固を得て伏見城へと入った。同時に小西摂津を毛利屋敷へと走らせ、七将らと対抗するべく軍勢を尼崎《あまがさき》へと進めてくれるよう依頼した。場合によっては輝元殿が陣頭に立ち、大坂城へと入って欲しい、とのことだった。

(軍勢、だと)

摂津尼崎など大坂の目と鼻の先、危ういことをする。

佐吉は、伏見城に逃げ込んだものの、身動きがとれない。ならば、毛利の軍勢で大坂城と秀頼君を押さえ、在坂の大名衆とともに伏見を睨む。秀頼君のご命とあらば、武功派の大名たちも兵を解かざるをえない。それが狙いだ。

「だが、もはや大坂城には入れぬ」

輝元殿は渋面を大きくひねる。曰《いわ》く、すでに大坂城は留守居の片桐且元らが城門を閉ざしてしまった、という。奉行衆がいなくなった城で、片桐らは保身に走ったのだろう。秀頼君を騒動から隠したのだ。

輝元殿は締め出され、軍勢を宙に浮かせてしまっている。

「治部少輔は今こそ毛利の力で豊家を支えてくれというておる」

なおも輝元殿は、渋く固めた面を撫でている。

わかる。こういうお方なのだ。迷いつつも利得を求め動いてしまう。

「今、佐吉らと組んで兵を動かし、加藤福島らと合戦に及ぶとはいったい誰のためでしょうか。それにて、中納言様はうるものがありましょうか」

「うむ……」

「得するのはいったい誰なのか」

「いや……」

淀んだ口ぶりがどうも気になる。

「中納言様、まだなにか隠しておられますな」

ずばり切り込めば、輝元殿は苦々しく口を開く。

「刑部よ、治部少はこたびの件、裏で操るのは内府だというのだ。加藤らの言い分だけなら、ただの私ごとに過ぎぬ。恩賞裁定などやり直しを求めるなら、再度申し出ればよい。わしとて受けて裁こうではないか。治部少の屋敷を襲うなど、大げさにすぎる」

過日、武功派大名衆は、朝鮮陣、蔚山籠城《うるさんろうじょう》戦で、軍目付福原長堯《ふくはらながたか》らが殿下に事実を曲げて報告したと公儀に申し立て、その切腹を求めた。福原の報により殿下の怒りを買った者には、七将の加藤、黒田、蜂須賀、藤堂らが含まれていた。

佐吉はこの申し入れを一蹴した。福原は佐吉の妹婿だった。

だが、これを縁者に便宜をはかった佐吉の不正とみるのも、過剰ないいがかりだ。

徒党を組んで佐吉を捕縛しようとすることこそ、あきらかな私闘。ご法度違反だ。

（内府か――）

佐吉は加藤らの背後には内府がいると毛利に訴えた。そうでもせぬと、輝元殿が動かないと断じたのだろう。

「こうとなれば兵を集めて内府を牽制《けんせい》してくれ、と」

「この件で大毛利家が兵を投ずるとなると、伏見が戦場となりましょう。それでは、前田大納言が結んだ和が無となりますぞ」

「治部少を見捨てよ、というのか」

「そういうわけではありませぬ」

「では、どうせよと」

「上杉中納言とはお話をされましたか」

「上杉殿はこの件にはかかわれぬというて来た。敵方かもしれぬ」

「なにを言われる」

「まことぞ。徳川と縁組話がでているとも聞いた」

思いきり眉根を寄せていた。

景勝殿の言い分は正しい。裏はどうあれ、これは私闘だ。いま騒動が起こったばかりであり、理非がわからぬ。うかつに介入できない。

気になったのは、徳川との縁組話だ。おかしい。この時期にそんな話がでるとは。

「内府と組んでおるのではないか」

輝元殿の疑念に満ちた声を聞いて、背を冷や汗が伝う。

駄目だ。このお方は支える者が赤といえば真っ赤に、黒といえばどす黒く染まる。

輝元殿の頭には内府は敵、と刻み込まれている。これも佐吉のせいだ。

佐吉は、前田公亡き今、どうあっても毛利を巻き込んで内府に対抗しようとしている。そこに横から嚙《か》みついたのが、加藤ら七将なのだ。

（とにかく）

先の縁組騒動は、まだ行き違い、誤解で済ませる域にあった。こたびは、もはや武力行使がなされている。

この場で毛利がこれ以上動いてはいけない。ために、輝元殿がなしているすべてを知っておきたい。

「中納言様、他になにかしておりませぬか」

「出雲《いずも》侍従に兵を率いてこちらへ向かうよう書状をだした」

出雲侍従、吉川広家《きつかわひろいえ》殿。輝元殿を支え続けた叔父吉川元春《もとはる》殿の息子で、月山富田《がっさんとだ》城主十四万石。今の毛利家を支える柱、輝元殿のお目付け役といっていい重鎮だ。

「侍従はこの情勢で上方にきていいのか」

輝元殿は大きくため息をついて肩を落とす。

いいわけがない。冷や汗どころか寒気がする。佐吉とて毛利に伏見まで援軍を、というつもりはない。ただ大坂城を押さえてほしかったはずだ。それができぬ今、これ以上軍勢を増やしていいはずがない。わからないのか。

「中納言様、あなたは内府といくさに及ぶつもりか」

「いや……」

「いま、いくさに及べば、大名同士の私闘に加担した毛利家も謀反とみなされ、豊家公儀から征伐を受けますぞ！」

そうだ。内府が動かないのはすべてをあぶりだして粛清するつもりなのだ。駆逐したい者、それは、佐吉、そして毛利だ。

輝元殿はうなだれている。

（このお方では無理だ）

その眉をさげた困窮顔をみて、内心嘆息する。

迷うだけで決めきれず、といってあきらめられない。土壇場での踏ん切りの悪さ。輝元殿は到底天下に号令する英傑ではない。毛利はやはり外様の一大名でしかないのだ。

毛利は、たしかに大国。かつて殿下も西国は毛利に、東国は徳川に任せる、と頼った。

だが今や毛利を支えた小早川隆景《こばやかわたかかげ》、吉川元春という一族の名将はおらず、いるのは、先の吉川広家殿、そして、謀僧《ぼうそう》の安国寺恵瓊《あんこくじえけい》ら。彼らは我が強く、しかも互いの仲が悪い。輝元殿は、そんな彼らを御せていない。

世が平静ならまだいい、天下がゆらぐ中、こんな家は頼れない。

「なんにしても」

早くせねば数日のうちに、吉川広家殿が兵を引っ提げて上方に現れる。

吉川殿は朝鮮陣でも抜け駆けで大功を得たお方。戦場で悪達者というほど抜け目ない采配をする。

かの曲者がこの騒動に乗じて兵を操るなら、何をしでかすかわからない。

「兵は大坂伏見にいれず、七将を牽制するのに留《とど》めてくだされ。伏見城内へは、兵は十分集まっている、とだけ使者を」

「嘘《うそ》を言うのか。治部少に」

「なに、わかりませぬ」

「大丈夫か」

これ以上、なんの未練があるのか。その鈍重ぶりに苛立《いらだ》ちが増す。

「それがしは七将に会い、囲みを解くよう説いてみます。よいですか。いくさにしてはいけませぬ。このことを兵部《ひょうぶ》殿とおはかり下されよ」

兵部殿、毛利兵部大輔《たいふ》元康《もとやす》殿。かの元就公の八男で、年も近い輝元殿がもっとも信頼する叔父。わしも、彼が輝元殿の名代として出陣した朝鮮陣で様々やりとりをした。

信じられる男だ。毛利宗家への忠節ぶりが群を抜いている。

「よいですか。兵部殿ですぞ。必ず、兵部殿と相談してくだされ。くれぐれもですぞ」

吉川、安国寺では才走って過剰に反応してしまう。元康殿なら、この貴人を抑え、慎重に導くだろう。

「わかった、わかった、刑部」

念をおしても。このお方、どうなるか。

急がねばなるまい。

救世主

城下へ出る。

その騒擾《そうじょう》は、一月の比ではない。

先の騒ぎは徳川屋敷の周りが主だったが、その域が確実に違う。

今、城の大手通りには、竹矢来が編まれ、弓鉄砲の足軽が二重、三重と折り敷いている。立ち並ぶ大名屋敷とその周囲にも軍兵が満ち溢《あふ》れ、辻《つじ》という辻に大かがり火が置かれている。その間を十、二十の具足武者が物々しく行き交う。

誰かが采を振り、貝を鳴らせば、いつでも城攻めが始まりそうな様相、もはや一触即発である。

目指す加藤屋敷、主計頭清正の家が近づく。

屋敷はおびただしい軍兵が固めている。こここそ七将の本陣であろう。

「私がいってきましょう」

傍らの五助は言うや、武者の人垣へと向かう。

さすがに、こたびは大音声を上げるな、といってある。馬に乗るのもやめ、丸腰に近い姿でいる。もはや、合戦同様、下手に刺激すれば、槍を突きつけてきかねない。

「駄目です。加藤主計頭、殿に会う気はないと」

戻って来た五助が首を振る。

「これは我らと治部少ら奉行とのこと。余人の手出しいっさい無用、と」

チッ——舌打ち。会えれば、会えさえ、すれば。

会って話せばまた違う。加藤、福島、決して悪人ではない。ただ、佐吉らと性分が違いすぎる。それだけなのだ。

「殿よ、もはや鎮められるのはお一人しかおりますまい」

五助は小声で面を寄せてくる。わかっている。この手詰まり状態。毛利中納言すら手出しができない。では、誰がこれを抑え込めるか。

「殿、殿ならなせましょう。ここは徳川を頼るしか」

さすがは、五助。我と同じ目で物事をとらえている。

内府は先の縁組騒動の後、屋敷を向島《むかいじま》に移している。これは内府の屋敷が城下にむき出しではあまりに無防備だと、前田大納言が勧めたという。

向島屋敷は伏見城下と宇治川を隔てた対岸、名のとおり「向島」にある。先の地震で前の伏見城が倒壊するまで出城として使っていた郭《くるわ》だ。内府は離れ小島といっていい格好の場所にこもり、事態を静観している。

いや、見守るだろう。内府が表にでて得することはない。この私闘でどちらかがつぶれれば、いっそ両方つぶれれば、己の力が極大化する。

（今、わしが頼めば、内府は動くか）

乱をすでに、四人の奉行、年寄り衆毛利を巻き込んでの騒動となっている。内府がこの騒動に割って入るなら、己の裁定で当事者を処罰するだろう。

（頼っていいのか）

考えている。よみがえるのは、かの本能寺《ほんのうじ》の変だ。

信長公倒れたあと、謀反人明智《あけち》もすぐ討たれ、物心つかぬ織田の幼君が担ぎ上げられた。信長公の息子たちは殺し合い、宿老柴田《しばた》、滝川らは討たれあるいは降《くだ》り、織田家の天下は崩壊した。信長公死後一年ほどの出来事だった。

なしたのは誰か。それこそ、殿下ではないか。

（殿下――）

殿下、殿下よ、良いのでしょうか。佐吉も、大夫も、主計頭も皆、いがみ合うばかり。こんなにも脆く、殿下が残した御家の備えがくずれようとしております。こんな中で内府が天下を握ったなら

——

「五助、いかん」

「はい？」

「もっと大きな力がいる」

「徳川様より大きな力とは……」

「大坂へゆく」

「まさかに、秀頼様などなにもできませんぞ。大坂城にも入れぬというではありませんか」

「ゆく。供を頼む」

強く言い切れば、抗する五助ではない。

口を真一文字に結び、ただ、うなずいてくれる。


またも、淀川を早舟で大坂へと下る。これが、もっとも目にも体にも障らない。

こたびは天満を越え、そのまままっすぐ大坂城の巨影に向け進む。延々と左右に広がる石垣を川水が洗う城の北岸に沿って進み、城の搦手《からめて》にあたる京橋口《きょうばしぐち》へと舟を着ける。

出入りの商人などを入れる通用口へと向かう。

わしはいつもの覆面、頭巾《ずきん》の上に笠《かさ》を目深にかぶっている。

門脇の小木戸は、若小姓風の男が開けてくれた。

「刑部様」

ささやくような声に、む、と応じ、中に入る。

「こちらへ」

無駄のないその案内《あない》に続いて城内に入る。

五助が手を引いてくれる。城に入るのは実に久しぶりだ。

入れば左手に、本丸大天守が月光をうけてそびえたっている。右手前方に西の丸の城壁が白く浮かび上がる。

城の上層者もしくは使用する小者しか知らぬであろう道をヒタヒタと行き、西の丸郭内へと入る。

西の丸は、大坂のもう一つの本丸ともいえる巨郭である。櫓とて下手な田舎城の天守よりよほど大きい。その下に、煌びやかな殿社が軒を連ねている。

大坂城西の丸御殿。ここには、今、北政所様が住まわれている。

裏手の台所口から入り、回廊を巡り一室に入ると、そのお方はいた。

北政所様——ねね様はなつかしい、ふくよかな面を向けていた。

「政所様、お久しゅうございます」

「紀之介殿、堅苦しいぞよ」

「いえ」

「話は聞いとるよ」

「かかる大事となってしまい、しかも、ここで政所様におすがりするとは、この大谷紀之介、不徳の極みにございます」

座るや深々と面を下げた。

「紀之介」

ねね様の傍らから声をかけてくる女房は、侍女頭ひがし殿、我が母だ。

伏見をでる前に早舟をくだらせ、大坂屋敷の大学に一報。大坂城内で北政所様の侍女頭を務める母へ書状を出すよう指示した。侍女に持たせ、あくまで大谷家の私事での使いとしてゆかせよ、書状の中身は「大谷刑部、内々に北政所様とお会いしたき儀があり取次を願う」と。

「わが子だからと取り次いだわけではない。政所様のためにならぬと見えれば、ただちに人を呼び、縛り上げる。それは肝に銘じなさい」

厳しい声音。強き母だ。ねね様にお仕えすることに身命を賭《と》している。

母は、わしが殿下に仕え、一端《いっぱし》の侍となると「我らがあるは、ねね様のおかげ。後のわが命は、ねね様に捧げる」と、家をでた。以降は、大谷家は任せたと言い切り、「もはや母を母と思うな。紀之介は殿下とねね様を親と思い、全身全霊でつくしなさい」と、ねね様の傍を片時も離れない。

「ひがしさん、いいんだよお、私も紀之介殿に会えて嬉しいんだなあも」

ねね様のほがらかな尾張《おわり》弁が胸にしみいる。

「政所様、こたびの件……」

「またあ」

言いかけたわしをさえぎる様に、ねね様は、ふわっと笑った。

「ねね、でいいだよお。ねねさーって呼んでちょおよ、紀之介さん」

穏やかな春風が吹いたような気がした。心のこわばりが溶けてゆく。

ああ、なぜにそのようにやさしく、心清らかなのか。

そうだ、わしは、北政所様などと呼んだことはない。ねね様だ、初めて会った時からそうなのだ。

なのに今、そんな風に呼びかけてしまっていた。

「ねね様」

口を開いたとたん、胸の奥からこみ上げるものがある。

「もうしわけありません」

奥歯をかみしめ、顔をゆがめ、面を伏せていた。

「静かに殿下の御霊《みたま》を弔っておられるねね様のお心を乱してしまい、紀之介、断腸の思いにございます」

ねね様は、殿下亡き後、男どもの争いから遠ざかるように、この西の丸に移り、残された数多の側室の再嫁先、膨大な奥女中の整理など後宮のことのみに心を砕いている。

身の回りを整え、あとは静かに殿下の冥福《めいふく》を祈るつもりなのだ。

「しかしながら、いま、この有様で皆を受け入れ、叱り、和へと導けるのは、ねね様しかおりません」

ねね様は深い色を湛《たた》えた瞳で、何度もうなずいていた。慈母、菩薩《ぼさつ》のようだった。

「紀之介、だいぶ困っとるね」

ハイ、と面を伏せた。恥も何もない。殿下の前での強がりとはまた違う。ねね様には、弱さをさらけだせた。

「今、加藤虎之助、福島市松、石田佐吉、殿下の児小姓として、ねね様のもとに育ち、同じ釜《かま》の飯を食った者どもが城の内と外でにらみ合っております。奴らがこのように憎みあうことを殿下が望まれたでしょうか」

知らずと涙があふれるのを必死にこらえる。

「あげく、佐吉らは毛利中納言を動かし軍勢の手配までしております。ここまでくれば、どちらかが傷つかぬわけにはいきません。刃を振った方とて罰せられましょう」

ねね様は瞼をふせがちに聞いていた。

ただの奥方ではない。ねね様は殿下のもとで奥御殿を仕切り、大名の謁見に同席した。諸侯から尊崇され、時にその意を汲《く》み、殿下に助言して、政を支えてきた。

豊家の内情にも精通している。わしよりよほど、天下情勢が見えている。

「徳川殿じゃな」

はい、と頷く。

「内府しか、この乱を鎮められるお方はいません」

そして、ねね様しかいない。七将、そして佐吉たち、彼らを断罪せず、許容して内府を動かすことができるのは。

ねね様のお顔から柔らかさが消え、じょじょに研ぎ澄まされてゆく。

「わかりました。徳川殿に書状をかきましょう。虎之助たちの言い分を再度取り上げてくださるように。佐吉たちも責めずに、ことを収めてくださるようにと」

声音は心地よく芯《しん》が通っている。

「虎之助、市松にはいきり立たんで内府のご意向に従うように言いましょう。佐吉には内府に詫《わ》びて仲裁をうけるように、とね。私の使いならどこも通すでしょう」

ねね様は流れるように続ける。

全身が痺れていた。やはり、このお方の才知は並大抵ではない。

「毛利殿は紀之介、なんとかなるかい」

「内府が毛利中納言をお許しくださるなら」

輝元殿ももはや振り上げた拳《こぶし》を下ろせない。だが、内府が許し、今後も変わらず遇すると約してくれるなら、頭を下げられる。これを、毛利元康殿、安国寺恵瓊殿と諮《はか》れば輝元殿とて同意してくれるはずだ。

ねね様はそれだけでわかるのか、頷く。

「そのことも徳川殿に頼んでおきましょう」

「あとのことは、この紀之介にお任せくだされ」

言って深々と面を下げた。

「紀之介」

ねね様は声音をやわらげた。

「苦労をかけますね」

なにを言われますか。それはわしが言うべきこと。

「あんたは、やさしい子やで、あんま、しょいこむんでないよ」

効いた。

その言葉は骨の髄まで沁《し》み込んだ。


ねね様のもとを去る。

西の丸の搦手出口まで母が先導してくれた。

「母上」

月光が前をゆく母を照らしていた。その小さな背に向け、呼びかけた。

「こたびは、かたじけなく」

「まことは、取り次ぎたくなかった」

振り向いた母はつぶやくように言った。白い面の上にちょうど城壁の影が落ち、わが目にその表情はかすんでいた。

「おまえもそうでしょう。政所様を男どもの争いになど巻き込みたくない」

わかっております。私とて、そうです——

「このようなこと、こたびで終《しま》いにしておくれ」

「は」

悄然《しょうぜん》と頷き、歩みながら、心は絞られるように辛《つら》い。

横手に大坂城の天守が黒々と佇立《ちょりつ》するのが見えていた。

立ち止まり、深々と頭を下げる。

誰への拝礼か。

ねね様なのか、殿下なのか、それとも豊家か。もはやわからない。

己の想《おも》いを押しつぶすように、ただただ、首《こうべ》を垂れていた。

決意

事態は急転した。

沈黙していた徳川内府はにわかに動き、七将を向島屋敷に呼び寄せ面会。

内府の介入を受けた、加藤、福島らは態度を軟化。屋敷を固め、城下に充満していた軍兵も潮が退《ひ》くようにいなくなり、緊張は緩和されてゆく。

伏見城にも内府の使者が入り、二度三度と、やりとりが交わされる。

毛利は、といえば――

大坂から戻ったわしは、その足で再度毛利屋敷に向かい、安国寺恵瓊殿を内府のもとへ遣わすように輝元殿、兵部元康殿に説いた。

内府の出方をうかがいつつ、毛利家を処罰することなく許させるように、と。

こうした談判なら恵瓊殿の右に出る者はいない。日の本屈指の外交僧は「おまかせあれ」と、白い面を輝かせ出かけた。

戻って来れば、首尾は上々、とのことだった。


そして、わしは、内府の呼び出しをうけ、徳川屋敷へと向かう。

空は晴れている。

馬上、燦々《さんさん》と降り落ちる陽光を身に受け進む。

ここにくるまでも空気が一新されていた。

もはや、伏見城下にいくさの緊迫はない。ゆきかう侍、民も緊張と慄きから解き放たれ、町は平和を取り戻していた。

向島と伏見城下を結ぶ豊後橋《ぶんごばし》を渡り、徳川屋敷へ。

滔々《とうとう》と流れる宇治川の上を吹き渡る風が心地よい。

閏三月、河原には、命が芽吹いている。

目が衰えてゆく傍ら、鋭敏になるのは、鼻、耳、そして肌の感覚だ。

あたりに春が満ちているのを感じる。薫風のそよぎの合間に草花の息遣いが聞こえてくるようだった。


「刑部殿、騒動も終わりだ」

内府は肉厚の面に穏やかな笑みを浮かべていた。

傍らには、井伊直政のほか、今日は榊原式部大輔《しきぶのたいふ》康政、本多佐渡守正信《ほんださどのかみまさのぶ》といった重臣が居並んでいる。

「いかが、あいなりますや」

内府が「兵部」と目をやれば、傍らの井伊直政が身を乗り出す。

「まず加藤主計頭らのこと――」

直政は語りだす。

内府は、加藤ら七将の言い分を受け、件《くだん》の朝鮮陣での論功行賞は一度白紙に戻し、裁定し直す、それは奉行主導ではなく、内府が厳正に監督し差配する、とした。

七将は納得し、軍勢を退かせることを約した。

要は、武功派七将が有利となるよう内々に約したのであろう。そうでもせねば、納得すまい。そこまでできるのが内府だ。

（内府主導か）

次に、伏見城の奉行方も四奉行評議の末、騒動の中心である佐吉が内府へ謝罪、仲裁を全面的に受け入れることで備えをとき、城門を開いた。

そして、毛利家。

内府は毛利を許した。本騒動は輝元殿と上杉景勝殿が話し合いのすえ、内府の仲裁を仰ぐという形にして、一切を不問。内府は輝元殿と「向後、いか様の儀出来《しゅったい》候共、貴殿に対し、表裏別心なく、兄弟のごとく申承るべく候」と誓紙を交わした。

良い段取りだった。上杉中納言を挟んだのもさすがだ。もしや、上杉が徳川と縁組するとの噂も内府が流したのかと思うが、今となれば、それはいい。

「かような次第にて、処方円《まる》く収まり申した」

井伊直政は明朗に言い放ち、昂然《こうぜん》と胸を張る。この男も、横でうなずく榊原本多らも奔走したのだろう。内府だけではない。有能な家臣たち、これが徳川の強みだ。

「見事なご差配にございます」

内府へと面を伏せる。本音だった。

「内府殿のご威光あってのことかと」

面を上げれば、内府は口の端をあげて微笑している。

「刑部殿、わしなど大したことをしていない」

笑みを残したまま、うなずく。

「先日、北政所様の使いの孝蔵主《こうぞうす》が来てな。政所様たっての願いと切々たる書状をいただいた。あのお方を頼る者は多い。殿下亡き後はさらにな。政所様の頼みではことわれぬ」

その目は明るく光っている。

「しかも、政所様の書状が来たすぐ後に、加藤福島らがわがもとへ来てわしの指図を仰ぎたいという。石田治部とて、あれだけわしを毛嫌いしながら、使いを入れれば素直に応じた。ほほ、まことのご威光とは、そういったものだ」

内府は天井に向け、乾いた笑いを放った。

「しかし、殿下ご逝去後、表沙汰《おもてざた》を避けていたあのお方がこうも動くとは……何かあったのかのう」

そこでジロとわしをみた。笑みを含んでいる。べつだん、嫌な顔ではない。

「毛利も勝手に軍勢を動かさんとし、しかも本国から援兵を向かわせていたという。あと二三日もすれば、まことの合戦騒ぎ。そうとなってはもはや戻れぬ。ところがにわかにしおらしくなった。起請文もな、わしは兄弟と書いたのに、輝元はわしのことを父兄と思わせてくれなどと言ってきおった。少々信じがたいが、これで上方が焼けずにすむならば」

毛利の右往左往ぶり。内府から見れば与《くみ》しやすしとみたのだろう。

今後、毛利は内府膝下《しっか》に置かれる。これは仕方がない。こたびの毛利の所業は下手をすれば、お役御免、合戦にでもなれば、厳封改易または、取り潰し。それを内府に救われたのだ。

ここは我慢だ。耐えて挽回《ばんかい》の機会を探るしかない。

「重畳にございます」

「ただな、刑部殿」

内府はそこで声音を落とした。

「一つ、懸案がある」

巨眼がにわかに細くなる。

「石田治部少輔」

内府が見つめてくるわが顔は白布で覆われている。幸いだ。顔色を読まれずに済む。

「加藤らの言い分は当初、奉行衆の中でも石田治部だけはゆるせぬ、やつには詰め腹を、と執拗《しつよう》。されど、治部には治部の言い分もあり、しかも詫びてきたのなら、断罪というわけにもまいらぬ。前田大納言死して早々、奉行を切腹などさせようものなら、それこそ殿下のご遺言が崩れ去る。まして治部に腹など切らせれば、毛利も連座させねばならぬ。ついては、石田治部少輔――」

内府はじっと見つめている。わしの反応を見定めるようだ。

わしは無言、かすむ目を内府の胸元あたりに漂わせる。わかっている。内府がなにを言おうとしているのか。

「奉行の役を免じ、佐和山へ蟄居」

しばらく沈黙が部屋を支配する。

「よいかな、刑部殿」

「は」

予期していた。これだけの騒動、誰かが責を負わねば、世に示しがつかない。

それは佐吉だ。この騒動はかねて策を張り巡らし、謀をしかけた石田治部少輔の仕業だ。すべてを奴にかぶせ、奴を追う。

佐吉、悔しいだろう。あれだけ殿下と豊家を想い、身を粉にして尽くしてきたおまえが、悪名を負って都を追われる。

許せ、佐吉。だが、おまえも悪い。そうだ。おまえがいては上方で諍いが起きる。だから、わしがおまえを領国へ逼塞《ひっそく》させる。この沙汰は内府でも、ねね様でもない。わし――大谷刑部の意志なのだ。

「まことをもって、最善なるご沙汰かと」

わしの追従に、内府は小さく鼻を鳴らした。

「まことに?」

そして、わしを見た。あの深い瞳の色だった。

「まことに、かね」

問いを重ねるその目。吸い込まれそうな目力。わしを試しているのか。それとも恩を売るつもりなのか。佐吉を殺さぬ、所領没収もない。最大の慈悲だ、とでも言うのか。

「しからば、わしより、刑部殿に頼みがある」

内府の声に力がこもるのを感じた。

「刑部殿、石田治部のかわりに御城《おんじょう》へ出仕してくれぬか」

「御城とは？」

「大坂城よ」

すぐに反応できない。何を言う？　その心底を測りかねていた。

「殿下ご逝去後一年も経たぬというのに、前田大納言も逝き、奉行からは治部少輔が欠ける。やらねばならぬことも多く、人手も足りぬ」

「は」

「こまごまとしたことはいい。なにより刑部殿に願いたいのは、諸侯との取次。刑部殿ほど、人々の信を得ている方はおらぬ。各地の大名たちとの間に入り、つつがなく天下仕置きを進められるよう、取り持ってもらえまいか」

確かに佐吉が取次役をつとめていた大名は多い。佐吉は奏者を務めた大名の面倒を懇切丁寧に見ており、諸大名も頼っていた。それらは佐吉の蟄居で頼りどころを失う。

「刑部殿よ」

内府はそこで身を乗り出した。

「たびかさなる騒動での刑部殿の立ち振舞い。病に臥せ、政から遠のいていたとは到底思えぬ。家康感服つかまつった」

この男、わが動きを知っている。内府になびく者は、諸侯、民まで上方にあふれている。

「人が人を動かすのに弁才も剛力もいらぬ。その者が積み重ねてきた信義、生き様こそ人心を開かせ、動かすのだ」

恰幅《かっぷく》の良い上半身を前のめりにする。

「わしには新しき力がいる。これより、わが手の者を政に参加させる、刑部殿をその手本とさせたい。ともに諸侯との取次を担ってほしい」

「拙者が、内府殿のご家来衆と？」

かすむ目で見渡せば、井伊直政、榊原式部大輔、本多佐渡守が鋭く見つめている。

（そういうことか）

今、内府に抗していた首魁《しゅかい》、前田大納言が死し、石田治部少輔が去る。そして、毛利は内府に屈した。いよいよ、内府は本腰で上方を仕切り、天下に号令するつもりだ。

豊家奉行衆は佐吉を失い腑《ふぬ》抜けとなる。この機に政の体制を新たにする。その輪に入り援けよというのだ。

太閤殿下の愛弟子、譜代恩顧の大谷刑部、病で身を引き、盲にならんとしている。そんなわしが、内府になびき、尽くす。それこそ、新しき徳川の世の幕開け。その他大名諸侯、民とて雪崩のごとく内府にひざまずく。

「大谷家、大学殿も悪いようにはせぬ。北政所様、おぬしの母君もな」

内府はそういって腰をあげた。のっし、と重い体を揺らして近づいてくる。

片膝をつき、わが前に身を寄せてくる。右手を伸ばし我が右手を取り、そのまま持ち上げる。そして、両手で包むようにして、目の高さまで持ち上げる。

「刑部殿、天下にお仕えするのだ。我とともに天下に尽くすのだ」

内府は大きな目を爛と輝かせ見据えてくる。

「ともに天下安寧を築くべし」

我が手を強く握る。老人とは思えぬ力だった。

（人を動かすのは、生き様、か）

内府は、家臣、領民、国を背負って、戦国を生き抜いてきた。桶狭間で信長公と戦い、その信長公と結んで天下布武に乗り出した。信長公横死後も織田の盟友として殿下と熾烈《しれつ》に争った。そして、殿下のもとで諸侯筆頭として人心をつかんだ。

生まれてから積み上げた遍歴、人生の重み、これこそ内府を彩り、人を惹きつけている。

殿下死後、騒動続きで、豊家公儀への不満は溢れている。こたびのことでその威信は地に落ちた。力ある者が世を束ね、引っ張ってゆくのを、皆、望んでいる。徳川家康は、まさに天下をつぐべき男なのだ。

（だが――）

では、豊家はどうなる。

だから、だから言ったのだ――

拙速な動きが、こんなにも早くに豊家を壊してしまった。

秀頼君を守り立てる体制は崩れ、幼君は丸裸になる。佐吉が言ったことが今、まさに起きようとしている。

守らねばならない。奉行衆は佐吉を除けば、ただ吏才の徒。誰がそれをやれる。

（わしだ）

わしがやるのだ。

容易ではない。一歩でも間違えれば、内府に取り込まれる。

だが、やる。やるしかない。内府に使われつつ内府を導き、わしが豊家を守る。

（佐吉よ）

腹をくくったわしを、奴が天上から睨み据えている。

その怜悧な顔は言う。「紀之介、正気か」と。

いや、これが我が宿命。佐吉に乞われても戻らなかった政権にわしは戻る。

「いかがかな、刑部殿」

なおも問う内府に対し、恭しく一礼する。

「天下の内大臣徳川家康公から過分なお言葉をいただき、この大谷刑部、身に余る幸せ」

「うむ」

「かしこまりました。身命を賭してつとめましょう」

声音に迫真の力をこめた。

「おお」

内府は満足そうに面をあげ、「皆、聞いたか」と列臣を振り仰いだ。

「刑部殿は太閤殿下に百万の軍勢を率いさせたいといわれたお方。刑部殿、我と共にそれをなそう。天下の諸侯を束ねようぞ」

力強く言って、わが手を握り直す。

「御意に――」

佐吉よ、憎め、恨んでいい。力に屈したと、さげすめ。

どんな屈辱を受けようとわしはやる。そして、あの日、左近がいったことをなす。

いつかおまえを呼び戻してみせる。これは未来のための一手なのだ。

深々と首を垂れ、内府の手を握り返す。

その握力に負けぬよう、力の限り。

向島徳川屋敷から自邸に戻れば、母からの書状が着いていた。

母とはその後も書状を交わしている。母は、ねね様の諸方への手配り、その細やかなご配慮を逐一わしに伝えてきていた。

こればかりは、己で読まねばならない。紙片を間近に寄せ、かすむ目を凝らして、読んでゆく。

冒頭は、そろそろ事は収束するという見通し、そして、

「政所様は、近々、西の丸をでられる」

しらずと下唇をかみしめていた。

「徳川内府様に代わってお入りいただき、政務をなすように願われました。ために、こたびは和を乱さぬよう事を収めてほしい、と頼まれました」

書状を持つ手が小刻みに震えていた。

西の丸を明け渡す——内府はやがて大坂城に入るつもりだろう。その大義名分として、このうえない申し出だ。そこまでいわれては内府も動かずにはいられまい。

「政所様は落飾されるおつもり。これにて浮世のしがらみを離れ、ただ太閤《たいこう》様の菩提《ぼだい》を弔うことができる、と晴れ晴れいわれました」

読み終えたとき、涙が頬を伝って落ちた。

書状を拝んで丁寧にたたむ。折り目をなぞり懐へねじ込む。

「五助」

呼べば五助が文机を持ってくる。

「書きましょうか？」

「いや、わしが書く」

五助が差し出す筆を受けとり、握りしめる。

これは己で書かねばならない。卓へと向かう。


――昨日は何度も使者をいただきありがとうございました。今度のことではいろいろとご苦労をかけましたが、無事におさまり、天下が乱れることもなく皆喜んでおります。それにつきましても、適切なご仲裁と配慮、御礼の申しようもございません――


文字がにじむのは目のかすみのせいか。

心からの礼を。だが、かような情勢だ。なにかの手違いで人目に触れるやもしれぬ。見られても良いように、当たり障りなく。

——本来であればそちらにおうかがいしなければならないのですが、ご存じのような状態でできません。今後お会いする機会がございましたら、いろいろと相談させていただきたく存じます——

いや、乱は終わった。会いにゆけぬこともない。

だが、会えぬ。内府と会ったあと、ねね様のもとを訪れるなどできぬ。

余計な災いが及ぶことがあってはならない。宛名も記さず、「閏三月九日、吉継」と結ぶ。母が受け取れば、すべてわかってくれるだろう。

書きおえて、悄然と首を垂れる。

念じていた。

ねね様、北政所様、わが初恋の人。

はじめて会った日の天女のごときお姿を忘れたことはない。

そうだ。わしは、殿下に憧《あこが》れ、ねね様に恋い焦がれて、侍となった。豊家大名として尽くした。そんなお方を、わしは——

（もうしわけ、ございませぬ）

どうかお心安らかに。

紀之介は今後一切、ねね様を巻き込みなどしませぬ。

余念を断ち、すべての清濁を併《あわ》せ呑み、己が役を果たします。

それが、大谷紀之介の歩む道にございます。

「五助、大坂に使いしてくれ」

「は」

これだけでわかるのだろう。五助はにじり寄って、書状を受け取る。

「おん殿」

五助は面を下げていた。

「五助は、どこまでも殿とともに」

下げたまま、言う。

ふっ、と笑っていた。

「頼むぞ、五助」

五助、おまえも面倒な主を持ち苦労をするな。

だが、頼む。どうか、共に歩んで欲しい。

たとえ、それが修羅の道だろうと。

三章　苦闘

会津《あいづ》の俠《おとこ》

佐吉《さきち》が佐和山《さわやま》へ逼塞《ひっそく》すると、内府《だいふ》は動き出した。

まず、伏見《ふしみ》城をわが物とした。

伏見城は奉行が在番し、佐吉ら四人までが逃げ込んで、あの騒動となった。こうとなれば内府が代わって入り睨《にら》みを利かすしかない。もはや避けられないことだった。

佐吉なき今、抵抗する者もない。

内府は堂々伏見に君臨し、名実ともに天下の政《まつりごと》の舵取《かじと》りを始めた。

その年の七月末、わしは大坂玉造《たまつくり》の上杉中納言景勝《うえすぎちゅうなごんかげかつ》殿の屋敷にいた。

「会津は二度目ですな」

言えば、上座の景勝殿は無言でうなずいた。

不機嫌に見えるが、そうではない。ただ寡黙、そして沈毅《ちんき》な殿様として天下に鳴り響いている。それが、軍神上杉謙信《けんしん》公を継いだ当主景勝殿である。

「国替えの下知《げじ》を受け、にわかに赴いて以来、はや、一年半にもなる」

主《あるじ》の代わりに口を開くのは傍らに座る偉丈夫だ。

直江《なおえ》山城守《やましろのかみ》兼続《かねつぐ》殿。景勝殿の家督継承を抜群の智謀《ちぼう》で援《たす》け、その後は傍らで御家《おいえ》を束ね、今や、天下の名宰相《めいさいしょう》と呼ばれるほどの傑人。殿下も特に目をかけ、何度も直臣にと誘ったが応じることはない。そんな上杉家絶対無二の男である。

「わが主から、上杉殿にも領国にてゆるりとしていただきたい、と」

我が隣で言うのは、榊原《さかきばら》式部大輔《しきぶのたいふ》康政《やすまさ》。こちらも高名な男だ。徳川《とくがわ》内府股肱《ここう》、譜代筆頭格の重鎮、若年の頃《ころ》より内府に付き従い、徳川の合戦ほとんどにでた勇将。

内府のもと勤めるようになって、ほぼすべてにこの男が相役としてつくようになった。「刑部《ぎょうぶ》殿を見習わせて欲しい」と腰は低いが、体のいい目付役のようにも感じる。

今日はこの康政と共に、内府からの帰国許可の報を上杉屋敷へ持ってきた。

内府が天下仕置きを始めている。その手始めが、上方《かみがた》の大名衆への帰国許可令だった。

朝鮮《ちょうせん》陣から戻ったばかりのところを上方に集められ、さらにたびかさなる騒動で疲弊した諸侯に、これは喜ばれた。皆、こぞって本領への帰国を始めていた。

「ゆるり、ゆるりとは、ありがたきお言葉よ」

にわかに山城殿の声音が鋭くなる。

「会津百二十万石、いただいたとはいえ、ろくに整備しておらぬ。この機にいちから固めねばならぬ」

胸を張り言い放つ。

山城殿はそこで言葉を切った。

「いざ、というときのために」

いざ、といっても、いくさとも誰《だれ》が相手とも言っていない。しかし、その舌鋒《ぜっぽう》の鋭さ。

室内に不穏な気が満ちる。目が見えぬぶん、それを肌で感じとれるようになった。

榊原康政の態度も変わっている。内府自慢のいくさ人は、はや、大槍《おおやり》で身構えるような物腰である。

「そのようなお言葉――」

康政が口を開きかけたところ、

「ま、今を時めく内府殿にお許しいただけるとは、まこと、ありがたいことよ。式部殿とて、そのお言葉を伝えに当家に下向くださるとは、ご苦労千万なこと」

さえぎるような山城殿の声が朗々と響き渡る。

「しかし、わが主を会津へ返して、内府は上方へ残る。いったい何をするつもりやら」

「徳川内大臣《ないだいじん》は伏見に常在して天下の政をつかさどる。これこそ太閤《たいこう》殿下のご遺言」

康政はうなる様に言い放った。憤りを押し殺しているのがわかる。

「そんなことは知っている。貴殿は何を笠《かさ》に着て、そのように上からものをいう。わが主上杉中納言がお仕えするのは、豊家《ほうけ》、ご主君は秀頼《ひでより》君。徳川内府などわが主と同列の豊家家臣の一人、おぬしはさらにその家臣」

山城殿の口調は軽やかだが、言うことは痛烈だ。

「わが主徳川内大臣は秀頼君の名代《みょうだい》、我が本日お持ちしたのは、秀頼君のお言葉ぞ」

「陪臣《またもの》が豊家直臣に秀頼君のお言葉を持ってくるとはな」

「それが上杉家ご家老の言い分か！」

康政は刺すように言い放ち、肩を怒らせる。

が、山城殿は相手にする気はないようで、そっぽを向いている。

わしはあきれを通り越して苦笑していた。似ている。このお方、直江山城守、佐吉にそっくりだ。

しかし、そろそろ止めねばなるまい。

「山城殿」

二人をとどめるように横やりを入れる。両手を畳につきにじり寄り、面《おもて》を下げた。

「太閤殿下も上杉中納言様に会津をしっかり固めてほしいと申しておりました。されど、殿下のご崩御、その後も騒動続きにて、中納言様を上方にとどめてしまい申した。これは、豊家奉行衆の不徳のいたすところ。なにとぞ、お許しいただきますよう」

わしが言う間、山城殿はもう頬《ほお》に笑みを浮かべている。それを榊原康政は憤怒を堪《こら》えて睨《にら》みつける。

ふっと、軽い嘆息が響いた。

「直江、言葉が過ぎる」

上座の景勝殿が低く言えば、山城殿は「ご無礼を」と素直に首《こうべ》を垂れる。

「式部大輔、気を悪くせず、内府によしなに伝えたまえ」

景勝殿は低く言った。

さすがの呼吸。そうだ、これが上杉だ。寡黙で重厚な主君と、才知抜群で闊達《かったつ》な執政、二人はひとつ、この絆《きずな》が上杉家の強さだった。

直江山城に翻弄《ほんろう》された康政も、こう癒《いや》されれば救われる。応じねば収まりがつかない。

「は、しかと」

一息ついて、面を伏せる。

「刑部よ」

景勝殿はわしの方をみて、呼びかけてくる。

「ちと、昔話でもしよう。庭へでぬか」

そういって腰を上げ、広間外の濡《ぬ》れ縁《えん》へと向かう。

面を伏せたままの榊原康政と、フと笑う直江山城守を残し、わしも庭へ向かう。

「体はどうだ」

先ほどと変わって、会津百二十万石の太守から穏やかな気が発されているのを感じる。

「悪いのは目だけにございます」

「見えぬか」

「もはや手近なものもかすみます」

わしを信じてくれている、そんな自負じみたものがある。

家臣も震えあがるほど沈毅な主、上杉景勝殿。皆、笑顔を見たことがないとまで言う。

だが、わしはその人柄を知っている。「直江がわしに代わって言ってくれる。助かる」くつろいだ場では、そんな風に微笑する。

景勝殿が背負う上杉家当主という荷。軍神上杉謙信の継承者という巨大な枷《かせ》。それが、このお方を異様なまでに寡黙にした。

「手を引かせよう」

景勝殿は、そういって小姓《こしょう》を呼んだ。

「これは、恐れ多い」

駆け寄って来た若侍の手のひらがわしの右手を包んだ。

秋の爽風《そうふう》の中、その若い手にひかれて、ゆっくりと中庭をゆく。

さすが豊家重鎮の屋敷らしく、豪壮な造りだ。周囲の景色はもはや我が目にはぼやけるばかりだが、憶《おぼ》えている。正面には大坂城天守の甍《いらか》がそびえているはずだ。

「直江の言いざま、迷惑と思うな」

「いえ、あの程度、なにも」

本音だった。あんな山城殿は、かつて何度も見た。

山城殿の直截《ちょくせつ》な物言い、実はまったく悪気がない。彼らしい諧謔《かいぎゃく》なのだ。

彼は殿下の前でもこうだった。傍らにいたわしもよく肝が冷えた。しかし、殿下は笑って許した。

そして、「直江山城、わが家臣となれい！」と笑顔で怒鳴った。二人は息の合う狂言役者だった。そんなやりとりには慣れている。

「さすがは刑部だ」

景勝殿は背中で言う。声に笑みが混じっている。

「直江はこの一年を歯がゆく思っている。我らはなにもできなかったゆえな」

そうだ。上杉の国替え、殿下もこれは時期を誤った。するならもっと早くに、いや、国替えなどしなければ、上杉は一連の騒動でもその存在を示せたはずだ。

上杉は殿下の死の半年前に国替えとなったばかり。領国を守る城砦《じょうさい》も整備されず、兵を養う糧秣《りょうまつ》も確保できず、治政の体制もつくれていない。日《ひ》の本《もと》一の軍団上杉家はよりどころなく浮いていたのだ。

年寄り衆の強みは、その大領を基にした軍勢。兵あってこそ発言が重きをなす。それなくば、奉行衆どころか、先の騒動の七将にすら劣ってしまう。

「上杉家には多大なるご負担をかけます」

「そうだな」

景勝殿は否定しない。

「太閤とは持ちつ持たれつできた。文句はいえぬ」

澱《よど》みない言葉に安堵《あんど》する。確かに、殿下と組むことで上杉は復活した。だが、その言葉にはそれにとどまらない、貫くような強靱《きょうじん》さがあった。

「刑部こそ、難題山積みで苦労よな」

景勝殿は軽く笑い、

「内府にやらせればいい」

そっけなく言った。ひやりとするほど冷たい声音だった。

知っている。このお方は天下の政に興味がない。上杉という家自体がそうなのだ。

かつて、殿下は言われた。「上杉、あの家だけは違う」と。

上杉は違う。軍神とあがめられた先代謙信公という英雄に率いられた勇士たち。

謙信公のいくさはすべて義戦。領土、権勢欲のために戦ったことはない。そして、そのほとんどで勝利した。そんな伝説の俠《おとこ》たち。それが上杉の系譜なのだ。

殿下は謀《む》反人《ほんにん》明智《あけち》を山崎《やまざき》に討った後、言い出した。

「上杉じゃ。上杉を味方に引き込むんじゃ」と。

その頃、上杉は内乱と織田《おだ》の侵攻でぼろぼろだった。信長《のぶなが》公の横死で当面の危機を脱したものの、領国越後《えちご》は虫食いで滅亡寸前に見えた。しかし、殿下の目の色は違った。

「あの家は違う。あの家にはな――」

笑いながら真剣な目つきだった。

「神がおる」

ひょうげたように肩をすくめた。先代謙信公のことかと思いきや、殿下は、

「この我欲と利得がすべての乱世にあの家は、義、などというものを掲げて、家をまとめている」

心底わからぬ、そんな顔を振り続けた。

「ええか、紀之介《きのすけ》。人は利を求めて生きる。民とて侍とてそうじゃ。だがな、まれにそうでない奴《やつ》がいる。そういう輩《やから》は己の心に己だけの神を奉じている。そんな奴らが集まって力を持てば、思いもせぬことをしでかす。それが上杉じゃ。信長様は根こそぎつぶそうとしたが、わしは上杉が欲しい。上杉の当主が我が傍らにある、それだけでいい。ええか、あの家を味方にせないかん。真っ先にじゃぞ」

そういって、上杉と結び、取り込んで、丁重に扱った。

信長公にも屈せず、滅びを覚悟で逆らった上杉が傘下に入ることは、殿下の天下戦略に甚大なる効果をもたらした。

毛利《もうり》、長宗我部《ちょうそかべ》、島津《しまづ》、そして徳川。各地の強豪たちは、紆余曲折《うよきょくせつ》こそあれ、ことごとく殿下に靡《なび》

いた。抵抗して滅びたのは、小田原北条《おだわらほうじょう》ぐらいだった。

そういう意味では、殿下の天下統一の先駆けとなったのは上杉といってもいい。豊家と上杉はそんな仲であった。


景勝殿は小さく笑う。

「太閤の次は内府。刑部こそ、苦労をするな」

「なんの中納言様、それが統一、です」

わしは言い切った。

「これまで、世は乱れ、群雄は各々の支配をしていたのです、天下統一とはそれを一つに均《なら》すということ。百のものを一つにするなら、どこかで歪《ゆが》みもでましょう。歪みを支える者がおらねば、天下など成り立ちませぬ」

こんな話は何度もした。殿下の東国征伐からの奥羽《おうう》仕置き、わしは上杉家と同道し、検地奉行として各地を回った。国衆が割拠し、競いあっていた東国を刷新するためだった。

実際、ひどい有様だった。民に寛容というのは無法の裏返し。隠し田畑はそこらじゅうにあり、百姓、名主はごまかす。領主が定まらぬ地の民などそれがあたりまえだった。

そんな治政を改めるのは至難の業だった。既得の利を失う者は怒り、わしの仕置きは「大谷刑部の邪政」とまで言われ、大規模な一揆《いっき》を呼び起こしてしまった。

それを軍勢をもって鎮めてくれたのが、上杉だった。

景勝殿なくばうまくゆかず、我なくば完遂することはなかった。苦行のごとき仕置きをともに乗り切った。我等は、固い紐帯《ちゅうたい》で結ばれている。そう思っている。

「天下のためなら、耐えられましょう」

今更だが、あえて言った。上杉という孤高の大名家には力を蓄えて残ってもらいたい、殿下死後の混乱も乗り切って欲しい。そんな願いを込めていた。

景勝殿は我が心を探らんとするのか、しばし沈黙した。

陽《ひ》を背にしたその顔はかすみ、表情はみえない。やがて、フッと息を抜く音が聞こえた。

「刑部、わしはな、ときに、年寄りだの大名だのという枷を取っ払って気ままに生きてみたくなるときがある。先祖代々の家も民も領地も忘れて、この身一つで思うままに、な」

声音に渋い笑みが混じる。

「だが、そうはいかぬ。皆、わしに賭《か》けている。とくにあ奴よ」

振り返った先におぼろに人影が見える。長身の侍が庭に出ている。直江山城守だろう。

「仕方ないことだ。人それぞれに宿命《さだめ》がある」

景勝殿がいうことに大いなる重みを感じた。

上杉景勝殿、このお方は何度も死地をかいくぐって来た。

家を二分するほどの争乱となった世継ぎ争い、それに続く譜代重臣の反乱、織田の侵攻、そして殿下への臣従、極限で何度も選択を求められた。己の命だけでない。日の本一の武門の誇りを背負って道を選び、過《あやま》たず生き抜いた。

（いや、そうだろうか）

ふと、思う。信長公の横死など予知できぬこと。なければ、上杉は攻め滅ぼされていた。しかし戦い、そして、残った。

（だが——）

それでも今後も存続するとは限らない。

そうと思えば、今ここにあることに正邪の色分けなどできようか。

ならば選択など無意味なのか。人はあらがえぬ宿命を生きているのか。

「わしはな、刑部」

景勝殿は天を見上げた。

「豊家だの、内府だのと考えたことはない。我が唯一信じるは——」

といって、右手人差し指で天を指す。

「天、そして、義」

その手を胸に当てる。

「それが上杉。武家として生きるなら、邪を討ち、無道をただす。その心がけで己の命を燃やし、生き、死ぬ。それだけだ」

景勝殿は、戻ろう、と背を向けた。

その気高い背中に感じていた。

上杉はこうして迷わずただ前へと歩んでゆくのだろう、と。

——上杉には神がいる——

殿下の言葉が頭でよみがえっていた。

噂《うわさ》

「増田《ました》殿、これはいかなる仕儀か」

わしは、白布で額をぬぐう男をしかりつけていた。

増田右衛門尉《うえもんのじょう》長盛《ながもり》殿。その庶政の才は抜群。有能な先達として、わしも信じていた。だが、今、その姿は柔弱にしか見えない。

「いや……」

「そんな謀《はかりごと》などあるはずがない。まして、前田《まえだ》中納言がなすなどありえない」

思わず声を高めていた。

「豊家奉行ともあろう者が根も葉もない流言に惑わされ、吟味もせず、そのまま報じる。それでは童《わらべ》同然ではないか！」

「しかし、刑部よ。何事も内府へ報ぜよとのお達しが……」

横から長束正家《なつかまさいえ》殿が口を出してくる。

この方は、勘定方。計数にかけては右に出る者はないが、その他ではあてにならない。

「それが童だというのだ！」

言い切れば長束殿は口をすぼめ、だまってしまう。

これが、殿下のもとわが物顔で天下を仕切っていた豊家奉行か。

呆《あき》れ果てて、言葉もない。


主な大名が上方を去って帰国した九月七日。

重陽《ちょうよう》の節句の祝いで秀頼君の拝謁をうけるべく、内府が伏見から上坂した。

殿下死後、暗い話ばかりだった大坂を彩るべく、城内は上から下まで祝賀の支度に励んでいた。そんな大坂城が得体のしれぬ雑説で揺れた。

加賀《かが》中納言、前田肥前守利長《ひぜんのかみとしなが》殿の下知を受けた豊家家臣の数名が謀《はか》り、登城する徳川内府を刺殺する、というのである。

増田殿は苦渋の顔を振る。

「刑部よ。わしとてこのようなこと真《まこと》と思っておらぬ。真贋《しんがん》を調べようとした。だがな、内府のことゆえと、徳川の者がいちいち介入してきて、身動きがとれぬ。もう内府は城下の屋敷に入っている。

万が一のことあらば、と急《せ》かされ、内府のもとにゆかされてしまった」

そうだ。大坂には内府の手の者が次々と送り込まれてくる。豊家、大坂城は、今や虫食いの古木のようだ。

そもそも奉行でも浅野弾正《あさのだんじよう》殿などはまがいもなく内府派であり、こぞって徳川家臣を城内へ引き入れている。豊家のことはつつぬけだ。

豊家奉行の一報を受けた内府は即座にこれを公にし、重陽祝賀に障りがあってはいかぬと、伏見から手勢を呼び寄せた。すでに三千近い兵が大坂へ向かっているという。

「ならば、噂の出どころもわからぬと」

「うむ……」

増田、長束の両奉行はしかめ面をひねるばかり。

やはり彼らは根っからの吏人《りじん》。殿下のような主が上にいたからこそ輝いたのだ。

（しまった——）

気付くのが遅れた。理由はある。こちらも重大な、なんとしても解決せねばならない大問題が起こっていたのだ。

島津家の内乱だ。

七将騒動が起こる前月の三月。島津の若当主忠恒《ただつね》殿は、宿老伊集院忠棟《いじゆういんただむね》を誅殺《ちゆうさつ》した。

伊集院忠棟といえば、島津家譜代中の譜代で、宿老筆頭の重鎮。殿下は、九州征伐の際、島津を降伏に導いたこの男に目をつけ、特に直臣並みの扱いとし、八万石もの大領を与えていた。臣従に不満を抱える島津家中に親豊家派をつくり懐柔しようとしたのだ。

それをかねて目障りとみていた忠恒殿は、手ずから斬《き》ってしまった。

島津忠恒殿は、朝鮮で島津勢を率いた猛将義弘《よしひろ》殿のご子息。義弘殿の兄であり、島津家先代龍伯《りゅうはく》公の娘を娶《めと》り、龍伯公の後継となられたお方。

当然、国元の伊集院一族は納得できない。居城都城《みやこのじょう》で一族あげて大規模な反乱を起こした。忠恒殿は帰国し、国元の龍伯公と鎮定にあたったが一向に収まらず、やがて、周囲の九州大名も合戦に備えるほどの争乱となった。最悪の事態だった。

わしは上方に残る島津義弘殿とともに、仲裁に当たった。島津領ははるか九州の南端。状況の把握すらも一苦労だった。島津屋敷を拠点に、伏見、大坂と動き続けていた。

重陽の節句祝賀など、ただの儀式。増田殿らにまかせておけばいい。そう思ってしまっていた。儀に臨もうと城に上がってみれば、この有り様だ。

しかし、この内府謀殺の件。主謀者が前田中納言とは馬鹿げている。

大納言《だいなごん》利家《としいえ》公逝去後、跡を継いだ利長殿は年寄り衆に名を連ね、内府が発した帰国許可に準じ、亡父の遺骸《いがい》とともに加賀へ帰国した。これは、わずか数日前の八月二十八日のこと。そんな利長殿がこのような謀《はかりごと》を企図したというのか。

「弾正殿はなにをしている?」

わしは奉行御用の間にいない豊家一の内府派を探した。そもそもこの噂は、あの内府贔屓《ひいき》が流したのではないか。問い詰めてやる。そんなつもりだった。

「刑部、知らぬのか」

増田殿はけげんそうな声をだした。

「ことの主謀者には浅野弾正殿も入っている」

「なに？」

「こたびの内府暗殺の主謀者は前田中納言、大野《おおの》治長《はるなが》、土方雄久《ひじかたかつひさ》、そして浅野弾正殿。浅野殿はすでに内府のもとに釈明に赴いておるらしいぞ」

浅野殿が内府を狙《ねら》うだと——いったい、大坂で何が起こっているのか。


九月九日予定通り、重陽の節句の儀は行われた。

内府が呼んだ徳川勢はそのまま城へと入り、本丸表御殿の外周、内府が通る道、回廊という回廊、入る部屋前を厳重に固めた。

当の内府は一切の面会を謝絶し、分厚い警固の中に身をひそめていた。

籠城《ろうじよう》戦でも始まるかのような物々しさで登城すると、秀頼君の前にかしずいた。

「不逞《ふてい》の輩《やから》は、この家康《いえやす》が斬って捨てます。おまかせあれ」

御前でそう言い、太った体を揺らした。

わしも、広間の末座でそれを見るしかなかった。


ひと通り儀が終わると、わしは内府を訪ねた。

伏見から来た内府は、空き家となっている備前島石田屋敷《びぜんじまいしだ》を宿所としている。

「刑部殿、重陽の節句の儀も滞りなくすみ、安堵したぞ」

でてきた内府はいつもと変わらず、莞爾《かんじ》としてほほ笑んでいた。

「だいふ……」

「刑部殿、島津の件はいかがか」

口を開きかけたところをさえぎられた。話をそらしている。

「島津のことも大事ですが、こたびの謀についてては」

「またも上方で、しかも大坂城で不穏なことが起こってしまったな」

「噂はまこと、といわれるのか」

「いや、根も葉もないことと思うていた、が」

「が?」

食い下がれば、内府は傍らの本多佐渡守正信《ほんださどのかみまさのぶ》にむけ顎をしゃくった。

本多佐渡は畳に手をついて、身をにじり寄らせる。

「刑部殿、浅野弾正は己が悪いと、平身低頭詫《わ》びております」

「ほう」

知っている。ここに来る前にあらかた情報は得た。

浅野弾正殿は、その後、自邸で謹慎している。大野、土方は拘束され、内府のもとに引き取られた。徳川はすでに事の究明に動き出している。

「弾正殿は豊家奉行の一人、まさかに切腹などさせられぬ。領国甲斐《かい》に蟄居《ちっきょ》とします。大野、土方も切腹ものだが、彼奴《きゃっ》らとて豊家家臣、流罪《るざい》にて済ますということに」

佐渡は声音を下げて言う。

「なに、刑部殿、浅野殿にはご子息左京大夫《さきょうのだいぶ》殿がおられる。こたびは浅野弾正が身一つで図ったという。左京大夫に罪科はなし。上様は変わらず引き立てるご所存」

佐渡はぼそぼそと述べたてる。

（そうくるか）

この迅速な動き。間違いない。徳川と浅野は組んでいる。大野、土方など濡《ぬ》れ衣《ぎぬ》を着せられた小者だ。

「加賀は？」

内府に向け尋ねる。本多佐渡などどうでもいい。

「加賀のう。わしも前田肥前殿がわしを害すとは信じられぬ。故大納言とわしが重ねた友誼《ゆうぎ》も無になってしまう。これは慎重に詮議《せんぎ》せねばなるまい。綿密に問いただしてな」

内府の嗄《しわが》れ声は空疎に漂った。

「まことなら、豊家年寄りという重役だけに許されざることよな」

最後の言葉だけは妙な響きを残した。

そうだ、浅野弾正が大人しく認めたと聞いてから感じていた。

真偽などどうでもいい、詮議もなにもない。内府密殺の謀ではない。これは他家を追い落とす内府の謀略《ぼうりやく》。前田家はその標的とされたのだ。

内府は上座で肉のついた顎をなでている。

「そうは思わぬか、刑部殿」

そして、我に問うている。どうだ、大谷《おおたに》刑部、この堂々たる嘘《うそ》に迎合して徳川に尽くすか、それとも抗してつぶされたいか。その選択をしろ、と、わしに突き付けている。

しばし、お互い無言。息詰まるような時が過ぎる。

(いいだろう)

この狂言、のってやる。

「内府殿、我より願いがございます」

「なにかな」

「拙者の領国は越前敦賀《えちぜんつるが》。加賀前田を牽制《けんせい》するべく兵を備えたく」

「ほう」

「万が一のこともあります。加賀と上方をつなぐ北陸道を押さえたうえで、内府には加賀を糾問していただきたく」

内府は黙った。

「それがしも戻り、敦賀にて前田家との取次をなしましょう」

わしが仲裁する。前田をつぶさせはしない。

内府はしばし、無言。こちらの真意を見定めようとしている。

「良いお考えですな。さすがは刑部殿」

横から口をはさんできたのは、本多佐渡だ。

「しかしながら上様、刑部殿はやはり上方にあって欲しいですな。島津の件といい、ほかにも刑部殿がいてもらわねば難渋いたします。いかがでしょう。敦賀へはご子息大学《だいがく》殿にいっていただく、というのは」

本多佐渡、巧妙なことを言う。わしを手元にとどめておけば、人質も同然。国に戻った大学もなにもできない。

内府もうなずく。

「うむ、刑部殿、そうしよう」

「では」

切り返す。ただ従ってなるものか。

「同じく、加賀から大坂への通り道となります近江《おうみ》佐和山。石田家の一子、隼人正《はやとのかみ》はただ今、大坂にて秀頼君に近侍《きんじ》しておりますれば、これを陣に加えたく」

内府はまた無言になる。その沈黙に大きな心のうねりを感じた。

（こちらも利用してやる）

佐吉の動きはその後ない。近江佐和山領の仕切りは、兄正澄《まさずみ》殿らに任せ、子息隼人正殿を大坂城に差し出し、身を潜めている。蟄居の身、これは、当然のことだ。

隼人正は差し出された正真正銘の人質。その隼人正をわが勢に加え、石田家を保ち、いつか佐吉を復権させる布石とする。

ふうむ、と、内府は考え込んだ。

「石田家の世継ぎを加えておけば、佐和山とて従いましょう」

さて、どうでる、内府。

「刑部殿、それは……」

「いや、佐渡」

本多佐渡が不興気に口を挟もうとしたが、内府は制した。

「その件は、それでよい。わしからも佐和山に使いを出そう」

「ありがたき幸せ」

「では、加賀の前田肥前へ糾問の使いを出す。刑部殿、式部とともに取次を」

ハ、と、面《おもて》を伏せた。あとは時を稼ぐ。年寄り衆前田家のことである。さすがに、徳川だけで裁断はできない。豊家側の取次がわしなら手は打てるだろう。
内府はフンと軽く鼻を鳴らし、

「ああ、刑部殿、ところでな」

いかにも今思い出したといった風情《ふぜい》で、話を変えた。

「大坂の世情がかように不穏では皆落ち着かぬ。ついては、わしは居を伏見から大坂へ移すこととする」

もはや諮《はか》るのではない。その言いざま、至極当然、といった風だ。

「ちょうど北政所《きたのまんどころ》様が城を出て京へ移られるという。ぜひ西の丸をわしに使ってほしい、というでな。このまま大坂に残り、秀頼君をお守りすることとする」

ぐっ、と奥歯をかみしめていた。ねね様のご出家、ついにその日がくる。

「よもや、文句はない、な」

「御意のままに」

平伏すれば、内府は満足したようだった。

「刑部殿、刑部殿の役目は、天下安寧のため諸侯を統御することである。己の役をわすれず、しっかりと努めてほしい」

念を押すがごとき内府の声が、我が耳に響いた。

「よいか、おのが役をしっかりと、な」

繰り返す。

わしは深々と頭を下げていた。


内府はそのまま大坂城西の丸に居座り、策謀の連座者を処断した。

大野治長は下総結城領《しもうさゆうき》、土方雄久が常陸佐竹領《ひたちさたけ》と、ともに内府の目が届く関東へと流された。浅野弾正にいたっては領国甲斐を通り過ぎ、内府領武蔵府中《むさしふちゅう》にて隠棲《いんせい》した。

大納言利家公を継ぎ、秀頼君後見役となるはずの加賀中納言利長殿は、主謀者として糾問されることとなった。

そして、内府は、己が君臨する西の丸に新天守を作り始めた。人々は、「徳川内府はついに天下人になられた」とささやき、ある者は敬い仰ぎ、ある者は恐れおののいた。


糾問使が加賀へ発するのとともに、大学は石田隼人正を伴い、敦賀へと向かう。

兵千をもって、前田勢の南下と利長殿の上洛《じょうらく》の道である北国《ほっこく》街道を遮断するためであった。

「刑部殿、お久しゅうござる」

石田隼人正の後見役として、佐和山からきたのは島左近《しまさこん》だった。

「徳川内府のもとでご活躍ですな」

「左近、なぶるな」

いえば、左近は、うふ、と含み笑いをする。

「佐吉はいかがしている」

「ほう、ご案じくださるか」

左近はおどけたような声をだし、

「日々、看経《かんきん》などしております。もはや出家のよう」

呵々《かか》と笑う。

「しかし、隼人正殿をお引き立てくださるとは、刑部殿ぐらい。これは感謝せねばなりませぬ。やはり、この世にわが主の味方といえば、刑部殿ぐらいかもしれませぬな」

「左近、おとなしくしておれ」

今、騒いだら、内府に狙われてしまう。しばらく雌伏《しふく》するのだ。

左近は苦笑いを大きくする。わしの労苦を憐《あわ》れんでいるようだった。

「いや、むろんのこと。わが主はもはや隠居の身。拙者も、隼人殿を守り立てることしかできませぬ。して、この無力な老骨から刑部殿にたっての願いがござる」

左近はそういって、背後を振り返った。

「息子、新吉信勝《しんきちのぶかつ》、刑部殿のもとにて使っていただけませぬか」

む？ と、小首をかしげた。唐突な申し出だ。

「佐吉は知っているのか」

左近はその問いには答えず、ただ乾いた笑みを放った。

「わが石田家も主蟄居にて、ただいま人余りにござる。閑職の父のもとで暇を持て余しては下腹の肉がつくばかり。太閤に愛されたもののふ、大谷刑部殿に鍛えていただきたい」

「いいだろう」

断る理由もない。左近の息子、役に立つに違いない。

「ありがたきことかな」

左近がうなずく後ろで、新吉信勝が武骨な面を伏せている。

宇喜多《うきた》騒動

島左近の息子新吉信勝は、不思議な男だった。

まず、無駄なことをまったく言わない。左近の息子と思えぬほど寡黙だった。

「怪しい奴です」と五助は顔をしかめ、上方《かみがた》を探る間者《かんじゃ》では、と訝《いぶか》しむが、わしは気にとめない。

実際、人手も足りない。豊家と大名衆をとりまく難題は山積み。役に復帰したわしの仕事は尽きない。目の不自由なわしは、耳目手足となってくれる者はいく人でも欲しい。

当の新吉は、特に石田家と繋がるそぶりもない。

不愛想ながら、どこか人懐っこく、家人に交じって下働きまでする。かと思えば、ふらりと出掛け、他家、城下の情報を持ってくる。「諜報《ちょうほう》の大事さは叩《たた》き込まれましたゆえ」とつぶやくように言う。石田家の伝手《つて》もあるのだろう。大谷家臣と違う見立てが新鮮だった。

そんな新吉信勝が大事《おおごと》を持ち帰ったのは、慶長《けいちょう》五年（一六〇〇）あけてすぐの正月五日だった。

「宇喜多家の家老衆《おとな》が集い、家中の奉行、中村次郎兵衛《なかむらじろうべえ》を襲いまして候」

チッ。大きく舌打ちして、臍《ほぞ》を噛《か》んだ。

殿下が指名した五人の年寄り衆、徳川、前田、毛利、上杉と、もう一家、もっとも若き、備前《びぜん》中納言、宇喜多秀家《ひでいえ》殿。

秀家殿は、備前、美作《みまさか》を切り従えた梟雄《きょうゆう》宇喜多直家《なおいえ》の嫡男。直家殿が織田に服属するにあたって人質として差し出され、そのまま殿下の養女豪《ごう》姫を娶って豊家連枝衆となり、唐入《からい》りに際しては「明征《みん》服ののちは日本の関白にする」と指名された。

殿下は死の間際、秀家殿を枕頭《ちんとう》に呼び、「八郎《はちろう》（秀家）は幼き頃より目をかけてきたから、秀頼に尽くすことから逃れられない」とまで言った。絶対の信頼があるからこそ残した、呪文《じゅもん》のごとき遺言だった。

そこまで殿下が肩入れしてきた秀家殿、宇喜多家。しかし、殿下の秀家殿への恩寵《おんちょう》が濃くなるほど、国元の宇喜多家臣はうっ憤をためていた。

宇喜多家はもとより、備前、美作に根差した国人《こくじん》領主の寄り集まり。国衆を束ねた宇喜多家がそのまま大名となり、豊家年寄り衆まで上り詰めた。

そんな秀家殿が殿下に尽くせば尽くすほど、しわ寄せは領国にゆく。たびかさなる兵役、検地、家臣の配置変え。なのに、仕置きは家老に任せきり。家臣たちの不満は、破裂寸前に膨らんでいた。

(が、ここまでとは)

舌打ちを繰り返していた。

宇喜多家中の不穏は伝え聞いていた。いや、殿下生前より知り、何度か殿下にも申し上げていた。そのたび殿下は、「紀之介、いつまでも国衆が土地と家にすがって好き勝手言ってはいかん。力を見せて抑えるんじゃ」と余裕の笑みを浮かべ、「統一とはそういうことじゃ」と言い放った。しかし、長引く唐入りいくさと、殿下の病で、この件は放置されていた。

こたび内府の大坂移動に伴い、もとより内府を敬遠していた秀家殿は伏見に移ってしまった。この秀家殿の動座に、大坂にあった不満家臣団は決起した。

「その後、主な家臣が大坂玉造の浮田左京亮《うきたさきようのすけ》の屋敷に立てこもりました。数は二百五十」

「立てこもった家臣とは」

「浮田左京はむろん、戸川達安《とがわみちやす》、その弟助左衛門《すけざえもん》、岡越前守《おかえちぜんのかみ》、花房志摩守《はなぶさしまのかみ》、その子弥左衛門《やざえもん》、角南隼人《すなみはやと》……」

聞きながら下唇をかみしめる。二百五十という数、多すぎる。しかも、いずれも宇喜多家譜代の重鎮、御家の屋台骨を支える一騎当千のつわものどもだ。

「五助、伏見にゆくぞ！」

叫んだが、返事はない。そうだ、五助は、今、薩摩《さつま》に下っていた。

その後も島津の内乱は続き、伊集院一族は居城で蟠踞《ばんきょ》している。領国で鎮定のいくさに臨んでいる島津忠恒殿、龍伯公との音信は不可欠だった。

五助もつい先日、書状と共に薩摩に遣《や》った。そんなことも忘れるほど、わしは多忙を極めていた。

秀家殿のもとへゆかねば。不様なことだ。目が見えぬと一人ではなにもできぬ。

「新吉」
ハ、と新吉は、身を乗り出してくる。
「わが目となってくれるか」

「湯浅殿ほどとはなれませぬが、ぜひ」

即答。低い声は、頼もしく響いた。


「刑部、なんとかならぬか」

伏見宇喜多屋敷で会った秀家殿は奥歯を噛み鳴らした。ふだん秀麗にすましている顔が苦渋にゆがんでいるのがわかる。

「もはや治部少《じぶしょう》もおらぬ。奉行は頼れぬ。おまえしかおらぬのだ、刑部」

困窮の声。殿下が愛《め》でた若殿もこうとなっては、無力だ。

「中納言殿、まず仔細《しさい》をお聞かせくだされ」

なだめるようにいえば、秀家殿は「掃部《かもん》」と沈んだ声で呼びかける。

傍らに控えていた明石掃部頭全登《あかしかもんのかみてるずみ》殿が、「では」と語りだす。

決起衆は、秀家殿が不在となった大坂で、宇喜多家一門であり筆頭家老の浮田左京亮の屋敷に集結し、御家を正すと結束した。その第一として、秀家殿の意を受け家中を切り盛りしていた奉行の中村次郎兵衛を斬らんとした。

中村は、秀家殿奥方のご実家前田家からきた新参者。秀家殿が重宝して使っていた家中の出頭人である。中村はかろうじて逃げたものの、決起衆は浮田左京宅に立て籠《こも》り、秀家殿に、中村の引き渡しを求めた。

「家老《おとな》どもは国政から外され、さらに、検地のやり方や領地仕置きが気に食わぬと怒りを溜《た》めておりました。仕切り役の中村が諸悪の根源ということで」

明石殿は無駄なく淡々と語る。

明石家は、もとは、宇喜多の主筋、備前浦上《うらがみ》家の家臣だった。先代直家殿と組んで主家を滅ぼし宇喜多傘下へ入ったため特に重きをなし、四万石もの大禄《たいろく》を食《は》んでいる。殿下もその存在に目を付け直臣並みとし、今も宇喜多家臣というより客将扱いである。なので、家政に参与しておらず、騒動についても冷静に見ている。

「渡すものか」

秀家殿、ここは強気だった。

「次郎兵衛を斬るというのは、わしを斬るのも同然だ。渡してなるか」

聞いてみれば、これは家老どもが悪い。

不満があるとはいえ、主君に無断で家政を務める奉行を斬らんとはいきすぎだ。ここで中村某《なにがし》を引き渡せば、秀家殿の威信は地に落ちる。

とはいえ、秀家殿もよくない。こうなる前に家老衆の話を聞き、手を打つべきだった。

「中納言殿、ここはまず家老どもの言い分を聞いてやらねばなりますまい」

「勝手をいうばかりだ」

「勝手でも」

家老どもは自分たちを顧みることもなく、殿下の下知を投げつけてくる主君に呆れていた。これは若年から国元と切り離され、豊家筆頭に祀り上げられた若当主の悲劇なのだ。

秀家殿は腕組みして首をひねる。

不幸なお方だ。己の非もわかっている。だが、誇りは人一倍高い。認めたくないのだ。

「中納言殿、拙者が宥《なだ》めましょう」

諭《さと》すように言えば、秀家殿は、うむ、とうなずく。

「ただ、これほどの騒ぎとなっては拙者だけでは片付きませぬ」

「内府か」

秀家殿の声がまた淀《よど》んだ。内府が苦手なのだ。

これも秀家殿の不幸だ。内府は、戦国生き残り、二百五十万石の主で、齢《よわい》六十にならんとする重鎮。対して秀家殿は三十路《みそじ》まえの若者、禄高とて五十七万石。年寄り衆として並んでも見劣りするのは当然のこと。誇り高き秀家殿はいつしか内府を避けるようになっていた。

しかし、ことは重大だ。先に内府の手の者を絡めておいたほうがいい。

「内府直々にというわけではありませぬ。まずは和議の取次役として榊原式部大輔とともにあたります」

「内府が出てくるのと同じではないか」

「中納言殿、致し方ない。ここは早くに手当てしませぬと」

浮田屋敷の家臣団はよほどの覚悟だ。なにをしでかすかわからない。

秀家殿はそれでも考え込んだ。

「中納言殿！」

豊家の次代を担うこの若殿、滅びてほしくない。やらせてほしい。

「わかった。刑部、頼む」

やがて、秀家殿は神妙に返事をした。

大坂浮田屋敷では、異形《いぎよう》の者たちに迎えられる。

かすむ目にもわかる。彼らは皆、見事に頭を剃《そ》り上げた丸坊主。まるで威嚇《いかく》するようだ。

一同いずれも先代直家殿の頃から宇喜多家を支えてきた武功者たち。殿下が宇喜多を味方に引き込むとき、わしも備前へと赴き談判し、見知った仲。その後もさんざんやり取りし、秀家殿より愛着があるほどだ。だから、彼らも会ってくれたのだろう。

「大谷殿は奉行として他家もさまざま見てこられたはず。今の様、いかが思われるか」

切り出してくるのは浮田左京亮。秀家殿の従兄弟《いとこ》で、二万四千石もの大禄を食む宇喜多家臣筆頭の男だ。

「わかっておる。いかな所以《ゆえん》といえ、主に叛《そむ》き騒動を起こしたうえは、切腹または斬首《ざんしゅ》。もはや覚悟のうえぞ！」

宿老の一人、猛将と名高き戸川達安は激しい口調で言った。

「我ら、ご主君だの、太閤だのと、命を張ってお仕えしてきた。だが、国元の仕置きは改まらず、新参者ばかり用いられる。こんな理不尽があるか！」

その言い分、わからぬわけではない。ただ、それを通すとなると、秀家殿の失態は甚大だ。役を免ぜられるどころか、蟄居閉門だろう。

対して彼らを罰するとどうなる。これほど大身代《おおしんだい》の家臣が根こそぎいなくなれば大名宇喜多は崩壊する。

これは、まずい——導く先が見えない。

我が横の榊原康政は腕を組み、刺すような気を放っている。

内府の家来の彼は西国の宇喜多衆になじみがない。今にも鋭い一喝を放ちそうだ。それでは場が壊れてしまう。

「方々、あいわかった」

わしは身を乗り出す。

「皆の言い分、豊家奉行として政をなしたわしも大いに思うところがある。この際、皆の意を十分汲みたい。どうか、この大谷刑部に任せてほしい」

そう、彼らはもう上方で行く場所もない。やり場ない怒りを持て余しているのだ。

「応じてくれるなら、皆の言い分をとくと聞かせてくれ」

聞く、いや、聴くのだ。これは宇喜多だけのことではない。豊家大名すべてが抱える問題だ。まずは聴いてやらねばならない。


聴聞は十分に腰を据えて、一人一人と時をかけた。わしなら闇討《やみう》ちもないだろうと、皆、応じてくれた。病持ちなのがかえって功を奏したのだ。

決起衆もまとまれば強硬だが、一人になって面と向かえばまた違う。みな、屈強なもののふであるとともに、一族を背負う武家。おのおの事情もあれば、弱音愚痴もこぼす。

そのうちに、わかった。この件の主謀者は、戸川達安だ。

戸川家は宇喜多三家老として家を支えた宿老。達安はいっとき国老として、領国の治政を一身に担った。ところが、体制の刷新を図る秀家殿に役を免ぜられ、恨みを溜めていた。

浮田左京亮は家臣団筆頭のため、代弁者として立った。他の者は戸川の強硬に引きずられている者も多い。このあたりに活路がありそうだった。

まずは外堀を埋めたい。根気強く浮田屋敷に通い、聴き、話し込んだ。榊原康政も援けてくれたが、彼を先に帰しても宇喜多家臣の中に身を置いた。

話が長引き、そのまま泊まることもあった。こちらが体を張るからこそ、相手は本音を明かす。信長公のもと調略の先駆けをなした殿下に教え込まれたことだ。

この間、島新吉は、絶えずわしの傍《そば》にいてくれた。「殿に万いちのことあれば、湯浅殿に斬られますゆえ」などと仏頂面でつぶやく。気づけば「殿」と呼んでいる。いつのまにか、こ奴も頼もしい我が耳目になってくれていた。


潮目が変わったのは数日後のこと。

その日もわしは、浮田左京の屋敷で談判に臨んだ。

もう少しだという手応《てごた》えがあった。一部を除く者どもの物腰が柔らかくなっていた。不満も吐ききってしまえば、あとはどう折り合うかなのだ。

「刑部殿」

浮田屋敷を出ると、榊原康政が呼びかけてきた。

「明日、わが主に呼ばれている。刑部殿も共に」

声音はいつになく暗い響きを帯びていた。


内府に会うのは久しぶりだ。

顔はおぼろで見えないが、見えぬからこそ感じた。

変わった。あきらかに変わった。

大坂城に入ったからなのだろか。その全身から並々ならぬ力が発されている。

以前はかようにあからさまではなかった。むしろ、これが内府の本性なのだろう。

「刑部殿、宇喜多の件、まことにご苦労」

声も重厚だった。

「して、式部だが、この件から外す」

は？　と小首をかしげた。榊原康政は横で面を伏せている。

「なにゆえに、でしょうか」

「よからぬ噂を耳にしてな」

内府は続ける。

「式部、そして刑部殿はこの仲裁がなせれば宇喜多殿から莫大《ばくだい》な礼金を受けることになっている、とな」

「ない、ありませぬ。断じてない」

声を高めていた。他ならぬわしが言う。ありえない。

たしかに、お家騒動の仲裁が成立して謝礼がでることはある。だが、それはあくまで円満に解決したのちの話。こたびはすでに刃傷沙汰《にんじょうざた》となりかけたほどの難題。身の危険を伴う。謝礼目当てで、仲裁を買って出るはずがない。

「いや、わしもかような話は信じてはおらぬが」

ほおーっ、と、内府は太々息を吐く。

「しかし、そのような噂があっては、式部も刑部殿もやりにくかろう」

「いや、お待ちくだされ」

「刑部殿、ここまでよくやっていただいた。あとは、わしに任せよ。わかっておる。こたびの件、主謀者は戸川達安。あ奴を流罪とする」

榊原康政から経緯《いきさつ》は聞いているのだろう。内府の声音はゆるぎない。

「他はとがめなし。ただし、中村次郎兵衛はもはや宇喜多家におれまい。しばし蟄居のうえ、しかるべき頃、他家に移す」

「備前中納言は」

「変わりなし」

内府はあっさりと言い切った。

しばし黙考する。

寛大な処置だ。それで済むなら宇喜多家の痛手は最小限で済む。なにより、秀家殿の身代が保たれるのが大きい。内府に借りができるのは、もはや仕方がない。

しかし、話がうますぎる。そう容易にいくものか。

「戸川達安、応じましょうや」

「任せよ、というておる」

内府はよどみなく言う。

信じていいのか――

やれるのか。内府ならなせるのか。

横で面を伏せる榊原康政を見る。いや、こ奴などなにもやっていない。

「刑部殿、もうよい。いや、よくぞやってくれた。刑部殿にはまだ島津、前田とやってもらわねばならぬことがある。そちらを頼み入る」

内府の声は余裕の笑みを含んでいた。

「前にも言いましたぞ、おのが役を忘れずに、とな」

最後の言葉は重々しく響いた。

その後、内府が介入すると、事は一転した。

戸川達安は流罪を受け入れ武州岩付《ぶしゅういわつき》にて預かり、ほか、浮田左京亮、花房志摩、岡越前らは領国へ戻るという段取りで浮田屋敷を去る。決起衆は武装を解除して、各々の持ち場へと散開。混迷を極めた騒動は嘘《うそ》のように収束してゆく。

わしも、当主の秀家殿も、それを眺めるばかり。大坂、伏見の者は「さすが内府公のお裁き」と囃《はや》した。そこまではまだ良かった。


「戸川、徳川が召し抱えたというではないか」

屋敷にわしを呼び出した秀家殿は、憤激で声を震わせる。

「家康め、これ見よがしに」

その後、伝え聞いた話では、内府は自領に引き取った戸川達安に内々に扶持《ふち》を与えているとのことだった。

「いいところばかり持っていきおったのだ、奴は！」

秀家殿は奥歯を嚙み鳴らす。

そうだ、内府は周到に根回しした。決起衆が心を開きつつあったところで、わしを排除、戸川を籠《ろう》絡《らく》した。戸川は次の道を用意され、内府に従った。

すべては反徳川である秀家殿を下に置くための策謀だろう。

（してやられた）

あの労苦はなんだったのか。いったい、どこからどこまでが仕掛けなのか。

問い質《ただ》したいところだが、榊原康政ももはやいない。上方在番が終わり、関東へと帰ってしまった。

これも内府の仕掛けだ。いいように振り回されている。

今や、皆、内府を見て、仰いでいる。力があれば嘘を真《まこと》にすることもできてしまう。

――力を見せて抑えるんじゃ――

殿下の言葉が、生々しくよみがえる。

「家康の声望は上がるばかりぞ。よいのか、刑部！」

乱の当初より「戸川を斬れば済む」と言っていた秀家殿の怒りはおさまらない。

「中納言殿、今やっと騒動が収まったところ。御家を保てば、また挽回《ばんかい》できましょう」

ともあれ、決起衆は解体された。秀家殿は、今こそ家臣団と腹を割って話し、家をまとめるのだ。

それもできずに内府に対抗することなどできない。

「宇喜多家は内府の力で危地を乗り切ったのです。しばらくは家中の仕置きにご専念を」

秀家殿をなだめるのは苦労する。もはや殿下の後ろ盾はない。どうみても宇喜多は大名家として未成熟。それをわかって欲しい。

「刑部、まさか、おのれも……」

秀家殿の声が疑念でくぐもった。

「いい加減にしてくだされ！」

わしを内府の手先と疑うのか。

「宇喜多八郎殿は、太閤殿下が一門の中で最も愛されたお方。秀頼君を一番に守り立てるのは秀家殿。ここは御家の力を蓄え、秀頼君のご成長を援けるのです！」

そういえば、秀家殿は大きくため息をついて肩を落とす。

やがて、憮然《ぶぜん》とした顔をそむけ、小さく頷いた。

権謀

慶長五年三月十五日、島津家の内乱が終わった。

島津家宿老伊集院忠棟の誅殺《ちゅうさつ》からおよそ一年。この反乱に介入し、力をみせつけたのは、やはり内府だった。

内府は島津の鎮定戦の膠着《こうちゃく》と、豊家から派された寺沢正成《てらざわまさなり》殿の仲裁が難航するのを見て、家臣山口《やまぐち》直友《なおとも》を薩摩へと下向させた。本腰でこの件を裁くという意思表示だった。

内府が動く以上、停滞は御家解体につながってしまう。上方で内府の介入をこばみ、自力での落着を試みていた島津義弘殿は「七、八分の和談でもまず山口殿に頼るべし」と息子忠恒殿に書状を送った。

領国の龍伯公、忠恒殿は、内府の調停案を受け入れた。伊集院忠真は、薩摩頴娃《えい》にて二万石を付与されることを条件に、守り抜いた居城都城を退去した。

時を同じくしてわしは内府に呼ばれ、大坂城西の丸へと向かった。

「おお、刑部殿！」

西の丸は天守の普請が進んでいる。郭に入れば、声を掛けてくる男がいる。

かすむ目をこらせば、男は大きな紙片を持って作事衆の間に立ち、手を振っている。

「藤堂《とうどう》佐渡守殿です」

傍らの五助がすぐ教えてくれる。

藤堂佐渡守高虎《たかとら》。西の丸天守の縄張りをしたと聞いている。この男は、殿下逝去後、とくに内府への傾倒が激しい。しかもあからさまだ。

高虎は、殿下の弟秀長公の寵臣《ちょうしん》だったのを、殿下が直臣として召して大名とされた。

秀長公、殿下に懸命に仕えていた男が、今や内府に忠犬のごとくへつらい、大坂城内に内府の城を築いている。さらにはこの西の丸天守、普請の費用は豊家の金蔵からでている。考えれば考えるほど馬鹿らしい。

「刑部殿もご活躍にござるな！」

わざとなのだろうか。高虎は快活な大声を上げる。

「ともに励みましょうぞ！」

こちらに駆け寄ってでも来そうな気配を無視して、そのまま進んだ。

高虎はわしにすり寄っているのではない。内府に尽くす者に迎合しているのだ。

同類とみられるのは、ごめんだ。


槌《つち》打つ音が響く中を御殿へと上がり、内府と対面した。

上座に内府。一段おりて脇《わき》に本多佐渡守正信が控えている。

「加賀の件でござる」

口を開くのは本多佐渡である。内府は無言。

貴人の言葉は家臣から、とでもいうのか。すっかり天下人気取りだ。

この佐渡など、これまで目立たなかったが、最近やたらしゃしゃりでてくる。

もうわかっている。内府は謀略をなすとき、本多佐渡を使う。

世が動くとき、こんな男が現れる。殿下も天下取りに、黒田《くろだ》如水《じょすい》殿を使った。黒田殿は殿下の意を受け、殿下が言えぬようなことを口にして、相手を手玉に取った。

「前田肥前はいぜん頑なですな」

佐渡は陪臣《またもの》の分際で、豊家年寄りのことを目下のごとくいう。

その後も、前田家は釈明を繰り返している。

内府は許しを乞《こ》うなら、当主利長殿のご生母芳春院《ほうしゅんいん》および前田家家老を人質として差し出すよう要求していた。

事実無根を主張する前田がそれを呑むはずがない。冬の間は一進一退の交渉が続いた。

それでいい――と思い、取次でもそのように導いた。冬、北陸は雪で閉ざされる。万が一、交渉がこじれても、お互い兵は動かせない。

上方では内府謀殺の企ての記憶が薄れている。徳川の捏造《ねつぞう》だから当然のことだ。これを理由に討伐などできないという気運にすれば和議にもってゆける。そう思っていた。

だが、内府は巧みだった。内府、本多佐渡は、血相変えて釈明する前田家臣を「無実なら、いくさ支度するのは何ごと」と突き離した。前田家が万が一に備え、城砦《じょうさい》を整え、兵を募っていることを叛《はん》意《い》である、と決めつけたのだ。もはや、こじつけだった。

なんとかせねばと焦り始めていたところで、この召し出しだ。

「刑部殿、上様は前田家のこと、これ以上長引かせたくない」

言葉はまたも本多佐渡からだ。

「ご譲歩くださるか」

わしは内府に向かって言う。本多佐渡のことなど見る気がしない。

内府は応じない、依然として無言。

「刑部殿」

喋《しゃべ》るのは、あくまで脇の本多佐渡だ。

「いかがでござろう。加賀から人質をとる代わりに、大坂にある前田肥前の奥方、および弟利政《としまさ》殿を加賀に返す、というのは」

「ほう」

予期せぬ申し出だった。

前田利長殿の奥方様、弟利政殿は、前田家が大坂の豊家に差し出した人質。それを返し、芳春院と譜代家老と交換するというのか。

どうせ出していた人質、交換するだけなら、前田家も一考の余地はある。

なによりこれを徳川から申し出るのが大きい。交渉はこれだけ長引き、並行してきた。内府の方から歩み寄るなら、世の心証も変わる。

「この条件にて折衝していただきたい。ただし……」

佐渡はあやしく言葉をためる。

「新たな人質は江戸へ送る」

「なに？」

わけがわからない。江戸は内府の本拠。人質を出すなら大坂。あたりまえのことだ。

「こたびは前田肥前が上様を害さんとしたことが発端、ならば、差し出す先は徳川かと」

「豊家に預けた人質を戻して、代わりに徳川が人質を取る、それはいかがかと存ずるが」

さすがに納得できない。

「刑部殿」

そこでついに内府が口を開いた。

「この件、おぬしに諮《はか》っておるのではない」

威圧的な言いざまだった。

「わしもいくさにはしたくない。ここは譲って、前田家と和談することに決めた」

「しかしながら」

「前田中納言は叛意なしというている。いくさをなくすために、前田家が豊家にだした人質は加賀に戻す。わしは豊家の采配を預かる身。徳川が前田家から人質を預かる。この条件について考えるのは、刑部殿ではない。前田家である」

「な……」

言葉を失い、愕然《がくぜん》としていた。

勝手な理屈。だが、こんな理不尽を堂々といえるのが、今の内府なのだ。

「刑部殿はわが家臣とともに取次をなし、話をまとめよ。そのために、本日呼んだ」

内府は有無をいわさない。

(藤堂高虎なら、嬉々《きき》として受けるのだろう)

どんな横暴でも——そうだ、内府を戴くつもりなら、そうするだろう。

内府はこうして豊家の財を己のものとして、諸侯を組み伏せてゆくのか。

「どうした、刑部殿、受けぬといわれるのか」

本多佐渡が横から口をはさんでくる。

「貴殿のためにもよくないと存ずるが」

季節はもう春。ここで妥協せねばいくさになる。まずは和談にもってゆくしかない。

「かしこまりまして候」

歯を食いしばって、面を伏せる。

本多佐渡が、クスッと笑ったのがわかる。はらわたが煮えくりかえる。

「刑部殿、これで、前田も落着しそうですな。宇喜多騒動も終わり、島津の乱も鎮まり」

話を変えようとするのか、佐渡はそんなことを言い出す。

確かに、昨年閏三月の前田大納言の逝去、七将事件、佐吉の引退からさまざまなことがあった。

いずれも一歩間違えれば、各家取り潰しとなるところをなんとか切り抜けてきた。微塵《みじん》も気が抜けぬ一年だった。

しかし、こやつのそんな感慨、聞きたくもない。言葉はすべて策謀絡みだ。

「上様もかねがね言っておられる。さすが刑部殿の力は大きい、と」

（えらそうに）

恐悦至極、とでも言わせたいのか。

「上様は刑部殿の加増を考えておられますぞ」

クッ。

笑ってしまった。それで懐柔しようというのか。

加増、その禄、所領はどこからでる。まさか徳川領からではあるまい。

内府は他にも、細川家、森《もり》家と大名を加増するとし、各地の豊家蔵入り地を大名に与えている。そのすべての発案は内府がなし、内府が許諾し、印判を押す。

（この盗賊どもが――）

もはや応じる気もしない。

わしは無言で座を立っていた。

この条件を前田家は前向きに受け入れ、交渉は和平へと動き出す。

本来、大坂に差し出す人質を江戸へ。しかも豊家年寄り衆の前田家が、当主ご生母と譜代家老複数を出すという前代未聞の出来事は、日の本の大名を震撼《しんかん》させることとなる。

諸侯は知った。もはや忠節を誓う天下人は内府なのだ、と。

だが、この件はそれを天下に知らしめるだけのものではなかった。

なぜ、内府が条件を曲げても前田家との交渉を切り上げようとしたのか。

それには理由があったのだ。

破局

会津中納言に謀反の動きあり――

そんな噂は、やや時期を遡《さかのぼ》った二月、宇喜多騒動が落ち着いた頃からちらほらと耳に入っていた。

「兄上、まことにござろうか」

大学が聞いてくる。

「会津は本拠とする新城を築く傍ら、諸方の出城を修築し、八方の道を均《なら》し、国を挙げていくさ支度をしている、と」

大学は問いを重ねる。ことはそれほど重大なのだ。

「上杉中納言は殿下ご逝去後はじめて領地へ戻られた。国を整備するのはあたりまえだ。上杉ほどの大家の国替え、大仕掛けとなる。騒ぐことではない」

「讒訴《ざんそ》する者もおるとか」

「おろかな」

わしは上杉家の取次役。誰よりも上杉を知っている。

昨年八月、景勝殿、直江山城主従が帰国してからも、上杉と内府は書状を交わしている。正月、会津から年賀使も上洛し祝詞《しゅうし》を述べた。その仲は良好だった。

そもそも、景勝殿は中央の政争に興味がない。内府に抗する理由がない。

しかし、加賀前田の件もある。火のなきところに立つ煙こそ怪しい。なにより、讒言者ありとの噂が気になった。

わしは、奉行の御用部屋に、増田長盛殿、長束正家殿を訪ねた。

佐吉、浅野弾正が抜け、前田玄以殿は、京伏見を担当している。奉行で大坂城にあるのは、今やこの二人のみだ。

「知らぬよ、刑部」

増田殿は淡々と言った。横で長束殿が首を振って口を開く。

「刑部、我らが是といおうと、明日それが非となる。もはやなにが起こるかわからぬ」

長束殿は耳を塞《ふさ》ぎたいといわんばかりだ。その様は豊家奉行衆の苦衷を表している。

「刑部、内府か徳川衆に聞いた方が早い。おぬしなら聞けるだろう」

増田殿は投げやりだった。思考することを放棄している。これでは能吏《のうり》も意味がない。

(内府になど聞けるか)

上杉が公儀に逆らうなら、相手は徳川。奴らが真を話すとは思えない。

わしが明かさねばならない。上杉を追いやるわけにはいかない。

その後探っても、会津の件は判然としなかった。しないまま、わしは加賀との取次に忙殺された。

そして、四月末、ついに内府と加賀前田家との和議交渉が、合意をみた。

芳春院と四人の前田家家老が加賀から江戸へ送られ、大坂の前田中納言の奥方様、実弟利政殿は加賀へと戻る。これにて、徳川と前田は和を結んだ。

あとは段取りだった。やっと成った和議を壊さぬよう慎重を期して行わねばならない。なにせ、前田家の国母と四人もの譜代家老が遠路江戸へ赴くのだ。大坂の人質の送り出しと、先方からの受け入れ、沿道の大名衆への通達など、その手配は煩雑を極めた。

そんな中、突然だった。上方に残る大名諸侯が、大坂城西の丸に集められたのは。


「いったいなんの呼び出しか」

皆、怪訝そうに首をひねる中、わしも大学と共に西の丸御殿の大広間へと入った。

「舅《しゅうと》殿。おお、大学殿もお久しゅう」

後方から呼びかけられる。声でわかる。真田《さなだ》信繁《のぶしげ》殿が腰を上げている。

信繁殿が「こちらへ」と誘《いざな》う隣に、わし、大学、と座る。

「左衛門佐殿は、信濃《しなの》へ戻らんのか」

「舅殿、それがしはもとより真田から豊家に出された輩《やから》。今や、豊家の近侍衆でございます。帰るのはここ、大坂ですよ」

相変わらず、くったくのない声にいやされる。

「安房《あわ》殿は帰ったのだろう」

「父は、それはそれは、喜んで」

安房殿はかねて「大名など土地と民とともにあってこそ」と笑っていた。そんな老策士が小躍りするように領国へ帰る姿が目に浮かぶ。

「兄も沼田へ。真田のごとき小身代ではやることがありませぬから」

上方など気を遣うばかりで得るものがない。彼らは生粋の国人大名なのだ。

「舅殿は相変わらずご多用の様子。徳も案じております。無理をされているのではないですか」

「なんの、体は動く。目が見えぬのも慣れたさ」

「お体、だけでなく」

信繁殿は身を乗り出し、声をひそめる。

「わが父など、真田と上田《うえだ》の民のことしか考えておりませぬ。同じほどの身代でも舅殿は豊家のご重役、背負うものが大きい」

低めても信繁殿の声は涼やかだ。

「大谷家は大学がしっかりまとめている。おかげでわしは好きにやっておる」

「またあ」

信繁殿の声が明るく跳ね上がる。

「忘れずに。私は舅殿の味方です。時には頼ってくだされ」

「かたじけない」

よい婿《むこ》を持った。だが、これは己が選んだこと。佐吉の分もやらねばならない。それが、わが宿命だ。

「ところで」

信繁殿は胸中の懸念を吐いて気が晴れたのか、話を変えた。

「舅殿、本日はなんの呼び出しでしょうか」

「聞いておらぬ」

「舅殿が聞いておられぬ……良いことの気がしませんな」

そうだ、そう思う。これまで内府が大名衆を召喚するとき、わしは増田殿、長束殿と共に事前に呼ばれ、その主旨を聞いていた。それは、あたりまえのこと。内府がいかに力を得ようと、大坂城内で公儀をおこなうのに豊家を無視するわけにはいかない。

だが、今日はなにも聞いていない。増田殿も長束殿もしかりだ。

怪しく胸が騒いでいた。これから、なにが始まるのか。

奥の襖《ふすま》があき、内府が現れれば、広間は粛然とする。内府はそのまま進み、上座にどっしりと座った。

「おのおの方、ご参集、ご苦労にぞんじまする」

脇座の井伊直政が朗々と唱えだす。

その居丈高《いたけだか》な声音に、胸中の不安が膨張する。

「さて、かねて加賀前田家と組んで謀反の噂ありし、会津中納言上杉家」

目を見開いていた。こいつ、いきなり、なにを言い出すのか。

「その後も再三の上洛の命にもかかわらず、領国に籠り、城を築き、四方の入り口を固め、兵を募っている。これにつき、当方よりその事情を尋ねる使いと書状を出したところ、昨日、先方よりその返書が戻った」

では、と直政が振り向けば、奥脇の襖があき誰かが入ってくる。

もはや彼方は見えない。その者が坊主頭で、肩から袈裟《けさ》を垂らしているのはわかる。どうやら僧侶《そうりょ》のようだ。

「誰だ？」

横に座る信繁殿に聞いた。

「西笑承兌《さいしょうじょうたい》殿です」

「！」

驚愕《きょうがく》で言葉もでない。

承兌殿は大事そうに持ってきた巻紙を、直政に差し出す。

「当方からの書状は承兌殿の筆にて出した。承兌殿からは懇切丁寧に、上杉中納言には不審を晴らすべく上洛を、と依頼していただいた。して、上杉家直江山城守が戻してきた書状がこれである」

直政が、バサ、と長巻の書状をひらめかせた。

「長文ゆえ、主な中身をお伝えする」

承兌殿は直政の傍らで平伏する。この場の証人、ということだろう。

「まず、会津について妙な噂が流れ、家康が不審に思うのは当然なことながら、京、伏見とて、不穏が続いている、会津は遠国なので仕方ない、お構いなく、と始まっている」

弁舌巧みな直政は、時折書状に目を落としつつ、歯切れよく述べる。

「続いて、景勝が逆心なきことをしめす起請文をだすなど不要。景勝が上洛せぬ、逆心あり、とは讒言者が申すこと、これを質《ただ》すことなく逆心と思われるのは、ただただ不可解、それを調べもしないなら家康にこそ表裏あり、と、書いている」

直政の言葉が続くたび、承兌殿は相違なしとでもいうのか、ゆっくり頷き続ける。

「武具を集めているといわれているが、武具を揃《そろ》えるは武士のたしなみ。道や橋をつくっているというが、領国を整えるのは領主の心得。もし、天下に逆心を企てるなら国境いを塞ぐが、十方に道を作って敵が攻め来っては一方の防ぎもままならない。まったくいくさを知らない無分別者の言い分。いっそ使いでもよこして、とくと検分あれ、と続く」

間違いない。これは挑発文だ。直政は謡《うた》うように続ける。

「讒言者の報告をそのまま受け、逆心ないところをあると決めつけ、上洛がなされないように仕組まれているのではどうしようもない。なのに家康は上洛せよという。このまま在国しても、太閤殿下の遺言にそむき、秀頼君も見放し、家康には不首尾を行うことになる。だが、こちらから兵を起こして天下をとっても悪人の誹《そし》りを逃れることはできず、末代までの恥辱となる。こんなことも考えずに、なぜ、逆心を起こすことがあろうか！」

直政はもう書状を見ていない。そらんじている。

その口舌が巧みなのか、文言が真に激越かつ流麗なのか。ひょっとして、この書状は承兌殿が改ざんしたのではないか。いや、これこそ、直江山城ならではの筆致なのか。いつしか、驚きも慄《おのの》きも呆れも通り越して陶然とし、鳥肌すら立っている。

（そうか）

内府は、承兌殿も抱き込んだ。殿下が愛用した万能の高僧を利用して、上杉を糾問し、直江山城の檄文を引き出した。そして、本日、上杉の宣戦布告を明らかにさせた。

直政は一度、大きく深呼吸して、弾んだ息を整えた。

「追而書《おってがき》にはこうある。内府は近々、奥州へ下向されるとか、すべてはお目にかかって承らん！」

いざ、戦わん、だと――

心の臓に矢を突き立てられたような衝撃だった。

あとは、静寂。

一同、しわぶきひとつでない。

誰一人として動く者はない。時折、固唾《かたず》を呑む音が響き渡るようだった。

やがて、皆これ以上耐えられぬ頃を見透かすように、内府が口を開く。

「わしは、今年、五十八になるが、この年までかように無礼な書状を見たことがない」

低く始まった声音に徐々に力がこもり、荘厳となってゆく。

内府は立ち上がる。ずい、と歩みより、直政からその長い書状を受け取るや、両手を添え、勢いよく破った。

「会津上杉の叛意は明らか」

仁王立ちして、言い放つ。

一同、一斉に平伏する中、わしは震えている。

目は見えぬ。すべてはおぼろだ。だが、このような光景、かつて見た。

上杉からではない。これは内府の宣戦布告なのだ。

徳川は上杉造反の噂の出どころを極限まで隠し、今日の場を設けた。

「直江山城の望み通り、わし自ら会津に攻め入り、上杉を征伐してくれん」

だめだ！　立ち上がろうとついた右手に手をかぶせられた。

信繁殿がわしを見て、小さく首を振っている。

わかる、ここで立ち上がってはいかぬ。わしが反論してどうなる。耐えろ、耐えてやれることを探せ。だが、これは――

「いくさである！」

内府は叫ぶ。あの日、殿下がされたように。

かすむ内府の立ち姿に殿下が重なっている。

そうだ。あの唐入り、朝鮮の陣。偽りの講和、西笑承兌、雄叫《おたけ》びをあげる殿下。

「なお、この件、会津の隣国越後堀《ほり》家からの申し出、上杉家より出奔した藤田能登守《ふじたのとのかみ》からの訴えからも進言をえており……」

井伊直政が続ける声が、異国の音のように遠く響く。

わしは、その場で、愕然と佇《たたず》んでいる。

震える指を必死に握りしめる。

全身にびっしょりと汗をかき、大きく肩で息をしていた。

崩壊

大学と信繁殿に抱えられるように広間を出ながら、頭が混沌《こんとん》としていた。

内府は、上杉を敵としていくさを起こし諸侯を束ね上げる。日の本すべての大名に参陣を呼びかけ、命を捧げるかを突き付ける。これぞ戦国叩き上げの内府のやり様だ。

そうと知れば、加賀前田家の件もだ。

内府は、前田を先に片づけた。前田と上杉両方を敵に回すと厄介。だから人質を取って先に前田を抑え込んだ。矛先を上杉に変えるべく根回しをしたのだ。

（やらせてなるか）

どうすれば、止められるか。

季節は盛夏に向かっている。加賀との折衝のように雪が時を稼いでくれない。

景勝殿へ書状を送るか、と思った。

——上杉には神がいる——

殿下の声がよみがえる。神を奉じるごとく義を重んじ、不義を憎む上杉。いざ戦うと決めれば、滅びを恐れない。内府の不義がきっかけのいくさなら、受けて立つに違いない。

（容易に覆せない）

そもそも書状の往復にも時を要する。その間も内府の段取りは進む。

そうだ。この件は、まだ秀頼君への奏上がされていないはず。公儀とするなら形だけでも年寄り衆の同意を得て、奉行から奏上せねばならない。

奉行衆はあてにならない。ならば、宇喜多、毛利の二人の年寄り衆をもって止められぬか。せめて時をかせげないか。

（とめる）

その念だけで気を保ち、這《は》うように下城した。

屋敷に戻れば、客がある。

「明石掃部様のご家来衆、と」

秀家殿が上杉討伐の件を聞きつけての相談か。いや、ならば、秀家殿が直に呼び出すはず。また胸がざわつく。

「火急かつ重大な用件ゆえ、口頭にてお伝えします」

初顔の明石殿の使いはわが前で平伏し、咳《せ》き込むように始める。

「領国にて謹慎していた岡越前、花房志摩らが、出奔いたし候」

「なんだと」

横面を張られたような衝撃だった。収まったはずの御家騒動が再発したというのか。

「宇喜多家中は先を上回る騒動となっております。わが主明石掃部頭が見るに、岡らの出奔には、先に戸川達安を徳川が召し抱えたということが多きに作用している模様。あるいはこれこそ、内府の謀ではないかと」

宇喜多屋敷にゆかねばと腰をあげかけたところを「しかるに」と使者は両手を振り上げる。

「備前中納言様は、刑部様ももはや信じられぬと激しくご立腹。ここはひとまず掃部頭が事の仔細を探る所存。追って報じますゆえ、刑部様にはしばらく当家への出入りをお控えくださいますように」

浮かせかけた尻を落として、虚脱していた。

先の戸川達安も含め、宇喜多勢を率いる侍大将の過半がいなくなった。

これでは、内府をとめるどころではない。肝心なときに、宇喜多家は中身なき伽藍堂《がらんどう》になってしまった。

（なぜ、こうなった）

あのときのことを思い起こしてみる。

榊原康政が仕掛けたのか。あ奴こそ、わしの目付け役だったのか。そして、わしを謀って逃げたのか。

（いや）

榊原など走狗《そうく》にすぎない。内府は宇喜多家の騒動に介入し、戸川達安を籠絡《ろうらく》してひとまず騒動を抑え込んだように見せた。だが、たらされたのは、戸川だけではない。その他家臣にも言い含めてひとまず帰順させ、来るべきとき一気に造反させた。

年寄り衆の中でもっとも手ごわき上杉を滅ぼすとき、もう一人の反徳川派宇喜多を骨抜きにしたのだ。

（内府めが）

周到すぎる。すべては徳川内府、奴の策謀だ。

「兄上。これは……」

大学も横で苦悶《くもん》の声を漏らす。

「大学、内府はな、七将を操り佐吉を追い、毛利を下座に置いた。前田家に濡れ衣を着せ、浅野弾正を味方に引き込んだ。御家騒動に介入し、宇喜多家を四分五裂させた！」

大学が言葉を失う前で、激しく言う。

「そして、上杉を挑発し立ち上がらせ、豊家の名のもと諸侯を率いて滅ぼす。対抗する者を薙《な》ぎ倒し従う者のみ引き上げ君臨する。もはや内府に物言える者はいなくなる！」

首を大きく振り、唾《つば》を飛ばして言い放つ。

ははっ
なぜか、笑いがこみ上げてきた。

わしはなにをやってきたのだ。

そうだ、内府はわしを使って豊家を崩してゆく。徳川家臣がなせぬこと、いえぬことを豊家譜代のわしに言わせ、諸侯を手玉に取る。

耐え、知恵を絞り、使える人脈を駆使して動いたつもりだった。

しかし、それもただの徒労。内府からすれば使い勝手のいい、駒の一つ。労せず獲物をとってくる、猟犬。

ハハ、ハハハハハッ
わしが、佐吉に代わって豊家を守らんとした大谷刑部が、内府の犬。

なんとも、滑稽《こっけい》だ。天井を見上げ、腹を抱えて笑っている。

「兄上、落ち着いてくだされ」

大学がのぞき込んでくるのを、ろくに見えぬ目で見返す。

「大学、わしはいったいなにをしてきたのか」

わしは真の盲《めしい》だ。周りも見えず利用され、筋違いをなす愚人だった。

ダン！　と畳を両手で叩いていた。

面を伏せ、前のめりになる。

くくくっ
くぐもった声で笑う。

「あ、兄上」

大学がすがってくる。が、わしの笑いはとまらない。

ダン、ダン、と畳を叩き、笑う。

ああっはっはっはっ
笑う。ただ、笑うしかない。

そのとき、真に錯乱しかけていた。

阿弥陀《あみだ》が峰《みね》

数日後、わしは京を目指し、大坂屋敷を出た。

先に使いを都の所司代を兼ねる前田玄以殿に出している。

名目は殿下の墓参。供は、五助、新吉、他は馬の口取りと小荷駄担ぎが二人だけ。

あれからほとんど眠れていない。

妄執のみが頭を渦巻いていた。上杉を、宇喜多を、豊家をなんとかせねば。未練たらしくもわしはまだ、なすべきことを探していた。

だが、なにも浮かばない。思考がもやもやと形になりかけては、消える。

疲弊した心身と逆に頭は冴《さ》え、眠りに落ちることはない。

夜明け前に薄い眠りが訪れると、闇に誰かの顔が浮かび、苦悶の声を上げ目を覚ます。まるで何かに憑《つ》かれたようだった。

そして——上半身が熱を発し、脇腹から肩にかけて始終虫が這うごとき悪寒に襲われるようになった。

これは、病だ。あの病がまた始まる。無理もない。過度の気鬱《きうつ》と体の酷使が続いている。

この苦境、目も見えぬ中、病に肌を侵されるのか。

（しまいか）
わがこの世での役目も――そんなことが頭に浮かんでいた。

都の所司代屋敷に一泊。早暁、東へと向かう。

阿弥陀が峰――殿下が眠る霊山が明けきらぬ空に黒々とそびえている。

麓《ふもと》の太閤坦《たいこうだいら》に、豊国 社《とよくにのやしろ》が真新しい煌《きら》びやかな殿舎を連ねている。玄以殿の計らいで社僧が出迎えるのを謝絶して、山上へと向かう。

山は朝霧に覆われ、上方は真白き霧の中にある。夢幻の宙へ登るかのように、長い石段を登ってゆく。

我が心は虚《うつ》ろで、もはや身中にない。一段、一段、踏んで、ただ登る。五助が手を引き、新吉が後ろについてくる。

朝日は昇っているはずだが、周囲は鬱蒼《うっそう》と樹林が茂り、暗い。衰えたわが目には段もおぼろだった。

時に躓《つまず》き、踏み外しそうになる。五助、新吉の援けを借りて、黙々と登る。

中腹にそびえる唐門《からもん》をくぐれば、廟堂《びょうどう》がある。殿下の御霊《みたま》を祀《まつ》る荘厳な社をくぐって、その裏手へ。

さらに上へ続く石段を登る。

ほどなく、峰を切り開いた場所へ出た。霧が晴れれば、絶景が広がるはずだ。殿下は都を東から見晴るかすこの高台に己を葬るように言い残された。

正面に石塔。その下に殿下が眠っている。

「しばらく一人にしてくれ」

言えば、五助、新吉は無言で下がってゆく。

濃霧の合間から朝日が漏れ、周囲は明るさを増している。

その中で石塔はわしを見下ろすように屹立《きつりつ》している。

前で、地に腰を落とし、あぐらをかいた。

「殿下」

呼びかけ、佩刀《はいとう》を抜き、置く。国行《くにゆき》の太刀、殿下の形見だ。

「紀之介は不肖の息子でございました」

答えがあるはずもない。深々と面を下げる。

「さしたる才も力もない身にもかかわらず自惚《うぬぼ》れ、徳川内府を利して天下をまとめんとして、かえってその勢威を増し、豊家大名衆を窮地に追いやりました」

「きのすけよ」

はっ、と面を上げた。

誰もいない。石塔は静かに佇《たたず》んでいる。

「殿下」

思わず声に出し、衰えた目をさ迷わせる。

「殿下、おられますか」

おるぞ、紀之介――聞こえた。懐かしい声が。

そして見えた。石塔に代わって、あの懐かしいお姿が。

いや、見えるはずがない。ならば、亡霊か、それともわが心の思い出がもたらす幻影なのか。ともかく、そのときのわしには見えた。殿下が、秀吉《ひでよし》様が。

その姿は若く溌剌《はつらつ》としている。近江長浜《ながはま》で初めてお会いしたときの殿下だ。

「紀之介よ、相変わらずじゃな」

殿下はあの頃のように明るく語りかけてくる。

「は」

「おみゃあ、また、しょいすぎたな」

「仰せの通り、身のほども知らずに背負い込みました」

「悔いとるのか」

「悔いております」

「なにを悔いとる」

「拙者がなしたこと、ことごとく裏目にでました。秀頼君を守らんと試みて、むしろ豊家を衰亡させるようなことをしでかしました」

「秀頼のことは、もうええ」

「は――?」

「秀頼は秀頼よ。わしも十分考えて残すものは残した。あとは秀頼がやるわい」

「しかしながら君はご幼少ゆえ」

「幼少で残されたのは、あ奴がもって生まれた運命よ。幼子ゆうても、あ奴は武家の男子《おのこ》。ふさわしき者ならば、家来もついてくる。内府もいきなり秀頼を殺しはせん。わしも織田の三法師《さんぼうし》君は残したぞ。そうじゃろうが、紀之介」

「は」

「内府、あ奴はやはり、やるのう。やるとは思うたが、とことんやるのう」

「は、拙者ごときでは、及びませんでした」

「紀之介が及ばんちゅうても、あ奴ぐりゃあの力があれば、やるわな。わしでもやるわ。いや、紀之介、わしは、やったな」

「やった?」

「そうじゃ、信長様が亡くなって、わしゃあ思った。こりゃあ天下が取れる。取らにゃあ、おもしろくない、なんのために生まれたんか、とな。だから、やった。思いきり知恵絞って、力奮ってな。でなきゃ天下なんぞとれるか。紀之介、おみゃあもやったでねえか」

「私も?」

「そうだ、おみゃあもやった。わしらは織田の幼君担いで、信長様の息子たちやら織田家の者どもをなぎ倒して、天下とったわ。家康はそれを見とった。だからやりたくなったんだろうよ。ああ、あの狸《たぬき》がようやるわい」

「殿下、そのとおりです。内府の手並みは見事です」

「見事ちゅうても、わしの真似《まね》じゃにゃあか。紀之介。おみゃあもわかっとるだろうが」

「は、それは」

「で、紀之介はなにをやった」

「私、ですか」

「おうよ。内府は天下狙いの大仕掛けをやっている、で、おみゃあは、なにを」

「私は、内府の手のひらで踊り、天下取りの片棒を担がされたたわけ者にございます」

「それで、死ぬんか」

「殿下、私は生き過ぎました。このうえは死してお詫《わ》びを」

「それこそ、たわけじゃ」

「――」

「紀之介、おみゃあ、内府に歯向かって立ちゆかねえと、そのままおのれで命を絶つんか。そりゃあ、ただの逃げだで。いうたろうが、逃げるのは自ら負けを選ぶちゅうことじゃ」

「ですが、今や、力も策もなく、我にはなにもありませぬ」

「あるがや」

「なにがありますか」

「よく見てみい」

「もはや、目も見えませぬ」

「あほう。目なんかで見なくてええ。おみゃあはこれまで力振り絞って物事に当たってきたがや。そらぁ、おみゃあ一人でやったんか。共にやった者、見ている者もおるじゃにゃあか。おみゃあは一人じゃねえ」

「一人じゃない？」

「己一人の力は小さいかもしんねえ。じゃが、まだやれることあんだろうが。紀之介、おみゃあの命じゃ、おみゃあがぞんぶん使い切れ。これ以上ねえってほど生き切ってみい」

「私の命を、私が」

「わしのためとか、秀頼のためとか、考えんでええ。大谷紀之介、刑部少輔吉継《よしつぐ》。おみゃあの生き様を飾ってみい」

「殿下――！」


どれだけ、経《た》ったのか。途方もなく長い間にも、ほんのひとときにも思える。

わしは石塔の前で一人佇んでいた。

殿下は来られたのか。疲れ切ったわしに教えをくれたのか。思考は混濁していた。

いや、思えば、その言葉は、わしが日々考え、反芻《はんすう》してきたことではないか。ならば、わしは殿下の幻の前で自問自答しただけなのか。そう思い至って、全身に震えが走る。

そのとき、山上を一陣の風が吹きわたった。

「紀之介！」

ハッ、と石塔を見た。

霧が晴れ、一気に明るくなる。風が周囲の樹間を吹きわたり、葉音が一斉に響き渡る。あたかも軍勢が上げる鬨《とき》の声のようだった。

「百万の軍勢を率いてみよ。きのすけ！」

聞こえた。確かに聞こえた。

「殿下！」

わかった。わかりましたぞ。

殿下が残してくれたかけがえなき形見。

殿下のもとで、殿下のお下知のもと、歩んだ軌跡。

わしが信じ、わしを信じてくれた者たちとの絆《きずな》。それを、今こそ生かすべき。

殿下、やってみましょうぞ。

泉下の秀吉様にも喜んでいただける姿をみせましょうぞ。

背後から二つの足音が近づいてくる。

「五助、新吉」

わかる。振り向く必要もない。

「おん殿よ」「殿」

湯浅五助、島新吉が呼びかけてくる。

「いてくれたのだな」

二人、ハ、と応じる。

「太閤様とのひとときを邪魔するのも無粋でしたが、いつにない様子でしたゆえ」

「湯浅《ゆあさ》殿が殿のもとを離れたくない、と」

言いざまはそれぞれだ。だが、わしを守ってくれていた。

そうだ。なにより、わしにはおまえらがいる。

「五助、新吉、かたじけない」

「殿、水臭い」

五助は荒く鼻息を鳴らして、我が前に片膝《かたひざ》をつく。

「何度いわせるのですか、五助は死しても殿のお傍に」

「もう二度といわせないさ」

即答すれば、五助は、おっと顔を上げた。カハッと嬉《うれ》しそうな笑い声が蒼天《そうてん》に響き渡った。

「殿、湯浅殿」

島新吉もその横にひざまずき、首を垂れる。

「卒爾《そつじ》ながら、拙者も入れてもらえませぬか」

「新吉、むろんだ」

即答。傍らで五助もニンマリ笑って頷《うなず》く。

いざゆこう、共に。

残す。わしが、大谷紀之介が、この世に生きた証《あかし》を。

思う存分、やってやるさ。

仕掛ける

翌日、わしは伏見宇喜多屋敷を訪ねた。

屋敷は、ざわついている。家人たちが足早に動き回る音だけで、この家が今尋常ならぬ騒動下にあることがわかる。

「刑部、すまぬ」

秀家殿は、深々と頭を下げる。

「一月の騒動のあと、岡山《おかやま》に戻るべきだった。さすれば、かようなことはなかった。おぬしの言うたこと、今となれば身に染みる」

その後、騒動の鎮定に奔走する明石掃部殿に諭され、わしへの嫌疑は晴れている。そうとなれば、この若き貴公子は律儀だ。

先の浮田屋敷立てこもり騒動以来、家を出た家臣の禄高を併せると十四万石にもなる。よほど応えたのだろう。

「中納言殿、内府が仕組んだのです」

「あやつ、人の弱みにつけこみおって」

秀家殿の歯ぎしりの音が聞こえた。

「毛利も、前田も、そしてこたびは上杉、やつは秀頼君を丸裸にするつもりぞ……」

「中納言殿」

わしはさえぎった。このお方の内府嫌いを今さら確かめることもない。

「中納言殿は御家を変えたいといっておりましたな」

秀家殿は、む、と小首をかしげる。

「こたびは、まことに良い機会にござる」

「刑部、なにをいう」

「先に配流《はいる》となった戸川の領地は今どうなっておりますか」

「まだ預かりとしておるが」

「良いでしょう。戸川の旧領、こたびの、岡、花房らの所領すべて明石掃部殿に与えましょう」

「掃部に」

秀家殿は息を呑んだ。そうとなれば、明石殿の禄高は十万石を超える。宇喜多五十七万石の中で、占める割合が大きすぎる。

「明石殿は信じられるお方。所領だけでなく執政として政を任せるのです。そのうえで、上方にて幅広く、人を集めさせせましょう」

「掃部は、しかし……」

秀家殿が躊躇《ちゆうちよ》するのもわかる。

明石殿は吉利支丹《きりしたん》なのだ。だから明石殿ほどの者が客分扱いに留《とど》まっていた。

秀家殿とて基督教《きりすと》に傾倒したことはある。だが、殿下の発した伴天連《ばてれん》追放令以来、各家その扱いは難しくなっていた。もともと宇喜多は法華《ほつけ》教徒が多い家。筆頭家老として家を仕切るには明石殿は熱心な吉利支丹に過ぎたのだ。

「吉利支丹でよいではないですか。むしろ受け入れなされ」

む、と秀家殿は言葉を呑む。こたびの騒動で強固な法華教派は家を去った。

「そのほうが明石殿も励みましょう。世ももはや禁教どころではありませぬ。唯才《ただざい》を求めて、家中に呼び込むのです」

戸川、岡、花房といった有能な侍大将の流出も痛いが、なにより痛いのは、おのおの一族郎党まで失ったことだ。猛将に率いられた強兵こそ、宇喜多の大事な戦力。それを補わねばならない。今、吉利支丹は伴天連追放令の余波で野に散っている。これへ門戸を開けば、一気に人を呼び込める。

「わかった。そうしよう」

秀家殿、腹を決めれば早い。

「中納言殿はいったん岡山へ戻り、家来衆をしかとまとめてくだされ。この騒動で残った者たちの誠忠は本物。動揺を鎮め、心を通わせるのです。そして、国元でも人を集める。それが肝要にござる」

「むろんだ」

「あとは、会津征伐です」

「兵をださぬわけにはゆくまいな」

「会津征伐には、先に名代として浮田左京殿を出しましょう」

「なに？」

浮田左京亮は、先の騒動でも首魁の一人だったが、こたびは家に残っている。

(怪しい)

内府が宇喜多に埋め込んだ最後の火種はあ奴のように思える。そうでなくとも明石殿に権限を与えるとなると不満を抱える。これ以上、家を乱す輩をだしてはいけない。

「よいですか、膿《うみ》は出し切りましょう。向後《こうご》、宇喜多家が結束してゆけるよう、打てる手はすべて打ちます。わたしも明石殿とともにやりましょう。人の徴募は、京伏見は玄以殿、ほか畿内《きない》も増田長束の両奉行を動かし、全力で援けます」

「かたじけない」

「宇喜多には強くなってもらわねばなりませぬ。早急に」

力を込めるわが様になにかを感じたのか、秀家殿は声音をさげて、面を寄せてくる。

「刑部、おぬし……まさか」

「中納言殿」

わしはそれ以上言わず、ただ手を差し伸べた。

秀家殿は無言でその手を取る。

強く握り返せば、秀家殿も若い力で応じる。

ぐい、ぐいぐい、と。

熱い握手は続いた。


秀家殿、明石掃部殿はすぐに御家立て直しに着手した。

高名の士を相次いで招集、畿内および国元で大々的な牢人《ろうにん》徴募をおこない、家はにわかに活気を帯びた。

これで、宇喜多はなんとかなる。しかし、手当は継《つ》ぎ接《は》ぎ、実の力は盛時と比べものにならない。

宇喜多だけでは駄目だ。あの家を動かし、迎えねばならぬ。

決意を胸に、わしは、あの男を訪ねた。

「面妖《めんよう》な世の中になったのう」

男は、高いくせにあまり通らぬ声で言った。

目にはおぼろだが、柿《かき》色の法衣《ほうい》の上の禿頭《とくとう》が鈍く光っているのがわかる。

「家康、家康、あの、つまらん男が天下人とは」

安国寺恵瓊《あんこくじえけい》殿はその禿《は》げ頭をゆっくりと撫《な》で上げた。

「太閤死して二年、あれよという間に、徳川の天下が出来上がったわ。あの面白くもない男が大した苦労もせんでのう」

恵瓊殿は不興気に言う。内府と合わない、というより、つながりがない。この人心を見透かす達人にとって、心の見えぬ者ほどつまらぬものはないだろう。

「太閤は面白いお方だったが、死んでしまうと儚《はかな》いのう。なにわのことも夢のまた夢、か。辞世まで巧みよのう。で、太閤がもっとも愛した二人の寵臣も、一人は蟄居閉門、そして一人は今や内府の有能な忠臣ときたものよ」

そのよく回る舌先は昔から変わらない。殿下とさして年も変わらぬのに、絶倫を絵にかいたような男だ。目が見えれば、恵瓊殿の真白き顔は煌々《こうこう》と輝いているのだろう。

安国寺恵瓊、このお方をなんと呼ぶべきか。一言でいえば、毛利家の外交を担う使僧《しそう》だが、そんなことでは片付かない。毛利一門の相伴衆《しょうばんしゅう》であり、当主輝元《てるもと》殿の諮問《しもん》に応ずる相談役、陰で家を動かすほどの存在。さらに、主家とは別に封禄を得ている大名でもある。

出家どころか、浮世の表裏を舌先三寸で操る物《もの》の怪《け》。いわば、怪人だ。

「して、なにか用か、刑部」

官名で呼び捨てられても、なんの不快もない。豊家奉行だった頃もその博識と硬軟自在の口説に翻弄《ほんろう》された。わしなど、この怪僧から見ればただの若輩だ。

「瓊長老《けいちょうろう》」

そう呼びかければ、恵瓊殿は、む？　と反応する。

「毛利家以外でそのように呼ぶ奴はおらなくなったのう」

声音がやや乾いていた。かつて、殿下と毛利家を繋《つな》いだ恵瓊殿の威勢はすさまじかった。それこそ、我ら奉行衆など、ひざまずいて教えを乞うた。そのぶん、殿下の死と内府の隆盛での凋落《ちょうらく》は甚《はなは》だしい。

今や、「毛利の生臭坊主」と吐き捨てる者すらいる。

「昨今、長老と初めてお会いした頃をよく思い出しまする」

「ほお」

恵瓊殿はまろやかな声で応ずる。

「本能寺《ほんのうじ》の一件からの殿下と毛利の駆け引き。あの痺《しび》れるような日々が忘れられませぬ」

「ほうほう」

備中高松《びっちゅうたかまつ》の水攻め。あのとき、殿下と毛利は水に浸《つ》かった高松城を挟んで睨みあっていた。そこに、信長公横死の報が飛び込んだ。

「あの備中で殿下の天下取りが始まりました。瓊長老はその手綱を握っておられた」

「そうじゃろう」

恵瓊殿の発する気が和らいでいる。機嫌がいいのだ。

「信長の代、五年、三年は持たるべく候。明年あたりは公家《くげ》などになるべく候かと見およびもうし候。さ候て後、高ころびに、あおのけに転ばれ候ずると見えもうし候……」

克明に覚えている文言をそらんじてみる。

「……藤吉郎《とうきちろう》さりとてはの者にて候」

あまりにも有名な、恵瓊殿が記した書状の一文だ。

信長公が畿内を制さんとする頃、使いとして上方を訪れた恵瓊殿は、国元への報告にこう書いた。信長公の天下と突然の死を予知し、その後の殿下の立身を言い当てた。見事な慧眼《けいがん》、神のごとき予見だった。

殿下と毛利が和を結び、輝元殿が上洛したとき、この書状の件は大いに話題となった。殿下は毛利を厚遇するだけでなく、出家の恵瓊殿に伊予《いよ》で六万石もの所領を与えた。

ふむ、ふーむ、と恵瓊殿は満足そうに吐息をもらした。そして、

「刑部、おぬし、何が狙いじゃ」

と、声を低くした。さすがの明察、たやすく御せる相手ではない。

「おぬしは今や内府の股肱《ここう》じゃ。また、わしを丸め込んで安芸《あき》中納言を動かすつもりか」

七将騒動のとき、わしは輝元殿を宥《なだ》め、毛利を止めた。毛利家中でも穏健派の兵部元康《ひょうぶもとやす》殿を巻き込み、内府に詫びを入れさせた。

そして、今日は恵瓊殿のもとへ来た。

輝元殿は援ける者によっていかな色にも染まる。今、必要なのはこの恵瓊殿だ。

「長老、拙者、毛利はあのとき動かずよかったと思っております」

「そりゃ、おぬしがそうせよ、と言うたのだからなぁ」

恵瓊殿はまた不機嫌になる。

「まあ、たしかに、あれは拙速じゃった。これはわかる。わかるが、おかげで、治部少を追いやり、内府からは見下されることとなった。その後はすっかり内府の思うままよ。中納言は花押を書き、印判を押すだけに成り下がってしまわれた」

あのとき動けば佐吉と共に毛利はつぶれた。それをわからぬ恵瓊殿ではない。

「中納言は涙までこぼされてな。すっかり萎《な》えてしもうた。して、こたびは憎くもない上杉を討つべく、兵をださねばならん。くだらんな」

輝元殿は、豊家年寄り衆としていよいよ天下の政に参画というときに、内府に屈した。

そして、この恵瓊殿。信長公の死で機をとらえ、殿下と組んで毛利を伸《の》し上げた。毛利が巨大になった陰に恵瓊殿あり。その主家が圧迫されている、面白いはずがない。

「で、内府の言葉でも持ってきたのか、刑部」

「長老、では、毛利は内府の会津攻めに従う、と」

「そうせねばなるまいて」

「内府に従う、と？」

「刑部、おぬしがそうさせたのではないか」

くどい、とでもいわんばかりだ。

「あのときはまず毛利を残すことが肝要でした」

淡々といえば、恵瓊殿も「まあ……」と言葉をためる。

「まあ、残ったわ」

「しかし、内府は執拗《しつよう》なお方」

恵瓊殿は黙る。我が様子に何かを感じ、言葉を待つ。これが怪僧の駆け引きだ。

「瓊長老、内府は上杉を討つ。これで終わりと思いますか」

重ねれば、恵瓊殿の沈黙はさらに重く、深くなる。

殿下死後の混乱も、この上杉征伐が大きな節目となる。

上杉百二十万石が滅びれば、内府の力は極大化する。毛利百二十万石といっても安穏としていられない。内府のやり口なら次は毛利だ。かつて、殿下が関東北条を滅したあと、内府を江戸へ追いやり、信長公の息子信雄《のぶかつ》を改易したように、必ず動きがある。

「これ以上の忍従を、安芸中納言は耐えられましょうや」

輝元殿は大器とはいえない。が、ないゆえの意地がある。父祖伝来の山陽《さんよう》の地からの国替えなど耐えられないだろう。

恵瓊殿は無言。そうだろう。まだわしも手の内を見せていない。

「上杉が立ち、内府は北へ向かう。内府が上方を空けるのに、大坂にいればいらぬ疑いを受けるやもしれませぬ。安芸中納言は、内府出陣の前に広島《ひろしま》へ帰るべきです。安芸にて兵を揃え出陣支度をする。毛利総勢をもって」

「総勢じゃと？」

恵瓊殿は探る様に繰り返す。

「瓊長老は上方に残られ、豊家との繋ぎ役をされると良いのでは」

「刑部、おぬし」

「長老、さきの騒動は、時期尚早《じきしょうそう》。ならば、こたびはいかがでしょうか」

毛利が飛躍するならここ。いや、これが最後の機会だ。

ふむ……と恵瓊殿は顎をなでる。なお、思い淀んでいる。

「しかし、出雲侍従《いずもじじゅう》がのう……」

「吉川《きつかわ》殿辺りは、先に会津へ出してしまえば」

即答すれば、恵瓊殿はクハッと笑った。

出雲侍従吉川広家《ひろいえ》殿と恵瓊殿は犬猿の仲。とかく諍《いさか》い話が絶えない。内府派ともいえぬが、恵瓊殿からすれば邪魔だろう。

「ほほお……」

恵瓊殿は、やられたとばかりに、禿頭を叩いている。極論だが、愉快と感じてくれたようだ。家を変えるならそれぐらいの衝突はある。この怪人が知らぬはずがない。

「そりゃ、中納言のご威勢は天にも昇るのう」

恵瓊殿が悦に入ったのを感じる。さすが主家を伸し上げることを至高の愉悦とする野心家。はや策を練り始めたのだろう。

いい。毛利が来るなら総大将として迎える。でなければ、あの輝元殿、そして恵瓊殿が動くはずがない。

「ところで、長老」

場が和んだところで、畳みかける。

「佐和山はそろそろよい時候でしょうな」

問えば、恵瓊殿の笑いがクッとくぐもった。

知っている。この怪僧が佐吉と格別に仲が良いことも。恵瓊殿は内密に佐和山と書状を交わしている。間違いない。

恵瓊殿はふーと鼻から息を吐いて、禿頭をなであげる。

「刑部」

その顔がにんまり笑み崩れたように感じた。

「おもしろくなるのう」

自信満々のその声を聞いて、思い出す。

かつて、殿下はわしにささやいた。「紀之介、ありゃ、あとから作ったくせえぞ」と。言いながらそれをおくびにも出さず、恵瓊殿と談合して毛利を降《くだ》した。

殿下は「ええか、世を変えるときゃ、ああいう役の輩がでてくる」と目配せして、「それを呑みこむのが大将の器ってもんじゃ」と、笑った。

今、思わず、問いたくなった。

——瓊長老、あの書状、真に信長公存命時に書いたのですか——と。

真田の嫁

増田、長束、前田の豊家三奉行が諫止《かんし》すれど、内府が止まるはずもない。

六月二日、内府は大々的に会津征伐の陣触れを行い、続いて六日、大坂城西の丸にて大評定を催し、会津攻めの配置を決めた。

攻め手は、会津北の米沢《よねざわ》口から出羽山形《でわやまがた》最上義光《もがみよしあき》と仙北《せんぼく》の諸大名、北東の信夫《しのぶ》口から陸奥《むつ》岩出山《いわでやま》伊達政宗《てまさむね》、南東の仙道《せんどう》口から常陸《ひたち》水戸《みと》佐竹義宣《さたけよしのぶ》、西の津川《つかわ》口からは、和を結んだばかりの加賀前田利長殿が攻め入ることとなる。

ちなみに、加賀からの人質は五月十七日に金沢を発し、江戸へ着いている。前田家を完全に従属させてのこの動き、内府はどこまでも周到だった。

総大将の内府、息子秀忠《ひでただ》は、豊家大名を率いて南の白河《しらかわ》口から会津を攻める。大坂出立は、六月十六日と決まり、出陣に際して、秀頼君から兵糧《ひょうろう》二万石、黄金二万両が下賜されることとなった。

これにて会津征討は名実ともに豊家公儀の仕置き、内府は秀頼君名代として豊家大名を率い、賊である上杉を討つと天下に知らしめられた。

会津陣の攻め手も決まり、諸大名は一斉に出陣支度に取り掛かる。

いったん国へ帰り、兵を率いて出る者、名代に兵を出させ途上で合流する者、諸侯はその支度と差配に追われ、上方は騒然としていた。

大谷勢は弟大学が率いて参陣せよとのお達しだったが、わしは従軍を乞い、許された。

大学は先発し、敦賀で兵を揃え出陣する。わしもあとから合流する。

出立前、わしは、大坂真田屋敷へと使いをやり、娘の徳《とく》を呼んだ。

「父上、叔父上、お久しゅうございます」

凜《りん》と通る声が心地よかった。

大坂住まいとはいえ、徳と合うのは実に久しぶりだった。

徳は、左衛門佐《さえもんのすけ》信繁殿の妻だが、真田の本拠信州《しんしゅう》にいったことはない。ずっと伏見、大坂暮らしだ。

徳だけではない。今、真田家の妻女は皆、大坂に屋敷を連ねて暮らしている。こたびの会津陣でも大坂留守居、すなわち、豊家への人質だ。

ただ、先日、内府の計らいで、信繁殿の兄伊豆守信幸《いずのかみのぶゆき》殿の妻子のみは、伊豆殿の所領沼田《ぬまた》へ帰ってしまった。伊豆殿の妻は、徳川家臣本多忠勝の娘。別扱いとして伊豆殿に恩を売り、真田を割く。内府らしいやり口だ。

「目の具合はいかがにございますか」

徳は、わしを気遣ってくる。

「大事ない」

そう答えたが、目は日に日に悪くなっている。徳の顔も白くぼやけるばかりだ。

隣に大学がいるが、その姿もおぼろだ。もうじき失明するだろう。

そして、肌もだ。脇から胸にかけて赤く変色し、爛《ただ》れが始まっている。あの病が体を蝕《むしば》み始めたのだ。

「左衛門佐殿は無事発《た》ったか」

「はい」

信繁殿は、父安房守昌幸《まさゆき》殿の与力として会津へ出陣する。上田で合流するため、先日、出立している。

「お徳も寂しかろうな」

大学が横から言うが、徳は「いえ」と首を振り、

「私は武門の娘、真田左衛門佐の妻にございます。離れても殿の支えとなるよう精いっぱいつとめます」

健気《けなげ》な声音に、フッと微笑をもらす。見えぬが、その顔はさぞ気負っているのだろう。強くなった。わしが憶《おぼ》えている徳はまだ少女、嫁に出すのが心もとないほどだったというのに。

「そうだ、徳、しっかりな」

わしがいえば、「はい」と気丈に応じる。

「安房殿からはなにか言ってきたか」

「いえ、上田も出陣支度にご多忙にございましょう」

そうか、と頷き、

「では、わしから一つ、頼みがある」

懐《ふところ》から一通の書状をつかみ出す。

「安房殿への書状を頼む。徳が上田に陣中見舞いを送るのに交ぜて届けさせてくれ」

差し出せば、徳は両手で受け、そのまま沈黙する。

妙な願い、と思うだろう。書状ならわしから直《じか》に出せばいい。そして、信繁殿にではなく、義父安房殿への書状。そう、明らかにおかしいのだ。

書状の中身――むろん、挙兵についてだ。

真田安房守は立つ。特に語り合ったわけではないが、確信めいたものがある。

安房殿の生き様がそう言っている。武田《たけだ》、織田、上杉、北条、徳川、そして豊臣《とよとみ》。列強の中を泳ぎ、乱世を渡って来た。殿下の統一なくば、内府とも戦い続けたはず。豊家なくして、真田と徳川の両存などないのだ。

今、上杉が北で立ち、内府は南から攻める。信長公死後の動乱、天正壬午《てんしょうじんご》の乱とまるで同じだ。上方がどうの、豊家がどうのは二の次。かの策士がおとなしくしているはずがない。ならば、来るべきとき、安房殿と心を合わせ、会津と上田と上方で内府を囲む。そのためにこの手紙《ふみ》を書いた。

この件、信繁殿にも告げるか、とも思った。

だが、言わずにおいた。先日、我がもとに暇乞《いとまご》いに来た信繁殿には、

「左衛門佐殿はかつて言われたな。己はもはや真田を出た、と。おぬしにも家があり、家来がいる。己が愛するものを見極め、ゆく道を決めよ」

こんな風に言っただけだ。

「武運を祈っている」

わが言葉に信繁殿は頭を深々と下げた。

「舅殿も」

最後の言葉は、胸に強く残った。

去りゆく信繁殿の背を見て思った。彼も、わしの言葉を待っていたのではないか、と。

だが、信繁殿は、わが婿であるとともに、真田の息子。安房殿のことだ。伊豆殿も交えて存分に話し、決めるだろう。

そして、徳からこの書状がゆく。これは、いざとなれば、上方に残る真田の妻女は任せよという、わが意思だ。

安房殿なら、すべてわかる。そして信繁殿もわかってくれる。そんな思いも込めて書状をしたためた。


徳はそんな曰《いわ》くつきの書状を摑《つか》んだまま固まっている。

「徳よ、中を見たいか」

呼びかければ、徳はハッと面を上げた。

「見たければ見てもいい」

徳が生唾を呑み込む音が聞こえた。この娘も薄々書状の中味を察しているのか。

ふーっと、横の大学が息を吐く音が響く。緊迫が伝播《でんぱ》している。

「いえ、父上」

徳は強く応じた。そして、書状を懐にしまい込む。

「これは、父上が真田安房守へと宛《あ》てた書状、ならば、私はこれを送るのみです」

その懸命な声に、わしは会心の笑みを浮かべていた。

「あとは、わが夫が決めましょう」

徳よ。そうだ、それでいい。

信繁殿を信じて尽くせ、それでいいのだ。

敦賀へ

大学が敦賀へと先発した。内府に暇乞いして、わしもゆくこととなる。

その謁見は大坂城西の丸御殿、大広間だった。

「敦賀に戻り、大学ともども手勢を率いて江戸へ参ります」

「うむ」

内府の声が彼方《かなた》に響く。

あまりに遠く、わが目には顔どころか、姿すらおぼろだ。

内府は、あの日、伏見向島《むかいじま》で上座から降りてきて、わが手を握った。だが、今は彼方の上段から声をかけるばかりだ。

ずいぶんと離れた。この隔たりが、今の内府とわしだ。

（いや、もとよりこうだったのだ）

殿下も言われた。「敵は内府」、あれは戯言《ざれごと》ではなかった。

そうと思えば、その様、見事だ。今、天下に君臨する男、まさに百万の軍勢を率いて対峙《たいじ》するにふさわしい。それが徳川家康、おまえだ。

よくぞ昇りつめた。わしも駆けずり回って、おのれの天下に一役かった。

だが、やはり貴様とわしは相いれない。いくら認めようと受け入れることはできない。

生まれた地が、家が違えば、こうはならなかったのか。いや、わしは生まれ変わっても、挑む。

家康、わしとおぬしの交わり、それは、いくさだ。わしはおまえを舞台に、己が絵を存分に描いてみせる。そう決めたのだ。

「刑部殿、大儀」

内府の声が遠く響く。その顔は大度を見せるべくほほ笑むのか、それとも威厳を見せつけるようにこわばっているのか。

もう見えない。それで構わない。

（生きて再び会うことはない）

次に会うのは戦場。わしが、貴様を討ち滅ぼすか、仕損じて死ぬか、どちらかだ。

「恐悦至極に存じ奉ります」

謁見は、瞬く間に終わった。

屋敷に戻ると、わしは湯浅五助、島新吉を呼んだ。

「新吉、良いころ合いだな」

おぼろに見える新吉に向け言う。

「おぬしをわしのもとへ仕向けたのは、左近ではあるまい」

新吉はしばし無言。やがて、大きく息を吸って口を開く。

「そのお方はいわれました」

一度、面を伏せ、勢いよく上げた。

「刑部様は思い込めば一途《いちず》に貫く。そうとなったら、梃子《てこ》でも動かぬ。思う存分やらせるしかない。だが、一人で背負い過ぎる。行き詰ったとき、陰でお支えするように、と」

胸を張り言い放つ新吉の声は、憑き物が落ちたように明るい。

「そうだ」

わしはうなずき、

「さすが、わしをわかっておるな」

笑う。

「だが、わしからすれば、あ奴こそ、そうなのだがな」

傍らの五助は何度もうなずき、新吉は、再度、深々と面を伏せる。

「しからば、新吉に、この書状を預ける」

懐から書状を摑み出し、差し出す。

新吉はわかっている。押し戴き、懐にねじ込んだ。

「内府ちがいの条々」と、銘打っている。大坂伏見で大名諸侯の間を奔走しながら、五助、新吉の援けを借り、練り上げた条文だ。

ここまで内府の走狗として務めたわしが見てきたこと。殿下死後、内府がなした豊家を踏みにじった所業を挙げ連ね檄《げき》を飛ばす。これがその草案だ。

「ゆけ、新吉」

余計な言葉はいらぬ。あ奴が見ればすべてわかる。
ハ、と新吉は頭を下げ、立ち上がる。

敦賀へ。

供は五助、あとは小者ばかり、身軽な旅だ。

大津《おおつ》からはまた船で琵琶湖《びわこ》を北上する。

用立てた丸船の帆がバサバサと心地よい音を立てている。

船は懐かしい湖の香りの中をゆく。

夏の陽《ひ》が強く照りつけている。肌に刺さるような日差しが船上をじりじり焼いていた。

「五助、伊吹山《いぶきやま》は見えるか」

「行く手右に姿を見せております」

「見たいものだ」

湖上の夏風を受けながら、つぶやいていた。

不思議なものだ。人の顔よりも伊吹山を見たいと思ってしまう己がいる。

「殿が憶えておられる伊吹を思い出してくだされ」

間髪入れぬ五助の言葉で目を閉じれば、その雄姿がくっきりと思い浮かぶ。

伊吹山は周囲の山塊を従えて、気高くそそり立っている。

優美とはまた違う。武骨で強き、男の山。それが伊吹だ。

琵琶湖越しに見る伊吹山が格別に好きだった。幼き頃より何度も見ては拝んだ。そして力をもらった。

「ご安堵《あんど》くだされ。今日も、変わりません、殿が心に描く通りの伊吹ですよ」

五助、うまいことをいう。

前に琵琶湖を北へと渡ったのは、朝鮮帰りの療養のとき。病がひどく、介抱されながらの旅路だった。

湖上をゆくわしを伊吹山が見送ってくれた。雄大な山景が心身ともに弱ったわしを癒してくれた。

(伊吹は変わらぬ、か)

そうであって欲しい。天下の情勢はめまぐるしく変わっている。権勢に追従する者たち。移ろいゆく心。それが人、時勢。

だが、そんな中でも変わらぬものもあっていい。その姿を支えにする者もいるだろう。

「変わらぬか、伊吹の姿は」

問い返せば、五助はハと強く頷く。

伊吹山が近づけば、あ奴の城も見えているはずだ。

あ奴は変わらない。今日もあの怜悧《れいり》なしたり顔で鼻を鳴らしているだろう。

そして、わしもだ。この世にあ奴とわしぐらいかもしれぬ。変わろうとせぬ頑固者は。

「変わりませぬよ、殿」

五助は繰り返す。まるで、わが心を読むかのように。


見えずとも、塩津《しおつ》の湊《みなと》に着いたのがわかった。

古くから湖北三湊といわれた塩津は、敦賀からの物資の中継地。殿下の開発で殷賑《いんしん》を極めている。

舟の出入りも多く、水主《かこ》たちの声が湖上に響き渡っている。

荷下ろしと荷揚げの掛け声が交錯する湊におり立てば、島新吉が待っていた。

休息に借りた宿屋で、新吉は我が前にひざまずく。

「返書はありませぬ」

前置きもなく新吉は切り出す。わしが問う間もなく、新吉は続ける。

「殿の目の具合を尋ねられ、もはや書を読むのが困難と申しますと、ならば言葉で託すと申されました」

新吉は身を乗り出し、すう、と大きく息を吸い込んだ。

「内府ちがいの条々、たしかに読んだ」

ゆっくりと始めた。

「まずまず、よくできている。さすがは紀之介、わしが認めただけある」

思わず笑ってしまう。その口調、まるで、あ奴だ。

「が、まだ抜けも多い。家康めの悪逆非道、もっと余すところなく挙げ連ねねばならぬ」

口上に徐々に力がこもり、やや早口になる。

「我とともに仕上げよう」

新吉はそこで一拍置いた。

「佐和山で待つ」

斬るような新吉の声。

奴が、佐吉が、乗り移ったようだった。

敦賀城に入るや、そのまま本丸主殿の書院へ向かい、大学助《だいがくのすけ》吉治を呼んだ。

「聞け、大学」
ハ、と大学は平伏する。
「兵をあげる」

言葉にするのは初めてだ。まずは大学に、一番にこの弟に言いたかった。

「良いか、いくさの相手は内府、天下一の武人に挑む。負ければ滅ぶ。そうと知っても、わしはやる」

大学は無言で聞いている。

「大学よ、これは、殿下のご恩に報いるというのではない。この非力で小さなわしが、天下人相手になにができるのか試してみたい。家康に挑んでみたいのだ」

大学は小さく頷く。

「世の者は無謀と笑うだろう。なぜ、できるのか、それは次の者、おまえがいるからだ。大学、わしは、すでにおまえに、家、家臣、敦賀の民、すべてを委ねた。もはや後顧の憂いはない。あとは己の思うままやってみたい」

いいながら、大学に真田信繁殿を重ねていた。

安房殿は息子たちにこう問うだろう。「わしはやる、おまえはどうする」と。息子たちがまだ年端のゆかぬ童なら、ともにゆかんと連れてゆく。だが、もはや立派な大名、人並み以上の武人、ならば己で決めろ、と委ねる。わが想《おも》いも同じだ。

「大学、わが弟だから、とこだわることはない。己が道を行け」

辛いことを言っている。だが、それでもやる。大学が内府につくなら、大谷刑部の乱心といえばいい。道を分かつ、それもいい。大学、おまえなら大丈夫だ。

「そうですか」

やがて口を開いた大学は落ち着いている。

「兄上の御心、今、余すところなく頂戴しました。しからば、次は、それがしから」

大学はそういって立ち上がる。

「参りましょう」

といって、わが手を取って導く。

居室を出て、薄暗い回廊をめぐりゆく。勝手知ったる城内だ。見えずとも、主殿大広間へ向かっているのがわかる。

回廊の先に端座していた二人の小姓が平伏するのがおぼろに見えた。

「お入りくだされ」

さあっ、と襖戸が開いた。

一気に視界が明るくなる。

――殿！――

見えない。だが、わかる。

広間いっぱいに連なって座る男たちが、一斉に頭をさげている。

「殿、水臭いですぞ！」

「ともに、立ちましょうぞ！」

そこここから上がるがなり声が交錯する。

「刑部様！」「わしもお供を！」「拙者におまかせを！」「ゆきましょうぞ！」

あとはもう声が入り混じって、わからない。

「ついにやりますか！」「腕がなりますわい！」

「皆、しずまれ！」

軍勢を叱咤《しった》するかのような大学の声が轟《とどろ》けば、座は粛と鎮まった。

「兄上、拙者が兄上のお心、わからずにおりましょうや」

大学は向き直り、我が前でひざまずく。

「大坂屋敷詰めの家臣、敦賀にて留守居の家来衆、旗本馬廻《うままわ》り、近習小姓《きんじゅこしょう》、残らず心を合わせました。

打倒徳川にて決起、これにて大谷家一同、同意しております」

「皆、か」

「は、一人残らず、皆」

大学の声に淀みはない。

「兄上、憶えておいですか。拙者が主となり、兄上のごとくなれたなら、その後はわしの言うことを聞いてもらいますぞ、と申し上げたことを」

頷いた。ああ、克明に憶えているさ。

「いかがでしょうか。大谷大学助吉治は、刑部少輔吉継に劣らぬ大谷家の主となれましたでしょうや」

「ああ」

誰が文句をいえよう。立派になった。申し分もない。

「我に劣らぬ、いや、勝るほどの立派な大谷家当主だ」

「しからば」

大学は息を大きく吸った。

「大谷大学率いる敦賀大谷勢。これより決起する大谷刑部の与力として、一番に参じさせていただきます。よもや、否やはございませんな！」

オウ！

わしが応じる前に、部屋中から逞《たくま》しい雄叫びが続く。

茫然《ぼうぜん》としていた。そのとき、身を蝕む病のことなど忘れていた。どころか、わが身に力があふれ、体が新しく入れ替わったような気分だった。

かすむ広間を見渡した。大勢いるのはわかる。だが、一人一人の顔は見えない。

くやしい。目が見えぬのが、悔しい。ここまで悔しいのは、初めてだ。

「皆、おるのだな」

「は！」「はい！」「おりますぞ、殿！」

嗄れ声、甲高い声、老い声、はち切れんばかりの声、声。

「おまえら、いったい」

つぶやいて、一歩踏み出した。

なんなのだ。わしは身勝手な男だ。皆を置いても一人ゆこうとした。

（いや、もしや）

わしは期待していたのか、信じていたのか、皆がついてくると。

頭が混沌《こんとん》としていた。とにかく嬉しい。この頼もしき奴らが、我とともにあらんとしてくれている。

それで十分だ。理屈はもういい。

「皆の顔をみたいが、わしはもう目が見えん、名乗りを上げてくれ」

そんな言葉が口をついて出た。

「蜂屋将監《はちやしようげん》ほか、蜂屋旧臣、一人も欠けずおります！」

「木下《きのした》山城守頼継《よりつぐ》！　わが手勢とともに、大谷刑部与力として働かん！」

「土屋《つちや》守四郎《もりしろう》、大坂屋敷近習一同、ここにおります！」

「岩間《いわま》伝五郎《でんごろう》……」

一人、あるいは、郎党まとめて、次々に名乗りは上がる。そして、最後に、

「刑部殿！　祐玄《ゆうげん》ですぞ！　私もお連れくだされ！」

なに？　祐玄、おまえ、坊主ではないか。

「陣中に念仏を唱える者もおらねば、皆、地獄へおちますゆえな！」

雄叫びのあとは、どっと盛り上がる。

あれだけ侍は嫌だといっていたくせに。まったく、我に劣らぬ自儘《じまま》な奴だ。

「この、大うつけども！」

怒鳴りながら、わしは笑っている。いや、笑いでもせねば、こみ上げる熱い涙があふれてしまう。

「ゆくぞ、ともに！」

オオオオウ！

城が崩れるかと思うほどの大音声が響き渡った。

出陣

出陣は三日後。

上から下まで支度に慌ただしい中、わしは、蜂屋将監、市兵衛を呼んだ。

「将監、市兵衛、いってくる」

二人はこたびも敦賀留守居役だ。

「殿、天下を相手取ってのいくさにございます。心置きなくお働きを」

「勝ってくる」

「ご武運を」

「ついては、二人に頼みがある。ちこう」
ハ、と両名、身を寄せてくる。
「もしわしが敗れたら、城を開けて内府に降れ」

二人、押し黙る。

「との――」

市兵衛は思わず、という風に口を開く。

「万が一、戦場で敗れましても、この敦賀城があります。どうかお戻りくだされ。我らも殿とともに華々しく一戦したく」

「いや」

進み出た二人を、右手をかざして止めた。

「いくさで敗れたら、わしはこの世におらぬ」

「な――」

「これは大学に頼むつもりだったが、どうも、あ奴にもわしと同じ血が流れているらしい。頼継、五助、皆、共にゆくと言って聞かん。おぬしらは蜂屋侍従から譲り受けた者たち。わしに殉《じゅん》じることはない。敦賀の町にはおぬしらが必要なのだ」

「されど……」

「生きよ。生きて敦賀を守れ。この美しい湊町を燃やすな。これが、この挙兵でわしがなす、おぬしらへの命。それが、おぬしらがなす役目。どうか、なしてくれ」

「と、との……」

将監が激しく首を振り、市兵衛が嗚咽《おえつ》を飲み込む。

「なに、将監、市兵衛、わしはやる。このいくさ、確かに大ばくち。だが、やるからには勝つため我が持てるものすべてを出してやる。勝って戻ってくる」

そういっても二人、首を垂れたままだった。

「だから、頼む、このこと、おまえらにしか頼めぬ」

思えば、最初からそうだった。敦賀のことは任せきり。身勝手な主を許してほしい。

にじり寄って手を伸ばす。目を凝らし、二人の肩をつかもうする。

「大谷刑部は……」

いきなり、その両手をグイと摑まれた。二人、強い力で握ってくる。

「殿、それ以上は」「おまかせくだされ！」

二人、面を上げて、激しく言う。

ありがとう。かたじけない。

大谷刑部は――おぬしらに大名にしてもらったのだ。

どうした、朧《おぼろ》に見えるその面、泣いているのか。

泣くな。

勝つと、いっているだろうが。


そして、わが勢千五百は、敦賀城を出た。

ほどなく、木下頼継の手勢五百が合流。軍勢は、北国街道を南下、琵琶湖の方角へ馬を進める。

そのまま、佐和山へは向かわない。近江佐和山石田領の東を過ぎ、北国往還《おうかん》を東南に進む。

書状をだした安国寺恵瓊殿が大坂から来るまでまだ数日の余裕があるだろう。

挙兵前に、いきたい地があった。

関《せき》ヶ原《はら》――

今、美濃《みの》を真ん中に置く日の本の地図を頭に浮かべ、策を描いてみる。

上方から軍勢を進め、濃尾《のうび》平野に進出し、家康の心胆を冷やす。家康が会津上杉へと向かうのなら、それはできるだろう。

だが、家康は必ずでてくる。反転して我らを討つべく、西へ向かってくる。

それが、家康。あの男なら、必ず、上杉を抑え込む。上田の真田が立っても封じ込める。いくさの要所を知っている。すなわち、上方こそ獲《と》るべきだ、と。

兵とて、我らの方が小勢かもしれない。家康ほどの野戦巧者を広大な濃尾平野で迎え撃つのは難しい。

ならば、戦場は、関ヶ原だ。

その地形、尾張から美濃へと続いた平地は西へ果て、袋小路のようになる。

関ヶ原を東西に貫いて走る東山道《とうさんどう》。西へゆけば近江へ入り、石田領佐和山を経て、安土《あづち》、瀬田《せた》、そして京へ。この道を関ヶ原の東から入り西の出口へと進めば、平地は狭まり、山裾《やますそ》がせまる。道は一筋、どんな大軍でも長い縦隊とならざるを得ない。街道を挟む山々に軍勢を置いて挟撃する。家康をここにおびき出し、包囲殲滅《せんめつ》する。

いざとなれば、関ヶ原西南出口にあたる高台、山中村《やまなかむら》には秀頼君を招く。東山道を挟んだ向かいの松尾山《まつおやま》には毛利輝元殿が陣取ればいい。

松尾山を毛利勢が固めるなら、秀頼君の左翼には宇喜多秀家殿を置く。近江へ至るもう一方の北国往還を固めるのは佐吉ら石田勢がいい。

ここだ。家康と決戦するのに、これほどの場はない。

関ヶ原、山中村、松尾山……地を知りたい。景色はもうわが目に見えない。だが、山を丘を登り高低を感じ、平地を歩いてその広さを知っておきたい。そして、城砦《じょうさい》を築き、陣を置けるよう支度しておかねばなるまい。

関ヶ原の東、美濃垂井《たるい》の城主、平塚孫九郎《ひらつかまごくろう》は殿下の馬廻り衆だった男だ。あの偏屈者とは親しき仲、きっと我が挙兵を喜んでくれる。奴に案内してもらおう。


慶長五年七月残暑の陽が、強く照らしている。

馬にはいつまで乗れるだろうか。

これから季節は秋に向かう。大気が乾けば、肌の病は進み、甲冑《かっちゅう》もまとえなくなる。

だが、もう療養している暇はない。ここからは病もつれてゆく。そうと決めた。

前後左右からせわしなく響く夏蟬《なつぜみ》の声は、我らを送る軍勢の喊声《かんせい》のようだ。

出陣、行軍、久しぶりだ。奥州《おうしゅう》征伐も、朝鮮陣も、いずれもわしは目付け役、己が手勢を率いて向かういくさとなるといつ以来か。

北条攻め——関東、あの佐吉とともに戦った武州忍《ぶしゅうおし》城攻め、あれ以来ではないか。

佐吉、やはり、おまえとだ。これはどうしようもない腐れ縁だな。

すっかり待たせてしまったな、さあ、やろう、共に。

目は見えぬが、おまえのあの拗《す》ねたようなしたり顔はくっきりと思いだせる。

おまえのことだ。すでに、会津の直江殿には書状をだし、手を回しているだろう。

上方のことは、できる限りの支度はしてきた。

毛利中納言は恵瓊殿からの便りですぐに広島を出る。宇喜多中納言はすでに都で待っているだろう。

三奉行など、わしとおまえが一喝すれば、すぐに手のひらを返す。

小西摂津《こにしせっつ》はよもや敵に回ることはない。島津は内乱が終わったばかりで難しい御家事情だが、上方に残る義弘殿とは格別な仲だ。口説いてみるさ。

おまえも、さぞ知恵を絞り、さまざま策を練っているだろうな。

また言うのだろう。我らで諸侯を仕切るのだ、などと。

いかぬぞ、おまえとわしは陰からお歴々を支えよう。殿下がおられるときもそうだったではないか。総大将は毛利輝元殿でいい。副将は宇喜多秀家殿だ。

おまえはたかが佐和山十九万石、しかも豊家奉行から外された身、わしとて敦賀五万石、病持ちで一度は隠居した者。

いいのだ、我らこそ誰より殿下のことを慕い、想っている。我らがわかっていれば、いい。そんな情熱は胸に秘めよ。

それでも、おまえが出過ぎたときは、わしがとどめてやるさ。

おまえはまことに横柄だ。わしがたしなめる。わししかできる奴はいないからな。


さあ、佐吉、やろう。

ゆこう、ともに。

四章　関《せき》ヶ原《はら》

真田《さなだ》庵《あん》

大谷吉継《おおたによしつぐ》の手記はここで終わっていた。

読み終えた真田《さなだ》信繁《のぶしげ》は、フーッと大きく吐息を漏らして面《おもて》を上げた。

目の前には大学助《だいがくのすけ》吉治《よしはる》がいる。その面は上気して、精悍《せいかん》に輝いている。

信繁は読み、かつ、尋ねた。大学は、時に謡《うた》うように生き生きと、時に念じるように重厚に応《こた》えた。

信繁は目を輝かせ頷《うなず》き、膝《ひざ》を打ってはまた手記に目を落とした。

何度か妻の徳《とく》が、灯火の油を足しに来た。徳は男二人の対座を邪魔せぬよう音もたてず入り去ってゆく。

信繁はそれすら気づいていない。没頭し、手記の文言、大学との対話の一言一句を胸に刻み込んだ。

時を忘れた。どうやら夜明けも近いようだ。

「いかがでしたか」

大学は問うてくる。気のせいではない。薄汚れ、尾羽打ち枯らしたはずの旧友は今、神々しい気を放っている。

「なぜ、舅《しゅうと》殿があのような大戦を起こせたか、わかった」

信繁の全身は静かな感動で満たされている。

関ヶ原を主とした、東西対決。

秀吉《ひでよし》没後の天下を狙《ねら》う家康《いえやす》に、豊家《ほうけ》奉行衆と西国大名たちが決起した大乱。

乱は全国に及び、各地の大名も敵味方に分かれて刃《やいば》を合わせた。真田父子も豊家陣営に参じ、上田《うえだ》で戦った。

しかし、敗れた。真田は負けずとも中央で勝ったのは家康、結果からすれば圧勝だった。

（いや、もとより家康だったのだ）

思えばそうだ。上方《かみがた》にいた信繁は見てきた。

太閤《たいこう》死後の騒乱、家康の隆盛、追従する大小の者たち。

対して、兵を挙げた主将は、大谷吉継、石田《いしだ》三成《みつなり》。吉継などたかが五万石の主《あるじ》にすぎず、石田三成も奉行の役を免ぜられ蟄居《ちっきょ》の身。

武家など己より小身代の者を頼るはずがない。すなわち、与力する者などいない。

この挙兵は、大谷刑部《ぎょうぶ》、石田治部《じぶ》という、太閤の愛弟子《まなでし》二人が玉砕覚悟で起こした暴挙、ただの無謀な時勢への抗《あらが》い――しかし、会津《あいづ》征伐に向かっていたところでもたらされた報は、真田父子の度肝を抜いた。

大坂城には、秀頼《ひでより》君を担いだ毛利《もうり》、宇喜多《うきた》の年寄り衆と、増田《ました》、長束《なつか》、前田《まえだ》の三奉行。他にも、島津《しまづ》、長宗我部《ちょうそかべ》、立花《たちばな》といった西国の名だたる大名が続々と参集。「内府ちがいの条々」という家康弾劾状に、二年寄り三奉行が署名して全国に発されれば、豊家の軍勢を率い会津へ向かっていたはずの家康は一転して謀反人《むほんにん》と化した。

家康も己が押さえつけ、骨抜きにしてきた、毛利、宇喜多、そして豊家奉行たちが己に歯向かうと思っただろうか。

あれよと言う間に、北は会津、そして、畿内《きない》、西日本の主な大名衆が、江戸の徳川《とくがわ》を包囲するという壮大な戦略が出来上がっていた。

信繁の父安房守昌幸《あわのかみまさゆき》も「家康を討てる」と膝を打って立ち、信繁も従った。

明日なき挙兵どころではない。

家康を殲滅《せんめつ》する。

一夜にして百万の軍勢が湧《わ》き出でたような、そんな奇跡が起こってしまったのだ。

「兄の手記はここまでですが」

うむ、と信繁はうなずいた。

その日が来たのだ。慶長《けいちょう》五年九月十五日、関ヶ原合戦だ。

「大学殿」

「語りましょうや」

信繁が呼びかければ、大学は目を爛《らん》と輝かせ、即応する。

「ぜひ、聞きたい」

信繁は前のめりになる。

そうだ、あの日のこと、かの天下分け目の決戦、それを仕掛けた男の戦いを。

「あの日、戦場におりました私が見たことだけでなく、その後、生き延びた者を訪ね聞いたことも交え、余すことなくお話ししましょう」

大学は念じるように語りだす。

「関ヶ原の大谷刑部を――」

決戦へ

決戦の地、関ヶ原に至る前の大谷吉継は、北陸にいた。

家康に与《くみ》した加賀《かが》前田利長《としなが》は二万五千の大軍で金沢《かなざわ》を出陣、八月三日、加賀大聖寺《だいしょうじ》城を落として南進していた。吉継はこの北国口《ほっこく》を受け持ち、大谷勢と与力大名の軍勢を率いて、前田勢を迎えうつべく、越前へと向かっていた。

しかし、吉継が越前北の庄《きたのしょう》へ入ると、前田勢は踵《きびす》を返した。

この反転には、敦賀《つるが》から水軍を発して、海路、金沢を衝《つ》くという噂《うわさ》を撒《ま》いた吉継の調略勝ちなどとの噂が立った。

だが、大学始め大谷家臣は知っていた。

吉継が前田の存続に奔走したことを。そして、家康に人質を取られた前田家の苦境も。

そんな吉継が前田家とのいくさを望むはずがない。

対する前田家もそうなのかもしれない。あっけないほど唐突に、領国目指して撤退を始めた。大谷勢を主とした北国口勢がそれを追うこともなかった。

吉継は、前田は小松《こまつ》城主丹羽《にわ》長重《ながしげ》に任せ、兵を返した。


一方、他方面ではいくさが動いていた。

美濃《みの》口を受け持った石田三成を主将とする上方勢は、岐阜《ぎふ》城の織田《おだ》中納言《ちゅうなごん》秀信《ひでのぶ》を味方に引き込み、木曽川《きそがわ》以西をほぼ押さえ、兵を大垣《おおがき》に進めていた。

対する家康与力の大名衆も、会津攻めから取って返し、福島正則《ふくしままさのり》の清須《きよす》城で集結。家康の到着を待っていた。

両軍は、木曽川を挟んで対峙《たいじ》し、このままなら濃尾《のうび》国境付近で合戦かと思われた。

しかし、敵は動いた。

関東方の福島正則、黒田長政《くろだながまさ》、池田照政《いけだてるまさ》、細川忠興《ほそかわただおき》、加藤嘉明《かとうよしあきら》、浅野幸長《あさのよしなが》、藤堂高虎《とうどうたかとら》らは、八月二十二日にわかに出陣、二手に分かれて木曽川を渡河、怒濤《どとう》の勢いで美濃へ乱入。翌二十三日に岐阜城を攻め落とし、そのまま兵を美濃赤坂《あかさか》まで進めた。

赤坂は石田三成が拠《よ》る大垣の北西約一里。そこから西へは近江《おうみ》へ続く東山道《とうさんどう》が伸びている。そんなところにまで敵の進出を許してしまい、にわかに事態は風雲急を告げた。

岐阜陥落の報《しら》せを聞くや、大谷勢は美濃を目指した。

対する家康の出陣は九月一日。江戸を出て、東海道《とうかいどう》を美濃へ。

吉継、そして、家康。

両者は引き寄せ合うように戦場に向かっていた。

九月三日、吉継は北国往還《おうかん》から関ヶ原に入り、盆地の西南、山中《やまなか》村に陣取った。

大谷勢、約二千。従うのは平塚因幡守為広《ひらつかいなばのかみためひろ》、戸田武蔵守勝成《とだむさしのかみかつしげ》、そして、脇坂安治《わきざかやすはる》、小川祐忠《おがわすけただ》、朽木《くつき》元綱《もとつな》、赤座直保《あかざなおやす》ら総勢およそ七千が、東山道の西出口を固め、美濃から近江への道を封鎖した。これは大垣の石田三成と協議のうえのことだった。

山中村は、関ヶ原の西出口を見下ろす丘陵《きゅうりょう》地帯である。

最も西奥の城山《しろやま》が最高地となり、その頂《いただき》に砦跡《とりで》がある。かつて信長が近江浅井と争ったとき、南北朝時代からある古塁に手を加えた城砦である。

玉城《たまじょう》などと呼ばれたこの砦を吉継は本陣と見立て、整備していた。

山を切り出し、空堀を掘り、木柵《もくさく》を植え込み強化する。麓《ふもと》から見れば、山中村の丘陵は、玉城を本丸とした堅固な要塞《ようさい》となりつつあった。

そして、東山道を挟んで南の松尾山《まつおやま》。これも今や全山を城砦化し、万の兵が籠《こも》れるほどの構えとなっている。

支度はできつつある。玉城に秀頼を、そして松尾山城には総大将毛利輝元を入れる。これが吉継と三成の秘策だった。

勝つ。今、赤坂にたむろする敵勢とて、豊臣《とよとみ》大名。秀頼がここに旗を立てるなら、まともに戦えるはずがない。

三成は大坂に急使を飛ばした。「戦機来る、出馬を」と。

「秀頼様が来る」これが合言葉となった。

ひりひりと肌に張り付くような緊張がある。

皆、感じていた。いよいよ決戦が近づいている。

大谷勢は築陣に励んだ。将兵らは、武者震いして、その日の支度をした。

しかし――山中村の大谷勢の前に現れたのは、秀頼君でも、毛利輝元《てるもと》でもない。

筑前勢《ちくぜんぜい》、小早川秀秋《こばやかわひであき》の大軍であった。

小早川金吾中納言《きんごちゅうなごん》秀秋。豊臣勢といえば、そう。この乱の当初から大坂に参じ、徳川勢の拠る伏見《ふしみ》城を攻め落としている。

その後は伊勢《いせ》攻めの一手となるも病を理由に上方を出ず、転じて、吉継率いる北国口勢の後詰《ごづめ》とされてもゆるゆると動かず、放浪するかのように琵琶湖《びわこ》の南を転々とした。「金吾殿は鷹狩《たかが》りに興じている」などと揶揄《やゆ》され、ここ数日は、吉継、三成の再三の督促にも応じず、近江高宮《たかみや》にとどまっていた。

不穏すぎる動き。日和見《ひよりみ》、あるいは寝返りか。

だが、小早川秀秋は、太閤の甥《おい》、そして、一万五千におよぶ大軍を擁している。いまさら、敵に鞍《くら》替《が》えなど、許されるはずがない。

敵か、味方か――大谷勢が身構える中、小早川勢は東山道を西から迫り、山中村とは反対側の松尾山の麓に向かう。

やがて、数百の小勢で松尾山を守っていた伊藤盛正《いとうもりまさ》の軍勢を追い払うと、黙々と山を登り始めたのである。

そのとき、吉継、大学は、大垣城の軍議に行っており、山中村の陣にはいなかった。

小早川もだが、その日、大垣付近でも大きな、巨大すぎる動きがあった。

家康が、赤坂についた。

家康は徳川勢三万余を率いて、赤坂の福島、黒田らと合流。これにて関東勢は七万を超えた。

大垣に拠る石田三成らは約三万。関ヶ原東南の入り口にあたる南宮山《なんぐうさん》には、毛利秀元《ひでもと》、吉川広家《きつかわひろいえ》、安国寺恵瓊《あんこくじえけい》らが率いる毛利勢約二万のほか、長曾我部勢、長束勢らが陣取っている。しかし、彼らは度重なる督促にも応じず、山上から動かない。

家康率いる敵勢が西へ進み、関ヶ原にて小早川と合流するなら、山中村の大谷勢は大軍に飲まれ壊滅、近江への道を押さえられ、大垣は上方と切り離される。

大垣城で急遽《きゆうきよ》行われた評定で、三成らは山中の大谷勢と合流して東山道を封じるべく、関ヶ原に向かうことを決めた。

赤坂の敵を避け、石田勢を先鋒《せんぽう》に、島津惟新入道《いしんにゆうどう》（義弘《よしひろ》）、小西摂津守行長《こにしせつつのかみゆきなが》、宇喜多秀家《ひでいえ》の順にて、南宮山の南を迂回《うかい》して、牧田道《まきだどう》を西へ。

彼らは、関ヶ原西の山裾《やますそ》に布陣。赤坂をでて、東山道を進軍するであろう敵勢を高台から迎え撃つ。呼応して、吉継は大きく陣を変えた。

吉継は山中村丘陵東端の高台、藤川《ふじがわ》の台に陣を置いた。

その南面の麓に、大谷大学、平塚為広が率いる先鋒が東山道に沿って並んだ。この二隊は、東山道の通行、横断を遮断するはもちろん、街道前を流れる黒血川《くろちがわ》を天然の堀として、松尾山小早川勢と対峙する。

藤川の台東麓には、木下頼継《きのしたよりつぐ》、戸田勝成《とだかつしげ》が関ヶ原中央を向かって陣取った。こちらの前面には関の藤川が流れ敵の進軍を阻む。彼らはむろん、関ヶ原を進んでくるであろう関東勢の先鋒を迎えうつ。

そして、別動隊として、東山道を挟んだ向こうの藤川沿い、松尾山の麓あたりに、赤座、小川、朽木、脇坂の部隊四千ほどが並んだ。

彼らは遊撃的役目をなし、関ヶ原の敵を側方から衝く、そして松尾山の押さえ役となる。

もはや松尾山は敵。

限られた兵の全《すべ》てで小早川に備え、東山道を塞いで敵の侵攻を阻む。

これが、山中付近の大谷勢の陣形であった。

夜明け前

夜半から降り出した雨が、関ヶ原の山野を濡《ぬ》らしていた。

大粒の雨滴が屋根を叩《たた》く音が絶え間なく続く。

藤川の台に置いた吉継の陣小屋には、布陣を終えた将が集まっていた。

酒がでている。

すでに日は変わり、九月十五日となっている。

石田勢ほか味方衆も関ヶ原につき、築陣を始めている。

物見の報せでは、赤坂をでた敵勢の火もこちらへ向かっているという。

このままなら、夜明けにも合戦になる。そんな状況ながらも、座の者の顔は明るい。みな旧友との再会を楽しむように酒を酌み交わしていた。

「刑部殿、さて、どんないくさとなるかのう」

座の中ほどで磊落《らいらく》に言ったのは、平塚因幡守為広だった。

太閤馬廻《うままわ》り衆として秀吉に剛勇を愛された老将は挙兵時から吉継に帯同している。吉継から見れば二回りも年上だが、きさくな叔父貴のように馬が合った。

「まあ、松尾山を取られておるから、後はそう変わらんが」

為広は、美濃垂井《みのたるい》城主一万二千石。地元領主だけに関ヶ原周辺の地理を知悉《ちしつ》している。

「しかし、脇坂甚内《じんない》、妙な顔をしておったな」

為広は顎《あご》の豊かな白鬚《しらひげ》をしごく。

話題の脇坂甚内安治は布陣を決める評定の間、終始、青ざめた顔を撫《な》でていた。

「あやつ、信じられますかな」

と、酒杯を手に身を乗り出したのは、戸田武蔵守勝成だった。

戸田勝成は、信長の宿老丹羽長秀家臣だったところを太閤に引き抜かれ、羽柴《はしば》の姓を賜るほどの恩顧を受けた将である。越前安居城主《えちぜんあご》二万石。越前出陣から吉継に従軍している。

平塚、戸田の二人は、昨日の小早川勢の動きを見て、「我らが使いとして小早川陣に乗り込んで金吾と差し違えましょう」と申し出てきた。吉継はその意気を買い、二人を大谷勢の前衛に置いている。両名、疑念を口にするが、顔つきは明るい。まるでいたずらをした悪童を見つけたようないいぶりだった。

列座しているのは、平塚、戸田と、大学、木下頼継。この四人が、吉継のもと獅子奮迅《ししふんじん》の働きをする将である。

他に、湯浅五助《ゆあさごすけ》ら小姓、今日は軍奉行に抜擢《ばってき》された島新吉《しましんきち》が相伴している。

「甚内だけではありませんぞ」

戸田勝成は、髭面《ひげづら》をくしゃりとゆがめた。

ほか、小川、赤座、朽木といった者たちも顔色は冴《さ》えず、とてものこと戦意旺盛《おうせい》には見えなかった。

座の者の口から、かすかな吐息が漏れ、場が瞬時、淀《よど》んだ。

小早川だけではない。上方勢から寝返りが出始めている。

越前でともに働いた京極高次《きょうごくたかつぐ》も、先日、敵方に回っている。

高次は北陸から美濃へと軍を返す吉継勢から離脱し、居城大津に帰ると反旗を翻した。

大津は都が目と鼻の先の要衝。大坂城から一万五千もの大軍が鎮圧に向かっているが、いまだ落ちていない。これも毛利輝元の出陣が遅れた一因となっている。

その他、伊勢、美濃の小城主も、日和見、不戦が相次いでいる。小大名は勢いに巻かれ大坂方についたものの、関東勢の攻勢に手のひらを返し始めているのだ。

脇坂などの小身代者が迷うのも無理からぬこと——皆、わかっている。だが、誰《だれ》もそれを口にすることはない。

「孫九郎《まごくろう》、半右衛門《はんえもん》」

平塚、戸田の二将をそう呼んだ吉継の声音は、笑み混じりだった。

吉継はつねづね言った。「日和見はあるさ」と。「己の意志を押し付けても人はついてこない。勝てば人は頼り、ついてくる。勝つしかない」と笑いで覆面を揺らしていた。

「だからこそ、おぬしら二人を傍に置き、奴らを離したのさ」

ほう？　と、平塚、戸田の二将は見返す。

「でなければ、我ら一丸となれぬだろう」

「では、寝返ってもいい、と」

「奴らが寝返りたくなくなるほど、我らが勝つのさ」

吉継はそういって酒杯を持ちあげた。

戸田勝成は笑みを浮かべた目を丸くして、平塚為広はカハッと噴き出していた。

もう座に漂った余念は吹き飛んでいる。

「そう、そうですな」

平塚、戸田は呵々《かか》と笑って、杯を掲げる。

「では、明日の勝利に」

そういって一同、杯を干した。


座が開けてほどなく、石田三成が陣小屋を訪ねてきた。

三成はずぶぬれだった。

「金吾の家老、平岡《ひらおか》、稲葉《いなば》と会った」

髷《まげ》から髭から水をしたたらせて語る。大垣を出てから、手勢は家老に任せて、自身は南宮山の安国寺恵瓊、長束正家の陣を回り、さらに松尾山の麓で小早川の家老たちに面会を求めたという。

「誓紙を出してきたぞ」

体が冷え切っているのだろう。三成の言葉は端々が震えていた。

「両名、受けたか」

「ああ、受けたさ」

三成には、太閤甥の寝返りなど許されざることだった。

昨日から小早川に執着し、松尾山へゆくと頑なだった。吉継は無駄だと宥《なだ》め、大垣城で口論となった。

ひとしきり言い合ったあと、吉継は苦笑して、「ゆくなら」と耳打ちした。

若輩の金吾だけではいかぬ。老巧の家老たちにこそ目のくらむような恩賞を――三成は眉《まゆ》をひそめたが、吉継は「やるなら、手は打ち尽くせ」と諭した。

そして、誓紙は差し出された。

誓紙には、勝利の暁《あかつき》には秀秋を関白にするという他、平岡、稲葉の両家老にはおのおの十万石と黄金三百枚を授けるという、度はずれた恩賞が記された。

「これで、金吾も戻ってくる」

三成のこけた頰《ほお》の上の目は、なにかに憑《つ》かれたようだった。

思えばこの一戦にすべてかけ、才知を絞って動き続けてきた三成である。疲労も極限に達している。あとは昂《たかぶ》る精神だけがこの男を動かしている。

「だろう、紀之介《きのすけ》」

三成は炯々《けいけい》と光る眼《め》で吉継をみた。

吉継は、無言。ただ、見えない目を虚空に向けている。

小早川はもういい、考えるな――とは、いわない。

三成には三成の正義がある。そんな三成こそ吉継の友であった。

「やりきったな、佐吉《さきち》」

そう言えば、三成は二度、三度、激しく点頭した。

三成の頭はもはや決戦のことだけで他を考えられない。それすら吉継は知っている。

二人、そのまま、無言となった。この期に及んで余計な言葉はいらない。もう十分だ、どれだけ意を戦わせてきたというのか。

「では」

やがて、うなずき合った。それがお互いの最後だった。

開戦

そして運命の夜明けが来た。

雨は上がったが、代わりに霧がでていた。

関ヶ原を囲む山々から這《は》い出た濃密な霧が盆地に分厚く垂れこめている。

晩秋の外気は息が詰まるほどにじっとりと重く、手足が凍えるほど冷たい。陣内の将兵の熱い吐息も白く煙り、霧に混じって消えてゆく。

「殿！」

島新吉信勝《のぶかつ》が陣小屋の戸を開けて入ってくる。

新吉は、前日、大垣まで吉継の供をした。吉継は「父とともにゆけ」と耳打ちして、杭瀬川《くいせがわ》向こうの敵勢を奇襲するという島左近《さこん》につけて出した。

そのまま吉継が松尾山の急報を受け山中の陣へ戻ると、新吉は後を追うように帰ってきた。戻るなり、新吉は「殿、約束をお忘れですか」と鼻息を荒らげた。

吉継は「五助《ごすけ》に似てきたな」と笑い、今日は軍奉行として本陣を仕切らせている。

新参ながら大抜擢を受けた新吉は吉継の前にひざまずいた。

「夜明けにございます」

「うむ」

吉継が立ち上がり右手を差し出せば、傍らにいた湯浅五助がその手を取り、さらに新吉が手を重ねた。言葉はいらない。二人は主を外へと導いてゆく。

薄暗い霧の中を、地を踏みしめ進む。

大谷の家紋は「対《むか》い蝶《ちょう》」。だが今日の吉継は、秀吉に仕えた頃《ころ》の家紋の戦旗を用意させている。藤川の台に、その「丸に鷹の羽紋」の旗が雄々《おお》しく立ち、周りを整然と囲むように紺地に白餅《しろもち》、白地に紺丸の幟《のぼり》が並ぶ。

その日の吉継、いつもの白覆面の上に赤い面頬《めんぼお》をつけ、浅葱《あさぎ》色の頭巾《ずきん》。甲冑《かっちゅう》は身に着けていない。練絹《ねりぎぬ》の小袖《こそで》の上に、白地に墨で蝶を描いた鎧直垂《よろいひたたれ》という不思議な出《い》で立《た》ちだった。

晴れていれば、右手南に東山道、左手東に関ヶ原を見渡す高台に床几《しょうぎ》を置いた。

あたりは徐々に明るさを増しているが、白く煙るばかり。

しかし、わかる。その白濁した壁の向こうに、万、十万を超える人馬が蠢《うごめ》いている。

「東山道の向こうには福島勢、天満山《てんまやま》の宇喜多勢を向いて布陣。その斜め後ろに藤堂高虎、京極高知《たかとも》、寺沢正成《てらざわまさなり》……」

五助は、次々入る物見の報をまとめ、簡潔に報ずる。

「家康の金扇の馬印が桃配山《ももくばりやま》に立ったとのこと」

吉継の右手を取り、その方角を一つ一つ指してゆく。吉継はそれに合わせて頭をめぐらしてゆく。

最後に首をひねり、南を、松尾山の方を見た。

何も見えない。一面、濃厚な霧。そして覆面から覗《のぞ》く吉継の瞳《ひとみ》は失明している。

だが、そのとき、将兵は、主の病、失明など忘れていた。そして、吉継が見つめる白霧の壁に、大軍勢が浮かんでいるように思えていた。

それはまるで屏風絵《びょうぶえ》のよう。敵の幟旗《のぼりばた》、鉄砲の筒先、つがえた矢の鋭い鏃《やじり》、構えた槍《やり》の銀の穂先は、ことごとくここ藤川の台の大谷勢を、吉継の方を向いている。

今、吉継は雲霞《うんか》の大軍と向き合うように、悠然と座っていた。

「わかった」

顔はほぼ見えない。その声音は莞爾《かんじ》と笑うかのようだった。


しばし、陣内は粛と静まり返った。息詰まるような時は過ぎてゆく。

やがて、やや風が動き、霧が流れ出す。

パアーンと、霧の向こうで鉄砲音がした。

これは先駆けを狙って最前線に出た徳川勢が放った、いわば開戦の号砲であった。

ほどなく左手で喊声《かんせい》が沸き起こった。法螺貝《ほらがい》の音が霧の中、びょうびょうと交錯する。

「五助、霧はどうだ」

吉継は傍らの湯浅五助に問う。

「いまだ深し。本陣からは、十間先も見えず！」

吉継は、しばし面を伏せて黙考した。目が見えぬ分、他の感覚を研ぎ澄まし、全身でいくさの臭《にお》いをかぎ取ろうとするかのようだった。

その間も、人馬がうごめく音は波のように寄せている。

「この様子なら、福島勢は総がかりで天満山の宇喜多勢にかかっている」

面をあげて言い切った。物見の報告もまだだが、吉継は福島正則という将の性格を知っている。

「使番！」

吉継の鋭い声に、母衣武者《ほろむしゃ》が数名躍り出て、ひざまずいた。

この日、吉継は己の下知《げじ》を伝える母衣武者十数名を本陣に置いている。

ただの使いではない。彼らは選び抜かれた精鋭。特に馬術に長《た》け、戦場を自在に疾駆する。吉継の采配《さいはい》を前線の将に伝え、持ち帰った戦況を的確に報じる。

皆、じれていた。早く！　早くお下知を！　発する鋭気がそう言っていた。

「頼継、戸田武蔵に告げよ。陣をでて、福島勢の後ろの藤堂勢に仕掛けよ、先に叩《たた》け。叩いたら即座にひけ。ひいて陣前にひきつけよ」

そういって、采配を振り上げた。

「貝ふけ、鬨《とき》を上げよ！」

叫ぶ。ハ！　と旗奉行が応じるや、すべての者が立ち上がる。

「ゆけや！」

そして、吉継は采を勢いよく振る。

オオゥウ！

一同、足軽小者にいたるまで、胸を張り、雄々しい叫びをあげた。

天に挑む

もう辰《たつ》の刻（午前八時）は過ぎている。あたりは依然、霧。

しかし、関ヶ原から響く喧騒《けんそう》は大きくなり、周囲の山塊にこだましている。

そのうち、使い番が戻ってくる。

陣前で馬を飛び降り、吉継の前に駆けこんでひざまずく。

「木下勢、戸田勢、藤堂勢に掛かりました！」

「敵は算を乱しております。奇襲は成功」

「木下様、戸田様は、すでに兵を返しております」

「敵藤堂勢、京極勢、寺沢勢は前進。藤川まで押し出してまいります！」

使い番は入れ替わり立ち代わり報じる。

敵先鋒の福島勢は大軍を擁する宇喜多勢に向け突貫している。後方の藤堂、京極、寺沢勢を叩き、引き寄せる。狙い通りだ。

霧は晴れつつある。ときおり、藤川向こうに敵勢の色とりどりの幟旗がうっすら浮かんでは消える。

（大丈夫か）

本陣吉継の傍らにいる大学の背を、冷たい予感が走っている。

藤堂ら三隊合わせると敵勢は八千ほどになる。木下頼継、戸田勝成の兵は千ほどしかない。兵数に差がありすぎる。

「兄上」

大学率いる大谷勢主力はすでに台地の南面で展開を終えている。

「わが勢より、いくらか回しましょうか」

吉継はそれには応じず、

「五助、松尾山は」

「動きなし！」

五助は即応する。

「霧はどうだ」

「麓は晴れつつあり。されど、松尾山の小早川の旗幟、いまだみえず！」

主従のやり取りに淀みは一切ない。

「大学」

吉継はうなずくと、呼びかけてくる。

「わしの代わりに、関ヶ原をみてきてくれ」

その言葉に大学は眉をひそめた。

「加勢は」

「いいさ」

「松尾山とて」

「金吾など、霧が晴れ上がらねば動かぬ。今しかない。戦場を見ておけ」

兄の有無をいわさぬ声音に、大学は歩き出す。

薄霧の中を歩む大学の頬は火照り、胸は緊張ではち切れんばかりである。

迷いなどない。怯《おび》えもむろんない。ただ、どうしようもなく気負っている。

思えば、今日は大学にとって初陣といっていい。

秀吉の天下統一の終わりに元服した大学は、まともないくさにでたことがない。

北条《ほうじょう》征伐では数多《あまた》いる秀吉の近習《きんじゅ》の一人として本陣にいた。小田原《おだわら》では槍合わせすらなかった。その後、奥州《おうしゅう》遠征も秀吉の側《そば》にあり、いくさに臨んでいない。吉継が苦しんだ奥州一揆《いっき》も見ておらず、唐入《からい》り陣とて大坂留守居だった。

（わしにできるのか）

昨日、小早川勢の動きを聞いた時の戦慄《せんりつ》。

松尾山はこの合戦の要の地。味方の総大将を置くつもりのいわば本陣。そこを苦も無く取られた。おのずと下腹が震えた。

固唾《かたず》を呑《の》んで兄を振り返れば、吉継は「いくさは生き物さ」とうなずいた。

その素振りに微塵《みじん》の動揺もなかった。そして、前線の采を預けられた。「わしは盲《めしい》。きょうのいくさはおまえにかかっている」と肩を叩かれた。

兄に負けぬよう務めてきたつもりだ。だが、生きた合戦は知らない。この大戦、大敵に対し、大将として采配を振るなど——

本陣前に植え込まれた竹矢来まで進み、目を凝らす。

銃声は絶え間なく続き、合間に馬蹄《ばてい》音が地響きのごとく聞こえる。

そのとき、関ヶ原を一陣の風が吹き抜けた。

霧が薄れ、曇天が覗く。視界が一気に開ければ、目の前に広がる光景に息を呑む。

藤川の向こうをうずめる、色とりどりの旗、鎧兜《よろいかぶと》の鈍い煌《きら》めき。

左手でも人馬が溢《あふ》れ、ところせましと駆け回っている。前へ進むことも満足にできないほどの大軍が密集し、ひしめき合う。それは彼方《かなた》の山裾まで続いている。

味方勢はいる。だが、関ヶ原の山々を覆う霧で良く見えない。前はすべて敵勢だった。

（ぜんぶ、敵か）

ウオオオーッ！

耳元で叫ばれたかと思った。頭蓋《ずがい》に直接響くかのような雄叫《おたけ》びに、目を眼下に戻す。

旗は数多入り交じり、どの家が先鋒なのかもわからない。敵は大軍を笠《かさ》に着て遮二無二おしだしてくる。統率もない。隊列もなにもない。兵は皆、大口を開け叫び、刀槍《とうそう》を振りかざしている。

ぶるっ。恐怖なのか、武者震いなのか、全身が震えた。

狂気だ。狂っている。これだ、これがいくさなのだ。

ぶるぶると両手の指先から足のつま先まで、小刻みに震えていた。

「構えぇ」

手前で起こった叫びに我に返る。

木下頼継の手勢は木柵の中で立ち構え、外に出て折り敷き、弓鉄砲を敵勢に向けている。

どくん。次に来たのは激しい鼓動の高鳴りだった。

どくり、どくり。あの大軍をこの小勢で迎えうつのか。

敵は迫る。もう近い。敵兵の口からこぼれる喘《あえ》ぎすら、聞こえそうだ。

あと、五十間……なぜ、なぜ撃たない！

「はなて！」

大音声とともに乾いた斉射音が響くと陣前が白く煙った。敵の先兵が草でも薙《な》ぐように倒れれば、陣から騎馬勢が飛び出してゆく。

ウオオオオ！

戸田武蔵は馬上、十文字槍を振り、右を突き、左を叩き、敵に斬り込んでゆく。

「ゆけ、ゆけやぁ」

嗄《しわが》れ声がはっきり聞こえた。

敵勢の中で乱舞するように暴れると、すっと槍を引き「ひけ！」と一喝する。見事な手綱さばきで馬首をめぐらせば、後続の騎馬勢も一斉にひいてゆく。

一糸の乱れもない。敵は大軍、包囲される前にひく。いくさの呼吸を知っている。

敵勢はすがってくる。が、柵内には木下勢がいる。

「はなて！」

木下頼継は右手に采配代わりの青竹、左手には鉄砲を持ち、右に駆け、左を歩いて指揮を執る。そして、時に自ら放つ。

「弱し弱し！　敵は烏合《うごう》の衆！　敵、弱し弱し！」

味方を鼓舞し続ける。

敵勢の雑多なるのに対して、大谷勢の引き締まった戦いぶり。

大学はそのとき、すべてを忘れ、高揚している。これがいくさ、ここが戦場、己も今その中にいるのだ。

陶然とする。最上の美酒に酔ったような気分だった。

ふわふわと空を踏むような足取りで踵を返す。

吉継は床几から立ち上がっていた。

「どうだ、皆は」

「見事ないくさぶり」

うむ、と、吉継はうなずいた。その立ち姿は凜として、美しい。

微塵も不安はない。言葉なくとも、そう言っている。

前方の喧騒は、ますます大きくなる。明るさはさらに増し、今や、後方南宮山まで見え始めていた。

「そろそろか」

吉継のつぶやきに、ハッと我に返る。

南を振り返っていた。

松尾山が姿を現し始めている。

その全景がはっきりとしだせば、大学は目を見張る。

昨朝まで数百の小勢しかいなかった山は一変していた。

おおおと、小刻みに震える下あごを押さえる。

山は麓から頂《いただき》までを、白地に黒の違《ちが》い鎌《かま》の小早川の旗で彩られている。その旗のおびただしさに唖《あ》然《ぜん》とする。

オオーッ！

にわかに、全山が鳴動した。

エイ！　エイ！

旗が一気に突きあがる。

立ちあがった小早川の旗は晩秋の紅葉と相交じって、松尾全山を紅白に染めた。

エイエイ、オオオ！

万余の兵の雄叫びが、関ヶ原の山野にこだました。

ついに来る。小早川勢の寝返りだ。

今、前面は敵で埋め尽くされている。さらに側方にこれだけの大軍が現れた。

全身くまなく鳥肌が立っている。これは、恐怖、なのか。

（いや）

違う。感動だ。なぜか、この光景をみて美しいと思う己がいる。それを悟ってさらに興奮に拍車がかかっている。

「大学、今まわりに何が見える」

吉継の声音は変わらない。

「なにも見えませぬ。まわりは敵ばかり」

恐れどころか、胸が躍っていた。戦いたい。むしろ、全身に力がみなぎっている。

なにか言いたい。兄吉継に対して、だけでない、今日この場に集った漢《おとこ》たちに。

言葉が、うずうずと喉《のど》をこみ上げてくる。

「まるで、」

夢中で言った。

「まるで、百万の軍勢を率いるかのような」

いや、周りは敵。だが、なぜか大学にはそう思えた。

今、目の前の兄大谷刑部少輔《しょうゆう》吉継が、ここ関ヶ原に全兵を集《つど》い、それを率いているかのような、吉継こそ全軍勢のうえに君臨しているかのような。

そんな気分だ。兄もそうだろう。でなければ、こんな大軍相手に戦えるはずがない。

「そうか」

吉継は満足そうだった。そして、

「退《ひ》き鉦《がね》を打て！　使い番！」

鋭く下知を飛ばした。

「頼継の手勢はすべて陣に戻れ。戸田武蔵は騎馬を率いて小早川勢先鋒の側面を衝け」

声音は本陣内に雄々しく響いた。使い番は、ただ首肯して駆けだす。

「新吉、頼継の加勢を」
ハ、と島新吉が進み出た。
「頼継には陣を守らせよ。藤堂、京極を寄せ付けるな」

「ハ！」

新吉は、全身を奮わせて応じた。

「殿のことは任せよ、新吉！」

湯浅五助ががなりを上げた。

新吉は、応！　と片手を上げ応じた。その背から精気がほとばしっていた。

吉継の下知の一つ一つが心地よく大学の胸に突き刺さる。

（だからか――）

殺し合いの場にいるのに。今生の別れとなるかもしれぬのに。

もはや一心同体。惜別もいらない。これが将と士の呼吸、心と心のつながりか。

ここまでくれば策うんぬんではない。もはや一切の未練なく、一片の迷いもない。

やっと、知ることができた。己もたどり着いたのだ。この関ヶ原で。

胸が高鳴り続けている。私も――心が逸《はや》る。じっとしていられない。

「兄上、拙者も参ります」

うむ、と吉継はうなずく。

「ゆけ、大学、おのれの戦場へ」

その言葉と共に、跳ねるように駆けだす。

進む。共に戦う者が待つ前線へ。

蹴散《けち》らす

来る、来る、来る！

松尾山で人馬の雪崩《なだれ》が起きている。

小早川勢が濁流のように山を駆け下り、麓から押し出してくる。

前方で藤堂、京極らと激戦を繰り広げる大谷勢を横からひとのみにせんと旋風を上げて攻め来る。

ドッドッドッドッ　ドッドッドッ！

人馬が地を蹴る音、その間に、ドン、ドオォンと戦鼓の重低音が響く。まさに地響きが迫ってくる。

兵の動きに合わせ、地に敷き詰められていた落ち葉は高々と舞い上がり、蹴り上げられた泥濘《でいねい》が四方に飛び散る。

「まて、まてよ」

黒血川沿いの草地に伏せた鉄砲隊は息をひそめている。

「まて、まて」

組頭は逸る兵の心を鎮め続ける。

オオオオ！

大軍が迫る。小早川勢は急襲を狙い弓鉄砲は後回し、騎馬、槍足軽が先手を駆ける。

大口を開けわめき、血走った目を剝《む》き、黒血川へと乗り入れる。

小川をバシャバシャと駆ける水音が響いてくる。

「まだ、まだ」

ついに、先鋒が川を越えた。水音が川岸を蹴る地響きに変わる。

「はなて！」

鋭い叫びに伏勢は一斉に立ち、轟音《ごうおん》が炸裂《さくれつ》する。

至近から浴びせた銃弾は、過たず小早川兵を撃ち抜く。

「あぁっ」「うわわわ」

驚愕《きょうがく》した馬はあがき、騎士を振り落とす。落ちた兵は後からくる騎馬に踏まれ、のたうつ。後続は身をすくめた前兵にぶつかり、倒れた兵に蹴つまずいて転がる。

津波のごとき進軍は止まり、先手は一気に壊乱する。

「はなてぇ、はなてぇ！」

そこをもう一度、熱い鉛玉が見舞う。

大学は陣地の木柵の前にでて、前方をにらんでいる。

硝煙《しょうえん》の煙が消える前に叫ぶ。

「金吾を、金吾を討て！」

采もちぎれよと振り下ろす。声に続いて弓勢が一斉に矢を放つ。

横手脇から平塚為広の騎馬勢が地を蹴立てて突貫する。

「死ねえ、死ねや！」

平塚為広の得物は古風な大薙刀《おおなぎなた》である。常人なら地に踏んばって操るのも苦労しそうな代物を馬上、軽々振って疾駆すれば、楔《くさび》でもうつように小早川勢の人垣が割れる。

「金吾の首をとれ！」

ブン！　と旋回させるや、敵兵の首が鞠《まり》のように吹きとぶ。

小早川兵は、地獄で悪鬼でも見たように逃げ散る。山を駆け降る勢いそのままに進んできた鼻先を強打され、かき乱され、四分五裂する。

そして、左手から突っ込んでくる騎馬の一隊がある。

「孫九郎に遅れるな！」

前面の敵を木下頼継に任せた戸田武蔵は、騎馬勢のみ率いて迂回、敵の横っ腹へと斬り込んだ。

逃げようと右往左往していた小早川兵は馬蹄に掛けられ、もんどりうつ。

「ゆけえ、ゆけえ」

平塚、戸田の声が交錯する。

二将は、鬼神のごとく槍を振り、騎馬を旋回させる。彼らはもう大名でなく一騎馬武者。馬上叫び、手綱を引き、得物を繰り出し、敵を蹴散らし続ける。

「押し出せ！」

大学ももう待たない。先鋒との間を詰めるように槍組を繰り出し、弓鉄砲を斉射し、前に出る。

「押せ、押せえ！」

常道なら、ここで一旦《いったん》騎馬勢は下げ、陣前に敵を引き付ける。だが、もう戻ることもない。そのまま小早川勢を突き崩して、東山道を横断、松尾山めがけて押し進む。

「ひけえ、ひけぇ」「ひくなひくな！」

敵将の悲鳴と怒声が交錯し、人馬が激突して転がる。腰を抜かして地べたにへたり込む者もいる。

そこを大谷勢の槍が貫き、騎馬が蹴散らす。

木《こ》っ端《ぱ》みじん、とはこのこと。小早川勢の先鋒は粉砕され、全軍は五町（約五四五メートル）ほども下がり、元いた松尾山麓目指して逃げ散る。この時の討ち死に、実に三百七十。

「我の勝ち、我らの勝ち！」

大学は血しぶきの中、絶叫する。槍を突き上げ、なお叫ぶ。

「叫べ、我らの勝ち！」

その甲高い声に、大谷勢すべてが応じる。

オオーッ　オオーッ！

勝つ。

雄叫びを上げる大谷勢は小早川の十分の一ほどでしかない。

だが、勝てる。この寡兵で天下の軍勢を破る。

やれる。

大谷勢の士気は天を衝いた。

散華《さんげ》

異変に真っ先に気づいたのは、敵を追って深々と馬を進めていた平塚為広だった。

逃げゆく小早川勢の左奥。東山道を渡った先の藤川沿い、松尾山の麓に連なり、開戦から動くことのない一団がある。

前面の大谷勢と藤堂、京極勢の激突、小早川勢の参戦、大学たちの反撃にも加勢することはない。

奥から脇坂、朽木、小川、赤座の四隊。そのもっとも先、脇坂安治の陣あたりから、にわかに鬨の声があがった。

「と、殿」

気付いた近習が指さしている。その先で、先ほどまで関ヶ原をむいていた幟旗が、こちらに向きを変えていた。

「わ、脇坂、小川ら、寝返りにございます」

やはりか――為広は動じていない。己のいくさ勘は当たっていたのだ。

「退け……」

手勢を旋回させようとして、ふと、手をとめる。

考える。無傷、疲労のない新手四千。小勢の平塚、戸田勢が大谷勢の陣に入り、一手となれば守り切れるか。

オオーッ！

響いた喊声に松尾山を振り返る。側方に現れた新手の加勢に力を得たのだろう。小早川勢が再度攻勢にでるべく、兵を立て直している。

麓まで下りた大将旗の周りに兵がはち切れんばかりにあふれている。逸った先鋒が挫《くじ》かれた轍《てつ》を踏まぬよう今度は総がかりのようだ。

目を関ヶ原へ移せば、島新吉が藤川の岸辺で騎馬を乗り回し、兵を鼓舞している。その向こうに雲霞の敵勢がひしめき、木下頼継勢は柵内から必死の斉射を繰り返している。あちらに加勢を求められるはずがない。

（刑部殿）

昨夜の宴《うたげ》での吉継の姿が浮かび、言葉がよみがえる。

我らが勝つ――為広もつい先日までそう信じていた。

思えば、紙一重だった。小早川、そして、脇坂らの寝返りだけではない。大坂城の毛利輝元が早々に出陣していれば。京極高次の大津城が寝返らなければ。家康が来るのがもう少し後ならば、あるいは早ければ。

ほんのわずかなことの連鎖ですべてはひっくり返った。

「刑部殿よ」

声に出して、藤川の台の本陣を振り返った。

さすがに遠くて見えはしない。だが、為広の目にはくっきりと見えていた。

変わらぬ姿で戦場をみつめる大谷吉継が。

吉継とは、為広が秀吉に拾われ馬廻衆となった頃からの付き合いだ。

初めて会った頃はか細い若者だった。正直、将としてはどうかと思った。だが、すぐに頭角を現し、めきめきと出世した。当然だ、己のような力だけが取り柄の者とは素が違うのだ。

嫉妬《しっと》も何もない。吉継には誰もが認める才気があった。そんな吉継は「孫九郎殿の剛力、唐土《もろこし》の関羽《かんう》のようですな」と声をかけてきては、「戦場での心構えを教えてくだされ」と慕ってきた。異国の豪傑の名など知らぬが、なんだか嬉《うれ》しかった。他の秀吉の恩寵《おんちょう》を鼻にかける子飼い衆とは明らかに違う、愛すべき後輩だった。

病で役を降りてからは、しきりと為広を秀吉、豊家奉行衆に推してくれた。為広が老境に入って城持ち大名となれたのも吉継の推輓《すいばん》があったからだ。

だから一も二もなく挙兵に同意した。豊家がどうの、という気はさほどない。こいつとなら、老いの身を大輪の花で飾れる、ただ、そう思った。

（見事なもののふ、ですな）

そうだ。為広が教えるべき心構えなど、もとからない。力などいらぬ。その姿をみるだけで兵が奮い立つ、それが将、あなたはそうなのだ――

為広はカッと目を見開いた。

「踏みとどまれ！」

絶叫で下知を変えていた。

「一兵たりとも本陣に近寄らせるな！」

狂ったとしかいいようがない。が、その壮気はすべての兵に乗り移った。

「孫九郎！」

戸田武蔵が駆け込んでくる。その全身は返り血にまみれ、肩に矢が突き立っている。

「ときがきたな！」

だが、笑っている。髭面を大きくゆがめ、白い歯を見せる。

振り向けば大谷大学の旗も退いていない。総勢陣からでて槍衾《やりぶすま》を並べている。

その前面は銀色に輝く槍の穂先が揃《そろ》い、後ろにギラギラと光る数多の眼が並ぶ。

やはりだ。みな同じ気持ちだ。そうだ、ともにやろう。

「華々しくやろうぞ、武蔵！」

もはや守れる陣などない。ならば、いっときでもこの場の敵を止めてやる。

「刑部殿！」

為広は目をむき、真っ赤な大口を開いて、薙刀を天に突き上げた。

その一際目立つ姿に、敵勢が左右から押し寄せる。

「おさきに！」


藤堂、京極勢と激闘を続ける島新吉の目にも、松尾山麓の異変は見えていた。

だが、ここからなにもできない。

眼前の敵勢は増え続けている。織田有楽《うらく》などの小勢、後方から参じた山内一豊《やまうちかずとよ》の旗も見える。林立する幟旗はもうごちゃごちゃだった。松尾山の寝返りを見て勝ち馬にのるべく駆け付けたのだ。気づけば敵の波にのまれんとしている。

木下勢がいる木柵の中からは、ガンガンと退き鉦の音が聞こえる。

もう槍騎馬で敵を攪乱《かくらん》する余裕はない。木下頼継はできうる限り柵内に兵を集め、群がる大軍を止めんとするのだろう。

(俺《おれ》が戻ってどうなる)

木下勢は大軍を飛び道具で撃ち払い続けている。もう、矢玉も残り少ないはずだ。

新吉は思い至り、クッと、笑みをこぼした。もとより命を惜しむことはない。このいくさで捧げるつもりだった。あとは、早いか、遅いか、それだけだ。

なら陣内で死ぬより敵中で死にたい。それが島左近の息子であり大谷刑部家臣の己だ。

グイ、と手綱を引き、目を凝らす。矢が舞い落ち、人馬が交錯する中に、目立つ甲冑を着た騎士をみつける。あきらかに一廉《ひとかど》の侍である。

「我は、島新吉信勝！」

槍を片手に、馬腹をける。

「藤堂玄蕃《げんば》良政《よしまさ》なりやあ」

気づいた将が、くわっと目をむき、大槍を振り上げる。

「よき敵かな！」

ブウンと振り下ろされた槍を受け、己の槍ごと跳ね上げる。そのまま身を投げ出し組み付く。相手もろとも、どう、と馬から転げ落ちる。

「死ねぇえ」

あがく玄蕃を羽交い締めにして、鎧通しを引き抜き、のど元に突き立てる。

うおああ。玄蕃の苦悶《くもん》のもだえを全身で受け止める。恨みはない。もう功名も望まない。ただ地獄までの連れとなってくれ。その念でえぐり込む。

やがて、激しい痙攣《けいれん》が起こり、玄蕃の全身の力が抜けた。

絶命を見届け、体を離し、立ち上がらんと片膝立ちとなった。

「藤堂玄蕃、討ち取ったり。みよ、我こそは……」

そのまま絶句。脇腹から深々と槍を突き通され、動けない。

（父上、殿）

大きく口を開け、空に向けあえぐ。前倒しにならんとするところを最後の力で保つ。

ズブ、と、さらに深々突き込まれれば、悪寒がこみ上げ、ガハッと血を吐く。

「主が仇《かたき》！」

背後で絶叫した槍士は藤堂玄蕃の従者、高木《たかぎ》平三郎《へいざぶろう》だったという。

明滅する意識の中、最後に新吉は思う。

いい死に場所を得た。吉継に仕えて良かった。さもなくば自分は、島左近息子何某《なにがし》として死んだだろう。そうだ、昨日父と戦い、息子の役を終えた。ここは――

「大谷刑部家臣、島新吉信勝……」

次の瞬間、四方から滅多やたらに突かれ、新吉、絶命。

その最期

そのとき、吉継は床几を本陣前の木柵付近にまで進めて、関ヶ原を、そして松尾山を見ていた。

盲の吉継には何も見えてはいない。だが、いくさの喧騒、鳴り響く戦鼓、陣鉦の方角、なにより、本陣の者たちの息遣いでわかっている。

今、戦場がどれだけ凄愴《せいそう》な有り様となっているか、を。

もう周りに兵はほぼいない。吉継は本陣を守る六百のほとんどを藤堂、京極勢の猛攻に耐える木下頼継の加勢に出してしまっている。

今や、側には湯浅五助ほか近習小姓が数名、四十ほどの旗本が残るのみだった。

「五助」

「脇坂、小川ら寝返り。小早川とともに、戸田、平塚勢を突き崩しております」

五助の声はいつもと変わらなかった。

「頼継は」

「藤堂、京極に加え、後方の敵勢も藤川を渡りこちらへ。木下様は陣内にて必死の防戦」

「佐吉はどうだ」

「笹尾山《ささおやま》の石田様の御旗、依然ゆるがず」

「佐吉、やるな」

石田勢は盆地北西笹尾山に拠り、黒田長政、細川忠興、加藤嘉明といった名だたる猛将たちの攻めをはね返し続けている。時に大筒の音が響けば、敵勢は惨めなほどに壊乱する。見事ないくさぶりだった。

本陣内に動揺はない。松尾山麓の異変に、瞬時、ざわついた旗本ももう落ち着いている。皆、面を引き締め、前方を睨み、整然と旗を掲げている。

ただ吉継の下知を待つ。

しかし、将兵足軽にいたるまで皆悟っている。どのような采を振ろうと、もはや手の施しようがないことを。

この状況で取り乱さないのは、ひとえに主将である吉継の姿が変わらぬからだろう。

粛然とした本陣に、さきほどから、読経《どきょう》の声が響いている。

陣僧祐玄《ゆうげん》は法衣《ほうい》に腹当てだけつけた姿で陣の片隅に座り、一心不乱に念仏を続けている。四方から響くいくさの喧騒の中、その朗々たる唱えだけが、響き渡る。

「刑部様!」

そのとき、血と泥にまみれた武者が駆け込んでくる。

顔なじみの平塚為広の小姓は纏《まと》う具足の肩袖《かたそで》、草摺《くさずり》がちぎれ、ぼろぼろだった。

返り血を浴びた頰をぬぐうこともなく、

「わが主、平塚因幡守より、献上を!」

倒れ込むように跪《ひざまず》くと、血染めの白布に包んだなにか――敵の生首を置いた。

「これを添えさせていただきます」

震える手で、一片の紙片を差し出す。

祐玄が立ち上がり、血に染まったその紙片を受け、

「読ませていただきますぞ」

スウと息を吸い、口を開く。

名のために、捨つる命は惜しからじ、
つひにとまらぬ浮世と思へば

しみいるような声で祐玄は詠み上げた。

「返歌する」

あらかじめ用意してあったのだろう。今後は吉継が差し出した紙片を祐玄は受け取る。

契《ちぎ》りあらば、六つのちまたにまてしばし、
後れ先だつことはありとも

縁があるなら、冥界《めいかい》の入り口六道《ろくどう》の辻《つじ》で待っていてくれ、少し遅れるかもしれない、先立つことがあるかもしれない。だが、必ずゆく——

陣に粛とした気が流れた。

吉継は見えない目で、南をみていた。

そのとき、平塚為広がこの世にあるかなど、わからない。だが、そのさまは彼方で勇戦する為広の姿が見えているようだった。


その間も、いくさの喧騒は確実に近く、大きくなっている。

飛び込んできた武者はあえぐように言った。

「戸田武蔵様、討ち死に！」

戸田武蔵守勝茂は乱戦の中駆け寄って来た織田有楽の息子長孝《ながたか》に首を取られた。

吉継は黙禱《もくとう》するようにやや面を伏せ、すぐ上げた。

「五助、敵は近いか」

「頼継様の陣の前に押し寄せております」

「大学は」

「旗はご健在ながら、囲まれつつあります」

「使番」

吉継は、呼びかけた。

あれだけいた母衣武者は今や数名しかいない。開戦当初は弾むように駆け戻って来た武者たちも、先ほどからほとんど戻ってこない。吉継はその残った者すべてを呼んだ。

を。

「母衣をはずせ、目立つ」

吉継自身もつけていた面頬を外し、覆面姿となる。皆、悟っている、これが最後の下知ということを。

「大学、頼継に落ちよ、と伝えよ」

ググッと、奥歯をかみしめる音が響く。

「あの二人はわしを逃がすべく死ぬまで働かんとする。それを止めよ。生きよ、と言ってあげてくれ。して、皆も共に落ちよ」

みな、即応できず首《こうべ》を垂れる。

「ゆけ、ゆかねば、奴らは全滅する。わしのためを思うならいってくれ」

吉継が諭すようにいえば、武者たちは大きく背をまるめ、一度、深く頭を落とし、

「参ります！」

おのおの叫び、駆けてゆく。

本陣にもう将はいない。吉継は、近習頭の土屋守四郎を呼んだ。

「守四郎《もりしろう》」

「みなを引き連れ、落ちよ」

吉継の前にひざまずいた土屋《つちや》守四郎は眼球がこぼれ落ちんばかりに目を見開いていた。

「これまで、よく尽くしてくれた」

が、いつもは機敏にうなずく守四郎、動かない。下唇を噛《か》み締めた面を固めている。

「殿」

下あごを震わせる。

「殿は、よくいわれましたな。下知を聞くだけではいかぬ。己の意志を持って受け、信念をもって動け、と」

面を地に向け、咳《せ》き込むように言う。

「ただいまのお下知をそのまま受けるはわが心に反し、できませぬ。それがし、ここは残りの旗本を持って、大学様、頼継様をお助けに参りとう存じます。そのお下知なら即座にうけましょう」

口上の端々が震え、言葉尻《じり》がにじむ。

「我ら残り数十ながら一丸となれば、敵中を突破し、お二人をお救いできましょう。いかがでしょうか！」

面を上げれば瞳から血涙が降り落ちる。守四郎はぬぐいもせず、肩を上下させる。

「そうか」

吉継は深々とうなずく。

二度三度、首肯は大きくなり、何度もうなずいた。

「わかった。ゆけ」

「ハ！」

守四郎、全身を震わせて応じ、立ち上がる。

「みな、聞け！」

吉継は大喝した。

「皆、守四郎とともにゆけ！　最後の役を頼むぞ！」

本陣の兵は前を向き、旗を持ち、槍を構えている。みな、背中で聞いている。

「そして、生きろ。生きて、今日のいくさを語り草にせよ。この戦場で散った者たちはそれで後世に生きる。皆を生かすために、生きるのだ」

すべての者が嗚咽《おえつ》をかみしめ、なお、戦場を睨んで立っている。

「さあ、ゆけ！」

肩が揺れ、槍を握る指が小刻みに震えている。ついに泣き崩れる者もいる。

「ゆけ、駆けよ、ゆけ！」

「ごめん！」「おさらば！」「殿！」

振り返って一礼する者、吉継を見ることもできず、面を伏せて駆けだす者。

みな、首を激しく振り、肩をしゃくりながら去ってゆく。

足音が遠ざかる。

旗本、近習小姓がすべて去れば、本陣内には、静寂が訪れる。

「五助」

吉継は、傍らに控える五助に呼びかける。

「殿、まさか、私にも去れ、と？」

「いや、おまえにはおまえにしかできぬことが残っている」

五助はニヤッと笑い、一人槍を手に前に歩む。

本陣前で石突きをズン！　と突き立て、仁王立ちする。もはやただ一人の大谷兵である。

いくさの喧騒だけがさざ波のように前から響いてくる。

「祐玄」

「はあ」

祐玄は応じながら、手の平を擦《こす》り合わせ数珠をジャラジャラと鳴らす。

「よう見たか、きょうのいくさを」

はあ、と祐玄はこの場でも飄々《ひょうひょう》と応じる。

「見ましたが、相変わらず、私にお侍の気持ちはわかりませんな」

「わしは、おまえが僧となった理由《わけ》がわかったぞ」

祐玄は苦笑してうなずいた。

祐玄は、吉継の甥でありながら、武家に入ることを拒んだ。兄木下頼継は侍となり、万石を食《は》む身となったのに、である。

侍などに縛られたくなかった。それは、秀吉に愛された大谷刑部という叔父の存在があったからこその、わがままだったのかもしれない。

そんな自分が、なぜ、吉継に従い、ここまで来たのか。はっきりとはわからない。

なぜか、共にいたくなった。

元をただせば、大谷吉継など侍でもなんでもない。比叡山《ひえいざん》焼き打ちで追われ、野に隠れて暮らしていた流民。そんな男が、天下を摑《つか》まんとする徳川家康に挑む。

大谷刑部という、男の生き様、そして、最後となる晴れ舞台をこの目でみたかった。

「頼みがある」

はい、と首を垂れた。鉄砲音、人馬の喚《わめ》き声が大きく、近くなっている。もう問答している余裕がない。

「二つを、託したい」

「二つ、とは」

吉継は床几の傍らに置いていた布包みを手に取った。

「わが生きた証《あかし》だ」

中身を尋ねることもなく背に括《くく》りつける。吉継が決戦の直前まで記させていた手記だ。祐玄も五助とともに筆記した。

「もう一つは」

「わしの首」

祐玄は動じない。いや、そうであろう。僧である己こそ、吉継の首を浄土へ送れるだろう。ために我は僧になり、ここまで来た。吉継がいうように、天に導かれたのだ。

「刑部殿、いずこに参りましょうや」

「近江《おうみ》がよいな」

吉継は即答した。

「佐和山《さわやま》と、長浜《ながはま》、琵琶湖、そして伊吹山《いぶきやま》がみえるところに頼む。殿下が愛《め》で、わしとあ奴《やつ》が生まれ育った故郷だ」

「石田様、ですか」

「あ奴は執念深い。自ら死ぬことはない。佐和山へ落ちるだろう。奴と共にありたい」

吉継は笹尾山の方角を振り仰いだ。見えているのかと祐玄が思うほどの素振りだった。

そこに依然として石田三成の「大一大万大吉」の旗が翻っている。

「一蓮托生《いちれんたくしょう》の友ゆえな」

そして、吉継は関ヶ原へと首を巡らした。

見つめる先に大きな金扇がきらめいていた。

開戦当初は後方南宮山の中腹に見えていた家康の馬印は、今や、盆地中央まで前進している。その分、敵勢は前へ前へと押し出している。

「家康はすさまじいな」

吉継は、つぶやくように言った。声は明るい。

「見事だ。やはり、あ奴は当代一のもののふ、天下をとる男だ。奴が豊家を突き崩すのを見て討つと決め、立った。だが思えば、わしは家康の思惑通りに動いたのかもしれぬ」

祐玄は聞く。吉継の一言一句をもらさず聞きとる。それが己の使命と思っている。

「奴は佐吉を殺さず佐和山に追い込み、わしを上方で手駒《てごま》として網を張った。そうすれば、我ら二人が立つと睨み、導いたのさ」

「なにを……」

祐玄は小刻みに首を振った。

わずか敦賀五万石、病に侵された吉継がここまでやった。家康に牛耳られていた豊家を動かし、天下の決戦をなせる兵を募った。それこそ奇跡ではないか。

「見てみよ、この関ヶ原に集いし者たち」

吉継の覆面が揺れた。笑っている。

「豊臣勢十万といえど、真《まこと》に殿下を想い、戦ったのは、わしと佐吉ぐらい。あとはやむを得ず付いて来た者、日和見、寝返ろうとする輩《やから》よ。家康は己が来るのに合わせて小早川に松尾山を取らせ、毛利を抱き込み、我らを囲んだ。我らはいつの間にか奴の術にはまっていた。世の者は、わしと佐吉が身の程知らずにも、家康に歯向かったと笑うだろう」

そうかもしれぬ。だが、家康とて脅威を覚えた。だからこそ、これだけの兵で関ヶ原へ出てきた。

家康こそ秀吉すら破ることができなかった天下一のつわ者。秀吉なき今、他の誰が家康相手にこんな大いくさをなせるのか。

「悔いはない。馬鹿と笑わば笑え。天下に挑んだ。本懐だ」

吉継の清々《すがすが》しい声音に、祐玄は瞼《まぶた》を閉じる。

「私には、やはりお侍の気持ちというのはわかりません」

すぐ目を開け、手に持つ数珠を握りしめた。

「ですが、大谷刑部殿の御心はわかりました」

合掌し、吉継を直視した。もう目は閉じない。

「殿、敵勢登ってまいります！」

五助が駆け寄ってくる。その背後から兵の喊声が迫ってくる。

「五助、介錯《かいしゃく》！」

吉継は床几を降りて地べたに腰を下ろし、頭巾を脱ぎ、覆面をはぐ。

太閤譲りの脇差《わきざし》を前に置き、腹をくつろげる。

祐玄は見ている。その姿を目に焼き付けんと凝視する。

その身は腹から首筋まで赤く爛《ただ》れている。顔も頬から額までほぼ全域にわたって腫《は》れあがるように赤い。ところどころ、膿《う》み、ささくれ、やけどを負っているかのようだ。

こんな体では馬に乗ることも、具足を着ることもできませぬな——

祐玄が言葉を発する間もない。

吉継は脇差を引き抜き、横腹に突き刺す。

ズウッと横に裁き、一度抜く。鮮血が噴き出す中、刃を持ち直し、みぞおち辺りに突き立て、下ろし、十文字に掻《か》っ切る。

祐玄、カッと目を見開き見ている。合掌した手が小刻みに震える。

五助が振りかぶった白刃が鈍くきらめく。

「殿、すぐ参ります」

振り下した。

関ヶ原の曇天にいくさの喧騒がこだましている。

大谷刑部少輔吉継　享年《きようねん》三十六。

追章　夏の陣

「大学殿《だいがく》」

真田左衛門佐《さなださえもんのすけ》信繁《のぶしげ》は、床几《しょうぎ》から腰を上げた。

「そろそろ参ろうか」

小脇《こわき》に抱えた赤兜《あかかぶと》は頭頂に六文銭《ろくもんせん》、鹿《しか》の角の前立《まえだて》、鎧《よろい》具足も鮮烈な赤である。見事なまでの赤備《あかぞな》えが陽光に映える。

「ハ」

傍らに腰かけていた大谷大学助《おおたにだいがくのすけ》吉治《よしはる》は頷《うなず》き、同じく立ち上がる。

こちらも真新しい具足が太陽を反射して、黒光りする。

周囲では夏蟬《なつぜみ》の声がせわしなく響いている。

二人歩めば、具足の草摺《くさずり》がカチャリカチャリと小気味よい音を立てる。

兵が居並ぶ陣内をゆっくり前へと歩いてゆく。

強い日差しが、盛緑生い茂る茶臼山《ちゃうすやま》を、翻《ひるがえ》る六文銭の旗をじりじりと焼いている。

慶長《けいちょう》二十年（一六一五）五月七日。その日は、地上のすべてが焼き尽くされるごとき、灼熱《しゃくねつ》の夏日だった。


家康《いえやす》が江戸に幕府を開き、徳川《とくがわ》の治政となって十二年。天下はまたも乱れた。

関ヶ原《せきはら》後、大坂に残った豊臣《とよとみ》家は、度重なる幕府の圧迫に、ついに兵を挙げた。

大御所としてなお天下を仕切る家康は全国の大名へ陣触れし、二十万の大軍をもって大坂に押し寄せた。

不落を謳《うた》われた大坂城に十万の牢人《ろうにん》衆が籠《こも》った冬の陣は、家康の詐術《さじゅつ》に満ちた和睦《わぼく》で終わった。

講和の条件「総堀の埋め立て」にて、本丸以外の城構えを破却され追い詰められた大坂は、再度立ち上がった。

もはや、豊家《ほうけ》再興の望みは彼方《かなた》に霞《かす》み、勝機はどう目を凝らしても見えない。みな、それを知りつつ、戦場に立つ。

あとは、華々しく己を飾るのみ。

そんな夏の陣、最後の決戦が始まろうとしていた。

九度山《くどやま》での再会から四年が経《た》つ。

真田信繁、大谷大学。二人は冬から大坂城に入り戦っていた。

二人、陣前の竹矢来まで進めば、徐々に前方が開けてくる。

合間から外に出て高台の際に立てば、河内《かわち》平野が一望できる。

いつものどかなその景色は一変している。

点在する小丘、平地に余すところなく軍勢が布陣している。

一面、色とりどりの幟旗《のぼりばた》で彩られ、人馬がうごめく。夏の陽《ひ》が、槍《やり》の穂先、兜の前立に反射してキラキラと輝きを放っている。

見えるだけでも十万はいよう。圧倒的、眩《まばゆ》いほどの光景だった。

その中に家康もいる。正面右手に、金扇の馬印、おびただしい源氏《げんじ》の白旗。左手には息子の将軍秀《ひで》忠《ただ》が、無数の葵紋《あおいもん》の旗を立てて陣取る。

二人、今まさに、天下の大軍勢と対峙《たいじ》していた。

「絶景だな、大学殿」

信繁が感嘆の吐息とともに言えば、大学は、ええ、とうなずいた。

「あの日もこのような景色でした」

「関ヶ原だな」

「は」

「やっと、わしも見られたな」

信繁は嬉《うれ》しそうに応じ、

「大学殿が思い出させてくれたから、ここに立てた」

彼方を見て目を細めた。

「われにもう一人、父がいたことを」

いえいえ、と大学は笑う。

「私こそ、真田殿がいたからこそ、もう一度、この景色がみられました」

心から満足そうに胸をはる。

大学は、本日はぜひ真田殿と共に、と豊臣勢最先鋒《さいせんぽう》の茶臼山にいる。

「秀頼《ひでより》君、来ませんな」

「もう来なくていいさ」

小首をかしげた大学に、信繁は苦笑で応じる。

「あのときも来なかったのだろう？」

信繁が笑顔で言えば、大学は眉根《まゆね》を上げてクスリと笑った。

「来れば勝てた、というほどのいくさをしよう」

最後の決戦には総大将秀頼君ご出馬を、と願い、朝から使いを出し続けている。

だが、秀頼は来ない。もう正午を過ぎている。おそらく来ないだろう。

思えば、関ヶ原でも秀頼も毛利《もうり》も来なかった。そのまま、大谷刑部《ぎょうぶ》は戦い、散った。

「我ら、こんなところも刑部殿に似たかな」

信繁は楽しそうだ。

そこに微塵《みじん》の悔いもない。

天下一のもののふ家康が相手、敵は日の本《ひのもと》を集った大軍勢。あとは、後世語り継がれるいくさをする。それだけだ。

「それは、嬉しい限りですな」

大学がそう言い返せば、二人、目を見合わせ、カハと高笑いした。

敵勢はじり、じり、と前進している。

対する真田勢は敵を睨《にら》んで、鋭気をためる。

陣から炎が立つように、総兵、熱を発している。茶臼山全山、沸騰するかのようだ。

「では」

二人、目を合わせてうなずく。

戦国最後のいくさが始まる。

大谷刑部の息子二人が、天下に挑む。

主要参考文献

『大谷吉継』外岡慎一郎（戎光祥出版）
『大谷刑部のすべて』花ヶ前盛明編（新人物往来社）
『炎の仁将 大谷吉継のすべて』『歴史読本』編集部（新人物往来社）
『石田三成 関ヶ原西軍人脈が形成した政治構造』太田浩司編（宮帯出版社）
『宇喜多秀家 秀吉が認めた可能性』大西泰正（平凡社）
『河原ノ者・非人・秀吉』服部英雄（山川出版社）
『文禄・慶長の役』中野等（吉川弘文館）
『「関ヶ原」を読む 戦国武将の手紙』外岡慎一郎（同成社）
『秀吉は「家康政権」を遺言していた 朝鮮出兵から関ヶ原の合戦までの驚愕の真相』高橋陽介（河出書房新社）
『秀吉と大坂 城と城下町』大阪市立大学豊臣期大坂研究会編（和泉書院）
『論争 関ヶ原合戦』笠谷和比古（新潮社）
『関ケ原合戦 戦国のいちばん長い日』二木謙一（中央公論新社）
『関ヶ原大乱、本当の勝者』日本史史料研究会監修・白峰旬編著（朝日新聞出版）
『関ヶ原前夜 西軍大名たちの戦い』光成準治（ＫＡＤＯＫＡＷＡ）
『関ヶ原への道 豊臣秀吉死後の権力闘争』水野伍貴（東京堂出版）

『誤解だらけの「関ヶ原合戦」 徳川家康「天下獲り」の真実』渡邊大門（PHP研究所）
『関ヶ原合戦全史 1582―1615』渡邊大門（草思社）
『人をあるく 徳川家康と関ヶ原の戦い』本多隆成（吉川弘文館）
『人をあるく 豊臣秀吉と大坂城』跡部信（吉川弘文館）
『週刊朝日ムック 歴史道 vol.16 関ヶ原合戦 東西70将の決断！』（朝日新聞出版）
『武将感状記』博文館編輯局編（博文館）

著者略歴

佐々木　功（ささき・こう）
大分県大分市出身。早稲田大学第一文学部卒。第９回角川春樹小説賞を『乱世をゆけ　織田の徒花、滝川一益』にて受賞しデビュー。その他の著書に『慶次郎、北へ　新会津陣物語』『家康の猛き者たち　三方ヶ原合戦録』『織田一　丹羽五郎左長秀の記』『たらしの城』『天下一のへりくつ者』などがある。

Kadokawa Haruki Corporation

佐々木　功

天《てん》に挑《いど》む　大谷《おおたに》刑《ぎょう》部《ぶ》伝《でん》

*

2024年6月8日第一刷発行

発行者 角川春樹
発行所 株式会社 角川春樹事務所
〒102−0074 東京都千代田区九段南2−1−30 イタリア文化会館ビル
電話03−3263−5881（営業） 03−3263−5247（編集）
印刷・製本 中央精版印刷株式会社

ISBN978-4-7584-1465-4 C0093
http://www.kadokawaharuki.co.jp/